Butze Verlag

Andri Cuort

LIEBE IST KÄUFLICH - RACHE AUCH!

von Verführung und Irreführung

Politthriller

Butze Verlag

Bibliografische Information der Deutschen Nationalbibliothek
Die Deutsche Nationalbibliothek verzeichnet diese Publikation in der Deutschen Nationalbibliografie; detaillierte bibliografische Daten sind im Internet über http://dnb.d-nb.de abrufbar.

www.butze-verlag.de

Umschlaggestaltung: Butze Verlag

Titelfoto:

Bildagentur *BrightQube*, Fotograf *Marcin Balcerzak*

Printed in Germany • ISBN 978-3-940611-06-2

»Eine höhere menschliche Pflicht gebietet, den anderen selbst dann freiwillig und wohlwollend zu helfen oder auf andere Weise nützlich zu sein, wenn es Opfer an Geld oder Mühe kostet.«

Samuel Pufendorf, De Officio Hominis et Civis, 1673

Der Tote im SLK-Coupé

Die Straße war menschenleer. Erik erinnerte sich an die berühmte Schlussszene im Western High Noon. Mittag: eine menschenleere Straße, ein Held und heißes Flimmern in der Luft. Jetzt war es allerdings stockfinstere Nacht. Mitternacht war bereits vorüber. Also kein passender Vergleich!

Das blaue Mercedescoupé parkte vor dem Stadthaus. Das Fenster auf der Fahrerseite war halb geöffnet. Der Fahrer hing schlaff im Fahrersitz. Ein Mann Mitte vierzig, dunkles, schütteres Haar. Das Hemd halb geöffnet, rot verfärbt. Eine Hand am Steuerrad. Der Fahrer blutete aus dem Mund. Kaum einer hätte den präzisen Treffer mitten in die Brust überlebt. Der Fahrer gehörte ebenfalls nicht zu diesen Ausnahmen: Er antwortete nicht. Tot.

Erik Hort war stolz auf die im Schießtraining der Armee erworbene Treffsicherheit. Die Militärzeit lag schon lange zurück. *The past is a foreign country*. Bei diesem Satz von L.P. Hartley, mit dem der englische Autor sein Buch *The Go-Between* einleitete und der ihm nun durch den Kopf huschte, musste Erik schmunzeln. »Die Vergangenheit ist ein fremdes Land. Unwirklich, eben fremd. Aber dies ist nun wirklich nicht der richtige Zeitpunkt für das Zitieren von literarischen Meisterwerken!« Erik grinste. Er hatte die Pistole nach seiner Ausmusterung behalten dürfen.

Das SLK-Coupé musste weg vom Parkplatz. Erik öffnete die Fahrertür. Der rechte Arm des Toten rutschte vom Lenkrad – ihm entgegen. Weiße Haut, schwarze Haare: ein schöner Kontrast. Gepflegte Hände, sauber geschnittene Fingernägel. Man hätte einen schönen Mann erwartet. Aber Thomas Salzmann war kein schöner, nicht einmal ein sympathischer Mann. Wie auch immer, jetzt war er tot.

Erik griff unter die Achseln des Mannes. Mit einem Ruck löste er den Körper vom Sitz und schleifte ihn zum offenen Kofferraum. Das Verstauen der Leiche erwies sich als etwas mühsam. Wie alle schicken Flitzer war auch dieser nicht gerade üppig mit Stauraum ausgestattet. Erik geriet ins Schwitzen. Nach zehn Minuten konnte er den Kofferraum endlich schließen. Auf dem Asphalt waren rote Schleifspuren zu sehen. Erik wischte mit dem Schuh darüber. Der einsetzende Regen würde die verbliebenen Spuren beseitigen. Er fuhr das Auto zum Teich des Stadthauses, löste die Gangschaltung und ließ das Coupé in den Teich gleiten, wo es mit einem leisen Blubbern versank.

Eriks Logbuch: Samstagmorgen

Erik schreckte aus dem Schlaf auf. Der Blick auf den Wecker zeigte ihm, dass es noch nicht Zeit zum Aufstehen war: 4 Uhr 15. Er hatte also erst eine knappe Stunde geschlafen. Durch die Ritzen der Rollläden drang das goldene Licht der Straßenbeleuchtung und bildete sich auf der gegenüberliegenden Wand ab. Der rote Punkt des Stand-by-Modus seines Fernsehers leuchtete. Ebenso die gelben Armaturen der Stereoanlage. Alles schien normal zu sein. Was hatte ihn geweckt?

Salzmann!

Die Erinnerung an sein Ende ließ Erik erschaudern. Plötzlich hörte er aus dem Nebenzimmer ein leises Knarren. Erik war mit einem Mal hellwach. Mit seiner linken Hand tastete er auf dem Boden neben seinem Bett herum. Endlich fand er, wonach er suchte. Das Metall fühlte sich kühl an. Erik drückte die Taste und der Radiowecker zeigte 4 Uhr 37 an.

»Heute Vormittag entdeckten spielende Kinder ein im Seerosenteich vor dem Stadthaus versunkenes Auto. Nach der Bergung des Wagens wurde im Kofferraum eine männliche Leiche entdeckt. Beim Toten handelt es sich um den Halter des blauen Sportwagens, einen 44-jährigen Geschäftsmann aus unserer Stadt. Er wurde durch einen Schuss ins Herz getötet. Der genaue Todeszeitpunkt steht noch nicht fest. Die Polizei kann keine näheren Angaben zum Tathergang machen. Sie steht vor einem Rätsel, wie der Wagen unbemerkt in den Teich gelangen konnte. Die Polizei bittet die Bevölkerung um sachdienliche Hinweise.«

Erik schaltete das Radio aus und schlief ein.

Mit Herzenslust biss er in das Stück Weißbrot, das er mit Trockenfleisch und Camembert belegt hatte. Er liebte das späte Frühstück am Wochenende: In Ruhe Zeitung lesen bei viel frisch gebrühtem Kaffee und ebenso frischem

Brot von der Bäckerei um die Ecke. Er genoss bereits das Einkaufen: den Duft der verschiedenen Brotsorten, die Überlegung, welche Süßigkeit er denn gerade kaufen sollte, das kurze, aber herzliche Zwiegespräch mit der Bäckerin oder mit einer ihrer Töchter. Ein Ritual, das er um keinen Preis missen wollte.

Das Telefon klingelte. Es war Liv, Eriks Schwester. Stolz berichtete sie von der bestandenen Prüfung als Physiotherapeutin. Drei harte Jahre lagen hinter Liv und ihrer Familie. Die Tätigkeit beim Steueramt hatte sie nie sonderlich befriedigt, weshalb sie die Plackerei der neuen Ausbildung auf sich genommen hatte. Marcos Geburt hatte diesen Wandel eingeleitet. Liv hatte sieben Monate nach der Geburt des Kleinen mit der Ausbildung begonnen. Erik liebte Marco wie einen Sohn. Er bedauerte es hin und wieder, dass er keine Kinder haben würde.

Liv entschuldigte sich. Sie sei sich bewusst, dass sie für ihre Umwelt gegenwärtig nicht leicht zu ertragen sei. Nun melde sie sich eben wieder einmal.

»Willkommen zurück auf der Erde«, brummte Erik. »Hast du nun Ferien? Oder kennt ihr bei den Physiotherapeutinnen so etwas nicht?«

Liv lachte: »Du hast recht, Semesterferien wie bei einem Universitätsstudium kennen wir nicht. Es geht für mich nach einer kurzen Pause mit der ersten Arbeitsstelle weiter. Anfang übernächster Woche fange ich in der St. Barbara-Klinik an. Darauf freue ich mich riesig. Ich liebe die Arbeit mit älteren Menschen. St. Barbara ist bekannt für seine Geriatrie- und Rehabilitationsabteilung. Die alten Menschen sind so dankbar für alles, was wir für sie tun. Irgendwie genießen sie das Leben bewusster als wir jungen«, schwärmte Liv, »im Alter lässt sich die eigene Endlichkeit wohl definitiv nicht mehr verdrängen.«

»Schon in meinem Alter nicht mehr«, frotzelte Erik. »Leider ist das Leben endlich, vor allem dann, wenn es einem gut geht.«

Die Geschwister beendeten lachend das Gespräch. Nach dem Telefonat legte sich Erik auf sein frisch gemachtes Bett. Er startete eine CD der Mönche von Solesmes mit gregorianischen Chorälen und gab sich der Müdigkeit hin. Eriks Gedanken schweiften zum Sommer 1996 ab. Livs Geschichte, die am Anfang der turbulenten Ereignisse stand, rief sich in Erinnerung: sie, die unermüdliche Kämpferin gegen Unrecht und Ungleichheit. Livs Energie war schier unerschöpflich. Ihre Unbeherrschtheit ebenso. Ihre Energie war die Quelle ihres Erfolges, ihre Unbeherrschtheit versperrte ihr immer wieder den Weg dazu. Wenn sie von einer Sache überzeugt war, konnte Liv nichts und niemand aufhalten, auch wenn sie damit gegen Konventionen und Regeln verstieß. Dies war ihrer Karriere beim Steueramt nicht förderlich gewesen. Ohne Eriks Intervention im Sommer 1996 hätte sie ihre Arbeit sogar verloren.

Die Mönche intonierten *Salve festa dies*. Die armen Mönche! Erik grinste. Dank der Wiederholungstaste würden sie stundenlang ihre Choräle singen müssen. Sollten sie doch weiter singen!

Erinnerungen an den Sommer 1996

Auf Livs Schreibtisch war das Dossier eines André Gisselbrecht gelandet. Irrtümlicherweise. Es hätte eigentlich seinen Weg ins Archiv finden sollen. Auf dem Aktendeckel war bereits der Archivstempel angebracht worden: 287/27P/1996. Die Schicksalsgöttinnen hatten es aber Liv zugespielt, einer jungen Juristin, die vor zwei Jahren ihr Studium abgeschlossen hatte und seit zwei Monaten beim städtischen Steueramt angestellt war. Das Aktendossier war Liv nicht als Personalakte aufgefallen. Das Dossier war ockerfarben, wie alle übrigen Akten der Behörde. Lediglich das *P* im Stempel deutete auf die Vertraulichkeit eines Personaldossiers hin, wie sie im Verlaufe der Ereignisse dann noch herausfinden sollte. Später wurde die Farbe der Personalakten geändert. Zuoberst im Dossier fand Liv einen für Bewerbungen üblichen Absagebrief.

André Gisselbrecht, geboren am 4. September 1971, von Wettolsheim F, Aufenthaltsbewilligung B – Anstellung als Archivmitarbeiter

Sehr geehrter Herr Gisselbrecht,

wir danken Ihnen sehr für Ihre Bewerbung vom 17. Juni 1996 um die Stelle als Archivmitarbeiter des Steueramtes. Wir haben zahlreiche Bewerbungen von ausgesprochen qualifizierten Kandidatinnen und Kandidaten erhalten. Leider konnten wir Ihre Bewerbung nicht in die engere Wahl ziehen. Wir erlauben uns deshalb, Ihre Unterlagen zurückzusenden.
Mit freundlichen Grüßen

Martha Berthel

Leiterin Personelles und Administration

Steueramt

Nichts Besonderes, dachte Liv. Das zweite Dokument war eine vom 7. Juli 1996 datierte Aktennotiz, ausgestellt von Martha Berthel. Sie las die Aktennotiz mit wachsendem Interesse. Der kühlsachliche Ton des Routineabsagebriefs und die Beurteilung André Gisselbrechts durch die Personalchefin widersprachen sich auffällig. Liv wusste nicht, dass die Frau Berthel seit einiger Zeit nicht mehr nur die wichtigsten aktenrelevantesten Vorgänge, sondern auch die Anweisungen und Entscheidungen ihres neuen Chefs in ausführlichen Aktennotizen festhielt. Dies tat sie, um ihn an vergessene Entscheidungen, für die er sie verantwortlich machen wollte, zu erinnern.

Im ersten Teil der Notiz empfahl die Personalchefin André Gisselbrecht zur Anstellung durch den Amtschef. Ihre Argumente waren nachvollziehbar und überzeugend. *Martha Berthel macht ihre Arbeit gut*, fand Liv, die auch ihr mehr als ein halbes Jahr zurückliegendes Vorstellungsgespräch als ausgesprochen angenehm und zugleich professionell empfunden hatte.

Im zweiten Teil beschrieb Martha Berthel die Ablehnung ihres Antrags durch den direkten Vorgesetzten:

Dr. Hannes Reitzel teilt meine Beurteilung nicht. Entscheidend sind für ihn offensichtlich die persönlichen Gründe, die André Gisselbrecht für den Wunsch nach einem Stellenwechsel offen gelegt hat. Er will nicht mehr zwischen Basel und unserer Stadt pendeln, wo er seit einem Jahr wohnt. Er ist umgezogen, um in der Nähe eines Freundes zu sein, der vor kurzem an Aids erkrankt ist.

Der Amtsdirektor betonte, er habe nichts gegen schwule Menschen. Sie lebten so, wie sie es müssen. Es sei ihr Recht. Man müsse aber der Realität ins Auge blicken. Die Krankheit von Gisselbrechts Freund würde früher oder später bestimmt zu zahlreichen Absenzen führen, was für den Betrieb schlecht wäre. Auf meinen Einwand, dass dies doch heutzutage kein Argument für eine Nichtanstellung sein könne, ebenso wenig wie eine mögliche Schwangerschaft bei Frauen, ging der Amtsdirektor nur ganz kurz ein: Dies sei doch etwas Anderes, unsere Gesellschaft brauche Kinder. Frauen würden sonst diskriminiert, das müsste mir als Kämpferin für die Anliegen des weiblichen Geschlechtes doch bewusst sein. Und überhaupt, vielleicht sei auch der Bewerber HIV-positiv.

Martha Berthel ist sehr offen in ihrer Notiz, fand Liv und auch Erik, dem sie später davon berichtete. Den letzten Satz hatte die Personalchefin mit

Angelegenheit. Der Amtsdirektor hat entschieden. Die Verantwortung liegt bei ihm. Was zu meinen Aufgaben und Pflichten gehört, habe ich getan. Sie haben die Aktennotiz gelesen. Nun gut. Das Dossier sollte nach dem Versand des Absagebriefs eigentlich archiviert werden. Dies ist fälschlicherweise nicht geschehen.«

Dass sie mit Hanna Müller den Irrläufer noch besprechen wollte, ließ Martha Berthel unerwähnt. In der letzten Zeit häuften sich derartige Vorkommnisse. Das konnte sie nicht dulden. Welch eine Ironie des Schicksals, dass gerade die unangenehme Geschichte mit dem jungen potenziellen Archivmitarbeiter diesen Verlauf nahm.

Das engagierte Verhalten der Mitarbeiterin gefiel Martha Berthel. Sie ließ sich jedoch nichts anmerken, sondern erwiderte ganz im Stil der loyalen Mitarbeiterin der Behörde, die sie doch auch war: »Geben Sie mir die Akte, Frau Carmini, ich werde für die korrekte Archivierung sorgen.«

»Korrekte Archivierung? Es geht wohl eher um die korrekte Vertuschung!« Liv war entrüstet. Dass sie die dem Entscheid des Amtsdirektors zugrunde liegende Haltung missbilligte, behielt Martha Berthel für sich. Sie wusste, dass der Amtsdirektor in der städtischen Politik gut verankert und damit fast unangreifbar war. »Sie wissen als Juristin doch, dass nach den Bestimmungen des Personalrechts der Entscheid für die Anstellung von Mitarbeitenden im alleinigen Kompetenzbereich eines Amtschefs liegt. Der Rekurs an die Stadtregierung ist zwar möglich, aber selten erfolgreich, und auch nur dann, wenn der Amtschef sein Ermessen grob verletzt hat und der Entscheid rechtlich offensichtlich falsch ausgefallen ist.«

»Ich lasse nicht zu, dass ein derartiges Verhalten mit quasi einem Federstrich unter den Teppich gekehrt wird«, widersprach Liv trotzig, »ich werde mit dem Amtsdirektor persönlich sprechen.« Noch bevor sie ihren letzten Satz beendet hatte, sprang sie auf und klemmte sich das Dossier unter den Arm.

»Beachten Sie, dass auch Sie in dieser Angelegenheit an das Amtsgeheimnis gebunden sind«, konnte Martha Berthel gerade noch einwerfen, bevor Liv aus dem Büro stürmte.

Vorspiel

Liv saß in Dr. Reitzels Vorzimmer. Das Dossier auf ihren Knien. An den Wänden waren Plakate aufgehängt, die den Amtsdirektor lächelnd mit kleinen Kindern auf dem Arm, im Gespräch mit alten Menschen und mit ernster Miene vor dem Stadthaus zeigten. Es war Wahlkampf.

Hannes Reitzel kandidierte für die Stadtregierung. Seine Partei, die Unabhängige Demokratische Volkspartei, UDV wollte nach 20 Jahren in der Opposition endlich wieder in der fünfköpfigen Stadtregierung vertreten sein.

Wählen Sie Dr. Reitzel – entscheiden Sie sich für Sicherheit, gegen den Schlendrian der Linken, war die beherrschende Parole auf allen Plakaten. Die Auswertungen Reitzels politischer Erfolge zeigten ein klares Bild: Er verdankte sie den Wählerinnen aus allen Schichten. Die Frauen hatten ihn unabhängig von ihren politischen Grundüberzeugungen in das städtische Parlament gewählt. Die Wahlstrategen der anderen bürgerlichen Parteien waren ratlos, die Parteichefinnen der Sozialdemokratischen und der Grünen Partei ärgerten sich: Ihr Jammern in den Medien darüber, wer sich denn in den vergangenen Jahren für die Rechte der Frauen eingesetzt hatte, Reitzels UDV oder die beiden Parteien der Linken, fand in den Medien keine Beachtung und bei der Wählerschaft keinen Anklang. Hinter den Kulissen sprachen die Gegner Reitzels von ihm als Verführer. Gegen sein Charisma fanden sie kein Rezept.

Abstimmungskampagnen, die Reitzel prominent in der Öffentlichkeit vertreten hatte, waren seit seinem Einzug in das städtische Parlament praktisch ausnahmslos ein Erfolg gewesen. So hatte die UDV die Abstimmung gegen die erleichterte Einbürgerung von Ausländerinnen und Ausländern vor einem Jahr haushoch gewonnen und dies gegen die in einer ungewohnten Allianz zusammengeschlossenen Parteien der übrigen Rechten und der Linken. Die UDV genoss die Erfolge Reitzels. Nach nur zwei Jahren Zugehörigkeit zum Parlament wählte die Fraktion ihn zu ihrem Vorsitzenden. Dies verschaffte Reitzel zusätzliche Auftritte bei Medienkonferenzen und verhalf ihm und seiner Partei zu regelmäßiger Resonanz im Lokalfernsehen und im Radio. Die Wahlstrategen der UDV konnten nun auch damit rechnen, mit Reitzel nach vielen Jahren endlich wieder in die Stadtregierung einziehen zu können.

Warum hat sich die UDV nur dieses Bauhaus-Rot als Farbe für ihre großen Töne gewählt? Ein Rot, das für Fortschritt, Lebensfreude steht. Die klas-sische Farbe der Linken, fragte sich Liv.

»Bitte gedulden Sie sich noch ein wenig, Frau Carmini. Dr. Reitzel telefoniert gerade mit dem Generalsekretär seiner Partei. Das dauert erfahrungsgemäß immer länger als geplant. Wie Sie wissen, beherrscht der Wahlkampf zurzeit die Agenda des Chefs. Ich bin froh, wenn das Ganze in vier Wochen vorbei ist«, seufzte die Chefsekretärin, ohne von ihrer Arbeit aufzublicken. Liv ergriff eine auf dem Tischchen liegende Wahlkampfbroschüre.

Nach 20 Jahren Misswirtschaft der Linken, und des Schlendrians der Anderen in der Stadtregierung, sind die Kassen leer. Genug der unverbindlichen Umverteilung! Die Stadt ist zu einem Magnet für Faulenzer und intellektuelle Arbeitslose geworden. Die Leistungen der Sozialhilfe haben sich in den letzten 8 Jahren beinahe verdoppelt. Dem Missbrauch in der sozialen Sicherheit muss ein Ende gesetzt werden. Die arbeitende, fleißige Bevölkerung ärgert sich: Asylsuchende und Schmarotzer werden für ihr Nichtstun belohnt.

Eine Schwarz-Weiss-Fotografie unterbrach den Text. Das Bild zeigte rechts zwei junge in ein Gespräch vertiefte Männer, einen Afrikaner in Jeans und T-Shirt und einen Mann in einem dunklen Anzug. Drei prall gefüllte Einkaufstaschen standen neben den Beiden auf dem Trottoir. Der zweite offensichtlich aus dem Balkan stammende Mann stützte sich mit seiner linken Hand auf den Kotflügel eines BMW der neuen 6er Klasse ab. Die Sonnenbrille hatte er sich lässig ins Haar gesteckt. Links im Bild zog eine alte Frau mit stark gebeugtem Rücken einen halb leeren Einkaufswagen hinter sich her. Oben ragten zwei Lauchstängel aus dem Einkaufswagen. Die Bildlegende lautete: *Soziale Ungerechtigkeit in unserem Land: Soll das so weiter gehen? Arbeit muss sich wieder lohnen. Der Sozialstaat soll sich auf seine wesentliche Aufgabe, die Existenzsicherung bei unverschuldeter Notlage zurückbesinnen. Die Steuern müssen reduziert werden.*

Liv wählte nie die UDV. Sie mochte die vereinfachenden Schlagworte dieser Partei nicht. Es stimmte zwar, dass die Sozialhilfeausgaben in den letzten Jahren stark zugenommen hatten, aber es gab gute Gründe dafür. Diese lagen nicht nur an der tatsächlich großen Zahl von Asylsuchenden. Die seit Ende der 80er Jahre andauernde wirtschaftliche Krise hatte die Stadt stärker getroffen als das Umland. So viele Menschen, wie noch nie seit der großen Rezession der 30er Jahre, waren arbeitslos geworden. Zahlreiche Betriebe, darunter auch Banken und Versicherungen, hatten viele Stellen abgebaut. Die Exportindustrie kämpfte mit Schwierigkeiten. Die wirtschaftliche Krise hatte auch die Hauptabnahmeländer getroffen. Es gingen nur noch wenige neue Aufträge ein. Die Maschinenindustrie, einst der Stolz der Stadt, wies nur noch einen Arbeitsvorrat von einem halben Jahr auf. Viele Arbeitnehmer mussten unbezahlten Urlaub nehmen oder waren auf Kurzarbeit gesetzt worden. Hier sprang die Arbeitslosenversicherung mit ihren Leistungen ein.

Der Sozialstaat funktioniert. Liv nervte die simplifizierende Argumentation der UDV. Was wäre wohl passiert, wenn die Sozialversicherungen in all diesen Fällen nicht eingesprungen wären? Ihr Zwiegespräch mit sich selbst wurde unterbrochen: »Entschuldigen Sie bitte, dass es etwas länger gedauert hat.« Dr. Reitzel stand lächelnd vor Liv und streckte ihr die Hand zum Gruß entgegen.

Sie musste sich eingestehen, dass der Amtsdirektor wirklich gut aussah, sogar noch besser als auf den Plakaten. Bis jetzt hatte sie ihn nur aus der Ferne gesehen, in der Kantine oder in den Gängen des Amtshauses. Seine blonden Haare waren zwar gepflegt geschnitten, fielen ihm aber etwas wild in die Stirn. Dies verlieh dem schlanken Mann einen Touch von Lässigkeit, die durch das jungenhafte, leicht schelmische Lächeln noch unterstützt wurde. Reitzels Blick war direkt, die grün-braunen Augen suchten das Gegenüber, wirkten aber nicht durchdringend.

Er trug keinen Anzug, sondern nur ein kurzärmliges olivgrünes Hemd und eine dunkelrote Krawatte, die mit kleinen blauen Elefanten verziert war. Reitzel legte mit leichtem Druck den Arm um Livs Schulter und führte sie in sein Büro. Sie nahm die beinahe nur angedeutete Berührung fast nicht wahr. Dr. Hannes Reitzel war verheiratet, liebte seine Frau, mit der er sich im Wahlkampf gern zeigte, er liebte die Frauen und sie ihn. Er wusste um seine Wirkung auf das andere Geschlecht, und dies nicht nur aus den Wahlumfragen. Er genoss es, als *Liebling der Frauen* bezeichnet zu werden.

Das Büro des Amtsdirektors war drei oder viermal größer als Livs Büro, das sie bis zu diesem Augenblick nicht als klein empfunden hatte. Ihr fiel als Erstes der Schreibtisch auf. Sechs runde alufarbene Füße trugen die schwarze Tischplatte des riesigen Möbelstückes. Schubladen oder Fächer sah Liv keine. Auf dem Tisch war lediglich ein aufgeklapptes, silberfarbenes Notebook und eine Telefonstation mit vielen Knöpfen zu sehen. Der Stuhl des Amtsdirektors war ebenfalls schwarz und aus Leder. Liv vermutete, dass er ein Designerstück aus der Blütezeit des Bauhauses war. Reitzel führte sie nicht zu seinem Schreibtisch, an dessen Ende ein Stuhl für Besucherinnen und Besucher platziert war, sondern er nahm mit ihr in den großen Fauteuils am anderen Ende des Büros Platz. Er bot Liv einen Kaffee an, den er selber aus der Maschine hinter seinem Schreibtisch herausließ und ihr überreichte.

»Trinken Sie Ihren Kaffee gern mit Milch und Zucker? Möchten Sie noch ein Glas Wasser?« Reitzel hatte eine schöne Tenorstimme. Sein Teint erinnerte Liv an den von Antonio, eine Ferienliebe aus fernen Zeiten: Leicht gebräunt, ein Gesicht ohne Falten, mit Ausnahme der kleinen Lachfältchen in den Augenwinkeln. Sie verscheuchte die sentimentalen Erinnerungen und nahm sich vor, dem Amtsdirektor ihr Anliegen in aller Offenheit darzustellen.

»Mit Milch, ohne Zucker,« entgegnete sie ihm.

Dr. Hannes Reitzel blieb während des ganzen Gesprächs überraschend gefasst, nett, obwohl Liv ihre Haltung zu seinem Entscheid in der Sache Gisselbrecht offen und mit spürbarer Entrüstung darstellte. Reitzel wirkte gar nicht wie ein großspuriger Chef. Er hörte aufmerksam zu, nickte hier und da. Liv ahnte, warum er in der Politik schon Einiges erreicht hatte: Bereits als 25-jähriger war er in das Stadtparlament und mit 32 Jahren zum Amtsdirektor des Steueramtes gewählt worden. In seiner Partei galt er als gemäßigt, was ihn auch für andere Wählerschichten wählbar machte.

Als Liv später an das Gespräch zurückdachte, musste sie allerdings zugeben, dass sich der Amtsdirektor zur Angelegenheit selber gar nicht wirklich geäußert hatte: »Es gibt durchaus verschiedene Sichtweisen. Ich akzeptiere Ihre Haltung. Ich finde es positiv, dass Sie so transparent vorgegangen sind. Sie haben gleich das Gespräch mit mir gesucht und sich nicht an die Presse gewandt! Das wäre allerdings auch eine Verletzung des Amtsgeheimnisses gewesen. Ich werde mich der Sache annehmen. Unsere Stadt braucht so engagierte Mitarbeiterinnen wie Sie. Ich freue mich auf unser nächstes Gespräch.«

Ein wesentlicher Teil der Konversation wurde den Bildern an den Wänden des Chefbüros gewidmet. Reitzel hatte Liv auf das Bild über der Sitzgarnitur angesprochen. Offensichtlich war ihm ihr Blick auf das Gemälde aufgefallen: »Ich sehe, Frau Carmini, Ihnen gefällt mein Kandinsky. Es ist ein Werk aus einer Zeit, in der er im Umfeld des Bauhauskreises, in Dessau oder so ähnlich, lebte. Es ist schlicht und etwas weniger wirr ausgefallen als seine späteren Werke.«

Liv war hocherfreut, jemanden gefunden zu haben, der sich wie sie für diese Zeit interessierte.

»Alle Bilder in diesem Raum stammen aus der gleichen Ära. Meine Frau hat mich bei der Auswahl der Bilder beraten. Sie hat Wert darauf gelegt, dass alles hier zusammenpasst, Möbel, Teppiche, Lampen, Bilder. So habe ich ihr diese Aufgabe überlassen und die Rechnungen bezahlt.« Reitzel grinste: »Meine Frau hat genügend Zeit. Nach der Geburt unseres ersten Sohnes vor sieben Jahren hat sie ihre Berufstätigkeit aufgegeben, um ganz für mich, ähm, für die Familie da zu sein. Was würden wir Männer ohne den guten Geschmack der Frauen tun?«

Und ohne die Aufopferung der Ehefrauen!, dachte sich Liv.

Reitzel schenkte ihr eine weitere Tasse Kaffee ein. Ihr fielen die stark hervortretenden Adern an seinen Händen auf. Von einem blonden Flaum überzogen. Sexy. Wie bei Antonio. Liv hatte Davide nie von ihrer Venedigreise erzählt. Es war lange vor ihrer gemeinsamen Zeit gewesen. Sie hatte ihm nie von jenem heißen Sommer 1982 erzählt, von ihren ersten sexuellen Erfahrungen. Wie weich und rücksichtsvoll und gleichzeitig fordernd Antonios Hände gewesen waren, überall auf ihrem Körper: Dafür gemacht, den Frauen zu gefallen. Dass diese Vorstellung eine Illusion darstellte, war Liv durchaus bewusst.

»Meine Frau hat sich von einem der bekanntesten Innenarchitekten der Stadt beraten lassen, von einem dieser gepflegten Männer, die sich nichts aus Frauen machen. Sie wissen schon – Geschmack haben sie.«

Liv ging auf diese Bemerkungen nicht ein. Erst später im Gespräch mit Erik ärgerte sie sich darüber, dass sie nichts entgegnet hatte.

»Der große elegante Sessel an meinem Schreibtisch ist dem preisgekrönten Museumsstück eines berühmten französischen Architekten nachempfunden worden…«

Die Möbel, welche die Architekten und Künstler des Bauhauses erschaffen hatten, waren für Liv die Beispiele guten Designs an sich.

»…An den Namen des Designers erinnere ich mich nicht mehr. Es handelt sich um einen Architekten, der später in die DDR emigrierte. Einer dieser verträumten Anhänger eines utopischen Sozialismus.«

Liv verließ perplex das Büro des Amtsdirektors. Reitzel war von einer einnehmenden Art gewesen. Gewinnend, charmant, welch ein Kontrast zur Politik, für die er eintrat. »Der Reitzel hat Geschmack.«, fasste Liv ihren Eindruck später in der Diskussion mit ihrem Bruder zusammen. Das Dossier hatte Reitzel während des Gesprächs an sich genommen. Eriks Schwester merkte dies erst, als sie sich im Vorzimmer von Reitzels Sekretärin verabschiedete.

»Te Ara Mokoroa, der Weg des Wissens ist beschwerlich.«, sagte Erik mehr zu sich selber als zu Liv.

Sie hatte ihm soeben von ihrer Besprechung mit dem Amtsdirektor erzählt: »Ich bin verwirrt: Meine Erfahrung aus dem Gespräch mit Reitzel stimmt nicht meinem Eindruck aus der Akte Gisselbrecht überein. Was soll ich tun?«

»Einsicht braucht ihre Zeit.«

»Deine Maori-Weisheiten helfen mir und dem bedauernswerten Gisselbrecht nicht weiter«, meinte Liv lachend. Die vokalreiche Sprache der Ureinwohner Neuseelands gefiel ihr. Erik pflegte eine Aussprache, wie sie Liv von den kraftvollen Gesängen der Maori her kannte. Sie mochte es, wenn Erik Maori-Sinnsprüche zitierte. Erik vergriff sich jedoch ab und zu in der Zitaten-Schatzkiste. So kam es Liv auch jetzt vor: »Was hat meine Geschichte mit dem beschwerlichen Weg des Wissens zu tun? Wissen, Einsicht und Handeln klaffen oft auseinander. Das ist Allgemeinwissen. Wo ist der Zusammenhang mit dem Geschehenen?«

»Genügt dir die Propaganda der UDV nicht, um diese Partei und ihre Absichten zu durchschauen? Die Hasstiraden der UDV gegen Ausländerinnen und Ausländer – lassen sie einen Spielraum in der Beurteilung ihrer Politik und der Parteiexponenten zu? Gibt es Momente, die eine positive Seite der UDV erahnen ließen? Ich sehe keine. Muss ich noch die nicht gerade zimperlichen Verunglimpfungen von Andersdenkenden, die undifferenzierten Parolen gegen die *Schmarotzer des Sozialstaats* erwähnen? Oder die diversen Schmutzkampagnen zu den vergangenen Abstimmungen? Reitzel mag zwar charmant sein, aber wie den Jesuiten heiligt der Zweck für ihn die Mittel. Fast alle UDV-Politikerinnen und Politiker handeln so. Jedenfalls die Erfolgreichen unter ihnen. Lässt dies einen anderen Schluss zu, als dass man solchen Menschen nicht über den Weg trauen kann? Sogar in persönlichen Angelegenheiten? Er hat dir die Akte weggenommen, ohne dass du es gemerkt hast. Wäre er aufrichtig gewesen, hätte er die Akte mit Hinweis auf seine Position und in Hinblick darauf, dass du diese gar nicht an dich hättest nehmen dürfen, von dir zurückverlangt. Ist Reitzels Charakter wirklich so schwer zu durchschauen?«

»Ob er das mit Absicht gemacht hat? Ich vermute eher, dass er die Akte quasi reflexartig an sich genommen hat. Eben, weil ich sie ohne Berechtigung behalten habe, nachdem sie als Irrläufer auf meinem Pult gelandet war.«

»Er hat dich mit seinem Charme eingewickelt, abgelenkt und dann zugeschlagen oder in diesem Fall: zugegriffen. Der Überraschungseffekt ist Teil einer jeden guten Taktik.«

»Abgelenkt war ich vielleicht schon.«

Erik unterbrach sie: »Ich glaube, du musst schlicht und einfach lernen, charmanten Männern nicht mehr auf den Leim zu gehen. Oder soll ich dich lehren, wie Männer ihren Charme entwickeln? Wie auch immer, Reitzel ist es gewohnt, dass Frauen ihn bewundern, anhimmeln.«

»Also angehimmelt habe ich ihn nicht, großer Bruder.«

»Aber als Mann gefällt er dir offensichtlich. Zum Glück nicht als Person. Darüber bin ich froh. Wenn meine Schwester einem UDV-Politiker verfallen würde, fände ich das schon gravierend.«

Liv fiel ihm ins Wort: »Eigentlich gehen dich mein Liebesleben oder meine sexuellen Fantasien gar nichts an.«

»Ich habe nicht von Liebe gesprochen, sondern vom Verliebtsein, von den Schmetterlingen im Bauch, vom überraschenden Flirt. Von den Augenblicken, wo ein Mensch in uns ungebändigte Sehnsüchte nach Sex weckt, wo wir nach vorbehaltloser Anerkennung durch einen anderen Menschen lechzen. Vom Blitzen im Blick eines anderen Menschen, das uns gefangen nimmt, einnimmt. Ich spreche von Verführung. Die unter Umständen zu Irreführung wird.«

Erik gefiel das Wortspiel von Verführung und Irreführung.

»Verführung betrachte ich an und für sich nicht als etwas Verwerfliches. Sie kann durchaus für beide Beteiligten lustvoll und gewinnbringend sein. Ein Teil des Spiels zwischen der umworbenen und der werbenden Person. Allerdings kann aus meiner Sicht niemand zur Liebe verführt werden, zu einem sexuellen Abenteuer oder zu einem Flirt schon. Zur Irreführung wird die Verführung erst, wenn der sexuelle Kick zu etwas anderem missbraucht wird. Ich spreche von dem in uns, das mit der Vernunft nur schlecht unter Kontrolle gehalten werden kann. Bewusst geschieht hier nur der kleinste Teil. Vieles läuft unbewusst ab: Wir merken es gar nicht, oder erst zu einem späteren Zeitpunkt. Der Puls jedenfalls schlägt schneller als gewohnt, die Libido will, dass dein Körper sich mit dem anderen vereint. Naa too tamaahine pai i taakina mai ai teenei kekeno ki konei.«

»Hör auf mit diesen Maori-Zitaten! Eine Vorlesung, Liebe und Sex – Widersprüche?! Ist nun nicht gerade das, was ich zurzeit benötige.« Liv wirkte gereizt.

»Leider bewirken die Schmetterlinge im Bauch, dass wir uns sogar von UDV-Politikerinnen und Politikern angezogen fühlen können. Dass sie unseren Puls hochschnellen lassen, und dies halt ungeachtet von der moralischen Qualität der Verursacher.« Erik bemerkte das Stirnrunzeln seiner Schwester. Er verstummte.

Am nächsten Morgen erhielt Liv von Martha Berthel einen Anruf. Ihre Anstellung würde leider zum Ende der dreimonatigen Probezeit aufgelöst, lautete die kurze Botschaft der Personalchefin. Als Juristin sei sie zwar für ihre Arbeit durchaus qualifiziert, aber in der persönlichen Zusammenarbeit hätten sich Unverträglichkeiten ergeben, welche eine Auflösung des Arbeitsverhältnisses als die beste Lösung für alle Beteiligten erscheinen ließe.

Liv war noch verwirrter als am Vortag. Sie konnte nicht glauben, dass der im Gespräch so kultivierte Amtschef sie entlassen hatte. Erik war klar, dass Reitzel mit fairen Mitteln nicht beizukommen war. Feuer wird erfolgreich mit Feuer bekämpft. Die Idee, den Gegner mit seinen eigenen Waffen zu überraschen und zu schlagen, gefiel Erik. In Australien hatte er gesehen, wie die Feuerwehrleute mit Bulldozern Schneisen in den Busch um die riesigen Feuergebiete legten. Diese Schneisen wurden von allem entzündbaren Material mit Ausnahme von Gras und Bäumen befreit. Bei guten Windverhältnissen entzündete die Feuerwehr den Busch in Richtung des Waldbrandes. Wenn dessen Feuer dann auf die ratzekahl abgebrannten Schneisen traf, fanden seine Flammen keine Nahrung mehr vor und verloschen. Verführung und Irreführung sollte die Losung des weiteren Handelns sein.

Liebesspiel

Der Wagen hielt mit einem leichten Knirschen an. Alex löste Reitzels Augenbinde. Der Chauffeur öffnete die Tür auf Alex' Seite. Sie steckte ihre schlanken Beine aus der eleganten blauen Limousine. Das schwarze Muster der feinen Strumpfhosen ließ die wohlgeformten Beine weißer erscheinen, als sie es waren. Die hohen Absätze sanken im kiesigen Untergrund ein. Alex hielt sich am ausgestreckten Arm des uniformierten Chauffeurs fest. Den Fluch, der ihr auf der Zunge lag, unterdrückte sie in letzter Sekunde. Sie hatte Eriks strengen Blick rechtzeitig bemerkt. Sie liebte Schuhe mit hohen Absätzen nicht sonderlich.

Auf der Treppe spürte Alex wieder festen Boden unter sich. Sie ließ Eriks Arm los. Reitzel war ebenfalls ausgestiegen. Er ergriff Alex' rechten Arm und führte sie zum Haus, das offensichtlich das Ziel ihres Ausflugs war. Die Fahrt mit dem alten, herausgeputzten Rover, das geheimnisvolle Tun mit der Augenbinde, ein Chauffeur in Uniform: ein Spiel wie in einem Kitschroman. Reitzel wollte seine Rolle gut spielen. Den Liebhaber, der sich von einer zauberhaften Fremden umgarnen ließ. Den vollendeten Gentleman.

Die dunkelgrüne Haustür öffnete sich. Benjamin in schwarzer Hose mit Bügelfalten und kleinen Umschlägen verbeugte sich leicht vor den Eintretenden. Bis jetzt hatte Erik ihn und seine Zwillingsschwester nur in Jeans und T-Shirts oder Ähnlichem gesehen. Er fand, dass das weiße Hemd dem hübschen Jungen gut stand. Die weiße Farbe betonte den gebräunten Teint. Benjamin führte Alex und ihren Gast in den Salon. Erik zog sich, wie es sich für einen Chauffeur gehört, zurück.

Benjamin servierte dem Paar zwei Campari Orange, wie es Alex vorgeschlagen hatte. Reitzel hatte geschnurrt: »Ich nehme das Gleiche wie meine wunderschöne Begleiterin.« Er hatte einen Arm sanft um die nackten Schultern seiner Partnerin gelegt, die Hand des anderen Arms ruhte auf ihrem Oberschenkel. Alex hatte vor dem Hinsetzen ihr knapp bemessenes Kleid, so weit es der nicht sehr elastische Stoff zuließ, nach unten gezogen. Reitzel strich zärtlich über den schwarzen, leicht melierten Stoff des Kleides, ein sich gut anfühlendes Seide-Leinen-Gemisch. Dann fuhr er mit den Spitzen seiner Finger über die hauchdünnen Strümpfe. Über die Knie hinaus und wieder zurück über den Oberschenkel. Er konnte die Augen nicht von diesem schönen Wesen lassen, das er vor zwei Tagen zufällig in der Casa-Bar kennen gelernt hatte.

Alex war eine so junge, eine so schöne Frau – ein Geschenk des Himmels! Wie gut sie roch! Reitzel konnte sich das Paradies nicht anders vorstellen. Alex trank ihr Glas rasch aus. Reitzel tat es ihr gleich. Der Campari schmeckte etwas gar süß. Reitzel stellte sein leeres Glas auf den Tisch zurück: »Alex, du bist so süß wie dieser Campari.« Er fand seine Ausdruckweise zwar selber kitschig, aber er war ja nicht zum Reden hierher gekommen. Reitzel fühlte sich dem Ziel, von dem er die letzten zwei Tage, zu Hause im Bett, bei der Arbeit, während der Sitzungen geträumt hatte, nahe. Seine Fantasien hatten ihn sogar die Abteilungsleitersitzung früher beenden lassen: Auf dem WC hatte er die Anspannung gelöst. So etwas tat er sonst nur zu Hause, im separaten WC, das seine Frau nie benutzte. Die in der Masturbation gefundene Erleichterung hatte aber nicht lange angedauert. Alex war überall gewesen. Reitzel war erregt wie in der Zeit seiner heißesten pubertären Träume. Er fragte sich, wo das Schlafzimmer zu finden war, und hoffte, die weiten Hosen vertuschten das Ergebnis seiner Erregung.

»Das Essen ist bereit. Darf ich zu Tisch bitten?« unterbrach Benjamin den Traum des erfolgreichen Eroberers, dem alle in den Schoss fallen.

»Ich habe uns etwas Köstliches anrichten lassen. Ich hoffe, es gefällt dir.« »Mir gefällt alles, was du mir anbietest, meine Schöne.«

Benjamin führte die Beiden an den bereits gedeckten Tisch. »Es gibt frischen Lachs aus Schweden. Mariniert, nicht geräuchert.«

Die hauchdünnen Lachsstückchen waren mit frischem Dill und fein gehackten Schalotten verziert. Auf der freien Fläche der Teller waren Fenchelsamen verstreut und in je zwei Glasschüsselchen luftig geschlagener Meerrettichschaum und Senfsoße angerichtet.

»Meerrettichschaum kennst du bestimmt. Die gelbe Soße ist die in Schweden so beliebte Hofmäster-Soße aus Senf, Dill und etwas Zucker. Sie schmeckt leicht süß. Mein Chauffeur und Koch stammt aus dem Norden.«

Dass Reitzels Schüsselchen noch etwas Anderes enthielt, verschwieg Alex. Erik hatte insgesamt 0,5 Milligramm eines rezeptpflichtigen Benzodiazepins beigemischt. Reitzel würde beim Essen so viel von dieser Substanz einnehmen, dass er danach etwas schläfrig und vor allem entspannt sein würde.

»Ich liebe den Lachs mit diesen Soßen«, meinte Alex und biss in das erste Stück des Fisches. Reitzel machte es ihr nach. Die Senfsoße schmeckte ihm.

»Der Wein schmeckt gut. Er hat ein kräftiges Bouquet. Süß, aber doch nicht aufdringlich.« Er erkannte an der Flaschenform, dass ihm ein Wein aus dem Elsass kredenzt wurde. Es war ein Gewürztraminer: 1994, Jean-Michel Boll.

Reitzel strahlte Alex an und erhob sein Glas: »Schwedischer Fisch, elsässischer Wein und eine schöne Frau aus dem Süden! Mir geht es gut. Vivent les belles femmes! Auf die schönen Frauen!«

Benjamin schoss Fotos von Alex und Reitzel. Je alleine und einander gegenübersitzend. Mit vollen Gläsern anstoßend. Alex auf Reitzels Schoss. Küssend. Alex den lachenden Reitzel mit der Gabel Lachs fütternd. Beide am Herumalbern. Reitzel in die Kamera strahlend. Alex hatte ihm versprochen, dass er bei ihrem nächsten Zusammentreffen Abzüge dieser Schnappschüsse erhalten würde.

»Alex ist doch ein Männername?!«

»Getauft bin ich auf den Namen *Alexandra*. Seit vielen Jahren nennen mich aber alle meine Freunde *Alex.*«

»Alexandra«, Reitzel betonte jedes *a*.

»Wenn du willst, dass ich nicht reagiere, nenn mich ruhig *Alexandra*.«

Benjamin zog sich lächelnd in die Küche zurück. Dort traf er auf Erik, der das Dessert vorbereitete. Er platzierte in der Mitte großer weißer Teller wenige gedörrte Feigen. Um sie herum verstreute er fein geraspelte schwarze Schokolade. Er hatte vor, dazu einen Late Bottled Vintage Port 1988 zu servieren.

Erik war in seinem Element und erklärte dem jungen Mann: »Die Feigen stammen aus der Türkei. Ihre Süße wie auch jene der Schokolade werden durch den feinen Geschmack des diskreten, aber doch ziemlich alkoholhaltigen Portweins unterstützt. 20 Volumenprozent, die du beim Trinken nicht spürst, je nach Konstitution und der konsumierten Menge – aber danach.« Erik schmunzelte. Er fragte Benjamin, ob er vom Portwein und vom Dessert probieren wolle. Benjamin nahm das Angebot gern an. Die beiden Männer stießen mit den feingliedrigen, hohen Gläsern an. Benjamin hatte noch nie Portwein getrunken. Er schmeckte ihm. Auch die Kombination des schweren Weins mit den Feigen und der dunkeln Cremant-Schokolade.

»Hier hast du nichts beigemischt?« fragte Benjamin.

»Nein, wir wollen ja nicht, dass Reitzel einschläft, nur, dass er sich nach unserer Regie verhält: Entspannt, zu vielem bereit. Das Benzodiazepin in der Hofmäster-Soße ist so hoch konzentriert, dass er davon während des Essens genügend abbekommen sollte. Die Alkoholanteile des Gewürztraminers und des Portweins werden den Effekt des Einschlafmedikaments verstärken. Dann haben wir ja noch das Kava Kava, das er im Schlafzimmer erhalten wird«, schloss Erik.

Schon jetzt freute er sich darüber, dass ausgerechnet ein UDV-Politiker mit seinen engstirnigen moralischen Vorstellungen diese Droge aus der Südsee konsumieren würde. Er war gespannt darauf, wie sie bei Reitzel einschlug. Erik verriet Benjamin nicht, dass er eigentlich ziemlich unsicher war, wie alle diese Substanzen zusammenwirken würden. Am unsichersten fühlte er sich hinsichtlich des Benzodiazepins. Das gewählte Medikament war als Einschlafhilfe für wenige Stunden ausgerichtet. In seltenen Fällen wurde es zudem als Hypnotikum eingesetzt. Bei kurzem Schlaf oder bei Schlafverhinderung trotz Einnahme der Substanz – wie sie hier geplant war – hätte der Betroffene mit Kopfschmerzen, allenfalls mit einem Schwindelgefühl zu rechnen und würde sich wahrscheinlich gar nicht mehr an alles erinnern, was er erlebt oder gemacht hatte.

Das Dessert stieß bei Reitzel auf Anklang. Benjamin musste drei Mal vom Portwein nachschenken. Hannes Reitzel fühlte sich wie im siebten Himmel. Als Alex ihn in das Schlafzimmer führte, war sein Gang nicht mehr so fest wie zu Beginn des Abends: »Ich fühle mich so schwebend, meine Schöne!« Alex schubste den leicht Angetrunkenen auf das große Bett. Er ließ sich ohne Gegenwehr hinfallen. Die Matratze war härter als er es von seinem

Ehebett gewohnt war. Aber nicht nur die Matratze war hart, wie Hannes zufrieden feststellte.

Alex setzte sich hinter den erregten Mann auf das Bett und fuhr ihm durch die dichten blonden Haare. Mit leicht kreisenden Bewegungen massierte sie Hannes' Kopfhaut. Reitzel setzte sich auf und spürte an seinem Rücken die festen kleinen Brüste. Er lehnte seinen Kopf zurück und blickte, was ihn überraschte, direkt in den Nachthimmel: »Ups, ein Sternenbett«, entfuhr es ihm spontan. Alex strich ihm die Haare aus der Stirn und meinte lächelnd, auf die Sterne zeigend: »Ja, bei schönem, warmem Wetter und bei besonderen Gelegenheiten schlafe ich unter freiem Himmel. Ab und zu wünsche ich mir auch etwas, wenn eine Sternschnuppe vorüberfliegt. Einige Wünsche gehen dann auch in Erfüllung. Sieh, eben ist wieder eine Sternschnuppe vorbei geflitzt.« Alex küsste Hannes auf die Stirn, auf den Mund. Er sollte nichts sagen, einfach genießen.

Erik brauchte das verschiebbare Dach nur selten. Er traute den Wetterprognosen und der vom Architekten vorgesehenen Automatik nicht, die bei einsetzendem Regen das Dach schließen sollte.

Reitzel ließ sich auf den Rücken fallen und schloss die Augen. Alex erkundete mit den Händen die Brust des Mannes, strich ihm durch die stacheligen, offensichtlich getrimmten Brusthaare und konzentrierte sich schließlich auf das Streicheln der Brustwarzen. Mit jeder Bewegung wurden sie härter und Hannes stöhnte zunehmend heftiger. Seine Hände krallten sich ins Leintuch. Mit einer Hand folgte Alex der Brustbehaarung nach unten. Auf der Höhe des Gürtels stoppte sie: »Du musst mich nun für einige Minuten entschuldigen. Ich werde mich frisch machen.«

Alex entwand sich Reitzels Händen, die sie an der Taille festzuhalten versuchten. Mit einem Lächeln entschwand sie durch eine Tür, die nach Hannes' Vorstellung ins Badezimmer führte.

Besser als das Schiebedach gefiel Erik der begehbare Kleiderschrank. Damit hatte er sich beim Erwerb des Hauses einen Traum erfüllt. Der riesige Schrank zog sich über die ganze Länge des Schlafzimmers hin. Das milchige Spezialglas der Türen ließ einen guten Blick aus dem Inneren nach Außen zu, was Benjamin und Erik feststellten, als sie die Kabale vorbereiteten. Das Glas der Schranktüren war für das Filmen zwar nicht ideal, aber die

Durchlässigkeit des Materials ersparte die komplizierte Installation von Kameras in Lampen oder an anderen versteckten Orten. Erik und die Zwillinge hatten in den Vortagen Probeaufnahmen gemacht. Benjamin hatte die Kamera besorgt. Das Filmen erfolgte wie durch einen leichten Nebelschleier hindurch, aber die Personen und die Handlung waren trotzdem eindeutig erkennbar. Die Aufnahmen bestachen durch eine hohe Auflösung und eine exzellente Tiefenschärfe. Benjamin filmte. Erik dokumentierte das Geschehen mit einer Fotokamera. Reitzel entledigte sich aller Kleider bis auf die Unterhose und legte sich aufs Bett, eine Hand hinter dem Kopf, die andere in den Boxershorts.

»Da bin ich wieder.« Alex stand in einem schwarzen Dessous in der Tür. Erik und sie hatten das feine Ding bei Ladner und Meister in Wien gekauft. Sie hielt in beiden Händen ein Champagnerglas.

»Kitschig. Wie in einem James Bond Film«, flüsterte Erik Benjamin zu.

Reitzel bemerkte staunend, dass die Gläser nicht mit Champagner, sondern bis zur Hälfte mit einer milchigen Flüssigkeit gefüllt waren Alex nahm den fragenden Blick auf: »Ich bringe uns etwas Kava Kava. Kava Kava ist eine Droge, die in der Südsee angebaut und von den Einheimischen bei Festen mit Freunden oder am Abend in der Familie genossen wird.«

»Kava. Das klingt wie die Abkürzung einer Müllverbrennungsanlage oder einer Schweizer Großbank. Ist dieses Kava nicht illegal? Oder gefährlich?«

Alex streichelte über Reitzels Handrücken. »Deine Frau ist legal. Ich bin illegal. Wein ist legal. Kava ist Fun.«

»Was bewirkt Kava?«

»Nichts Schlimmes. Die jungen Leute werfen sich heute an jeder Wochenendparty Härteres ein.«

Alex setzte sich neben Reitzel auf das Bett. Ihr linkes Bein streifte sein Rechtes: »Das Kava wird deine Haut so empfindlich machen, dass sich die Grenzen zwischen Schmerz und Lust vermischen. Du wirst die ganze Welt lieben.«

Hannes stieß mit Alex an: »Ich will nicht die ganze Welt lieben. Die ganze Welt umarmen, ja – lieben, nur dich.«

Alex wusste von Erik, dass Kava Kava eine entspannende, Angst lösende Wirkung entfaltet. Die von ihr beschriebene Wirkung der höheren Empfindlichkeit der Haut war ihre eigene Erfindung. Sie stellte sich vor, dass seelische und körperliche Entspannung einen Menschen für Berührungen und Gefühle empfänglicher machte. Kava Kava entspanne nicht nur die Nerven, sondern ebenso die Muskeln, hatte Erik maliziös gemeint. Alex kannte die chemische Zusammensetzung der auch Rauschpfeffer genannten Droge nicht. Erik hatte angedeutet, dass das Pulver in zu hoher Dosis zu Leberschäden führen könnte.

»Die Welt ist schön. Lass sie uns zusammen neu erfahren. Trink, mein Schatz. Lass dich treiben. Ich werde dir neue Erfahrungen verschaffen«, flüsterte Alex, lächelte und hielt das Glas an Reitzels Lippen. Er trank einen Schluck: »Es schmeckt wie. Ich weiß nicht, wie was.«

»Ich habe das Kavapulver mit etwas Milch vermischt und ganz wenig Zucker zugefügt.«

Reitzel nahm einen weiteren Schluck zu sich. Alex beugte sich über ihn. Seine Hände fassten nach ihren Brüsten. So rund, fest, zart. Durch den feinen Stoff spürte er, wie ihre Brustwarzen hart wurden. Alex legte sich auf ihn. Der Seidenstoff kitzelte. Jede ihrer Bewegungen führte zu kleinen Hitzewellen im Körper des Mannes. Hannes strich über Alex' Hintern. Seine rechte Hand versuchte unter den Bund des Höschens zu gleiten. Sanft wies ihn eine Hand zurück.

Hannes Reitzel war erregt. Das war auch für Erik und Benjamin im Schrank gut erkennbar. Alex streichelte über die Boxershorts und griff zu. Sie bewegte ihre Hand langsam auf und ab. Reitzels Körper antwortete auf jede Bewegung mit einem Zucken.

Alex zog dem sich zum Schein wehrenden Mann die Unterhose aus. Hannes sah ihr zu, wie sie sorgfältig ein schwarzes Kondom aus der Schutzhülle befreite. Alex rollte das Präservativ ab. Gleichzeitig streichelte sie den Mann. Alex veränderte den Druck ihrer Lippen. Reitzel war definitiv steinhart und sein Stöhnen wurde lauter.

Alex bemerkte, dass sie den Akteuren im Schrank den Blick auf Reitzel verdeckte. Sie veränderte die Position und rückte etwas zur Seite. Alex richtete sich auf. Sie rieb sich am Unterleib des Mannes. Hannes spürte durch den feinen Stoff des Negligés die dichte, leicht stachelige Behaarung des Orts seiner Begierde. Seine Hand tastete sich vor: »Ich bin so geil. Alex!«

Alex' Hand strich fast unspürbar über die Behaarung am Bauchnabel des Mannes. Plötzlich zupfte sie an einzelnen dieser Haare. »Autsch«, lachte Reitzel. Die Frau küsste den Bauchnabel des Mannes. Abwechselnd fest und zart kniff sie seine Brustwarzen. Alex' Zunge setzte ihren Weg von der Brust über die Schultern in die Achselhöhlen fort. Sie streichelte die Schenkel des Mannes, liebkoste die blonden Haare, küsste ihn überall, besonders dort, wo er sich so stark fühlte. Reitzel genoss die warme Feuchtigkeit. Die Zunge kitzelte und er musste lachen. Alex biss zum Schein in die behaarten Schenkel. Der warme Atem der Frau strich fein über seine Beine bis hinab zu den Waden. Dann liebkoste sie die Fußsohlen des Mannes. Mit einem unerwartet festen Griff umfasste sie die Gelenke.

»Ich möchte dich fesseln!« Alex griff unter das Bett und zog zwei Paar Handschellen hervor. »Schließ deine Augen.« Hannes grinste und tat, wie ihm geheißen. Alex legte die Handschellen um die Hand- und Fußgelenke. Die freien Bügel ließ sie an den vorbereiteten Klammern einrasten. Reitzels Arme und Beine waren damit so locker angebunden, wie es die Zwillinge und Erik geplant hatten. Alex küsste den Mann, der sich aufbäumen wollte, und drückte ihn auf das Bett zurück. Ihr Mund suchte seine Achselhöhlen, die Zunge fuhr durch die hellen Haare, diese anfeuchtend. Mit leichtem Druck küsste, biss Alex in die Oberarme des sich wehrenden Mannes. Gleichzeitig erhöhte sie den Druck um das Symbol seiner Männlichkeit.

»Ich möchte, dass du dich mir blind hingibst.« Alex präsentierte Hannes ein schwarzes Seidentuch. Beide lächelten. »Schließ die Augen, damit ich sie dir verbinden kann.«

Als Reitzel nichts mehr sehen konnte, übernahm Erik die Kameraführung. Benjamin zog sich aus und trat nackt aus dem Schrank heraus: schlank, langbeinig mit dunkler Behaarung auf Beinen und Armen. *Ein junger Gott*, fuhr es Erik durch den Kopf.

Alex saß auf dem Bauch des Mannes und beugte sich über ihn. Hannes gab sich ihren Küssen hin und wand sich unter den Liebkosungen. Sein Schwanz reckte sich an ihrem Kreuz auf, suchte hinter dem Gesäß den Weg seiner Bestimmung. Alex küsste Reitzel tief: Jede Zunge suchte die andere, sie spielten miteinander, füllten die Münder aus, jeder Mund, den Anschein erweckend, den anderen verschlingen zu wollen. Die Handschellen und die küssende Frau hielten Reitzel fest auf dem Bett zurück. Alex erhöhte den Druck und machte sich noch schwerer. Mit ihren Beinen presste sie Hannes' Beine zusammen. Er flüsterte lächelnd: »So, nun hast du mich voll in deiner Gewalt!« Alex griff mit der rechten Hand nach hinten, umfasste Reitzels Geschlecht fest und fuhr heftig auf und ab. Immer schneller werdend.

Benjamin schaute, dass er den bewegungslosen Mann nicht berührte. Die Frauenhand wurde von Benjamins Männerhand abgelöst. Er schmierte Gleitcreme auf das Präservativ. Das Gleiche machte er mit seinem Hinterteil. Alex küsste Reitzel. Mit einer Hand massierte sie seine Brustwarzen. Hannes bemerkte nicht, dass ein weiterer Mitspieler dazugekommen war. Seine Hände suchten – soweit es die Seile zuließen – ihren Weg durch das Dessous, die vollen Brüste, die weichen Schenkel. Er liebkoste die junge Frau mit zärtlichem Streicheln, die ihm mit ihrer zarten Haut, mit ihren Bewegungen so viel Vergnügen bereitete. Alex' Hände waren überall, hinter seinem Kopf, am Nacken, auf seiner Brust, an seinen Brustwarzen, an seinem Hintern, auf den Pobacken. Bald würde sein Schwanz sein Ziel gefunden haben.

Alex' Hände schienen sich verdoppelt zu haben. Sie verlangten Reitzels Hingabe. Sex pur. Benjamin gab dem Drängen des aufgegeilten Mannes nach. Mit einem Ruck bahnte sich Reitzel den Weg, nicht wissend, wohin, aber fühlend, dass er seiner Bestimmung gehorchte. »Ich bin drin.« Seine Hüften begannen sich zu bewegen. In immer gleichmäßigeren Stößen arbeitete er sich voran. Reitzels Handeln und seine Gedanken waren zu einer Einheit geworden. Das Kava hatte ihn für jeden Körperkontakt empfindsam gemacht. Jeder Stoß, jede Berührung seiner Haut mit jener der Zwillinge ließ ihn die einzelnen Poren spüren. Benjamin massierte mit beiden Händen die behaarten Pobacken des Mannes, der ihn fickte.

»Was ist das?« Hannes hatte Benjamins haarige Beine berührt. Er merkte, dass er nicht in Alex war. »Scheiße!« Reitzel bäumte sich auf, seine Arme wurden von den Handschellen zurückgerissen. Es gelang ihm nicht, sich aufzurichten. »Ein Mann!«

Benjamin ließ sich zurückgleiten und setzte sich schwer auf ihn nieder. Den Mann in seiner Gewalt, nicht mehr aus seinem dunklen Innern loslassend. Alex streichelte über den Oberkörper des entsetzten Reitzel. Sie nahm ihm die Augenbinde ab, löste die Träger des Negligés und ließ das Dessous auf ihn niederfallen. Ihre Brüste schwankten sanft wiegend hoch über dem Mann.

»Hannes, lass geschehen, was du in deinem Innern willst. Ist es etwa nicht schön mit uns?« Alex' Mund schloss Reitzels Mund. Der lange, nasse Kuss schaffte Frieden. Unterstützt von den Händen, die dem Nacken entlang durch die Haare streiften. Alex drückte ihre Brüste gegen seinen Oberkörper. Jedes Haar seiner Brust verlangte nach mehr. Das Spiel der Handschellen ließ den Griff nach Alex' Schönheiten knapp zu: Er genoss die Berührungen. Seine Lenden verschmolzen mit jenen des jüngeren Mannes. Alex flüsterte ihm ins Ohr: »Bald wirst du auch mich erobern.«

Benjamin löste sich von Hannes. Alex küsste Hannes heftig und strich ihm über die nasse Stirn. Seine blauen Augen gefielen ihr. Benjamin ersetzte das Kondom durch ein Neues. Mit leichtem Druck strich er großzügig Gleitmittel darüber. Alex löste je eine von Reitzels Hand- und Fußfesseln und schmiegte sich an den halbwegs befreiten Mann: »Entspann dich.«

Reitzel streichelte mit der freien Hand ihren Rücken. Ihre Haut fühlte sich so weich an. Hannes war geil, glücklich.

»Lass dich gehen.« Er spürte die Berührung von vielen Händen auf seinen Schenkeln. Er wollte mehr. Alex bewegte sich ihm entgegen. Er glaubte, in ihr zu versinken. Immer tiefer. Eine Hand strich zart über seinen Hintern. Ein Finger, zwei, drei Finger bahnten sich ihren Weg. Die Bewegungen von und in seinem Becken wurden eins: die Frau unter ihm, der Mann in ihm. Alex und Benjamin schauten sich in die Augen. Benjamin fickte Reitzel im gleichen Rhythmus wie Hannes Alex.

Reitzel war verloren, glücklich.

Erik filmte. Er war zufrieden, ebenfalls glücklich. Er hatte die Doppelbödigkeit der UDV mit starken Bildern dokumentiert: ein bekannter UDV-Politiker, ein vehementer Verteidiger der einheimischen Kultur, mit zwei offensichtlich fremdländischen Schönheiten beim Sex, ein Kämpfer gegen den Verfall der Sitten in Familie und Gesellschaft im außerehelichen Sandwich mit bildhübschen jungen Menschen. Ein bekennender Frauenheld nicht mit zwei Frauen, sondern mit einer Frau und einem Mann im Bett. Von einem Mann gefickt. Die Bilder würden es belegen – nicht leidend, sondern genießend. Sex pur.

Die Fotos des eingeschlafenen Reitzels bildeten schließlich den passenden Abschluss des Nachmittags: ein Mann in seinen besten Jahren mit einem gut erhaltenen, leicht trainierten Körper und einem jungenhaften Gesicht. Nackt, entblößt. Bloß gestellt.

Erik und die Zwillinge schauten das Video vor der Abfahrt am Fernseher an. Benjamins Kommentar war kurz und bündig: »Hübsche Darsteller, nicht?« Mit diesem flapsigen Spruch brachte er alle drei herzhaft zum Lachen. Aus Angst, den eingeschlafenen Reitzel zu wecken, verstummten sie allerdings schnell wieder.

Erik war sich sicher, dass ein Teil des Erfolgs der sorgfältigen Vorbereitung zu verdanken war: »Hübsche Darsteller allein hätten aber nicht gereicht!«

Allerdings waren die Vorbereitungen nicht nur akribisch, sondern auch lustvoll gewesen. Erik und Benjamin hatten die Regie ihres Teils der Verführung nicht nur eingehend besprochen, sondern den Sex und seine Filmbarkeit auch geübt. Erik hatte zuerst Reitzels Rolle übernommen. Er hatte es genossen, obwohl er selten den aktiven Part spielte. Die Filmkamera hatten sie auf ein Stativ montiert und so fokussiert, dass sie das Geschehen auf dem Bett festhielt. Die Beiden hatten nicht nur einmal geübt. Sie hatten auch die Rollen getauscht. Als Vorwand hatten sie eine etwas andere Kameraeinstellung gewählt.

Allerdings war es Erik nicht gelungen, dem liegenden Mann hinter der auf ihm sitzenden Frau verborgen zu bleiben. Zackus, der die Frauenrolle übernommen hatte, war zugegebenermaßen auch etwas kleiner gewachsen als Alex. Erik und Benjamin hatten beim Abspielen des Films gelacht: Zackus, der Teddybär, der als Statist Alex zu spielen hatte, war während der Dreharbeiten immer wieder weggekippt. Entweder wegen des Schocks über das Miterlebte, oder, weil er so erregt war. Benjamin und Erik waren unschlüssig, da Zackus sich nicht klar dazu geäußert hatte. Der Teddybär hatte sich jedenfalls Mühe gegeben. Er brachte dann auch die Idee auf, dem Amtsdirektor die Augen zu verbinden. Dies würde alles vereinfachen. Weder Erik noch Benjamin erzählten Alex von ihrer Generalprobe.

Erik blickte in den Rückspiegel: Auf dem Rücksitz hatte Reitzel den Kopf auf Benjamins Schulter abgelegt. Er schlief, den Mund leicht geöffnet, das Haar über die Stirn fallend, die beiden obersten Hemdenknöpfe offen – zufrieden, glücklich. Der Medikamenten- und Drogencocktail hatte seine Wirkung offensichtlich nicht verfehlt. Benjamin sah aus dem Fenster. Erik ließen die Bilder des Geschehenen in seinem Schlafzimmer nicht los. Die Zwillinge hatten Reitzel zu einem Orgasmus verholfen, wie er ihn wohl noch nie zuvor erleben durfte. Im Video war dies gut dokumentiert. Der verführte Verführer war gut sichtbar und unüberhörbar zu einem Höhepunkt gekommen. Das diente Eriks Plänen. Er war zufrieden und fragte sich, ob die Zwillinge selber auch zu einem Orgasmus gekommen waren. Die ungewohnte Kameraführung hatte ihm ein Höchstmaß an Konzentration abverlangt. Er lächelte.

»Warum grinst du?« flüsterte Benjamin.

»Ich habe die vergangenen Stunden vor meinem inneren Auge Revue passieren lassen. Du und Alex, ihr ward so konzentriert bei eurem Tun. Professionell und doch mit einer sinnlichen Hingabe. Kein Pornofilm kann das bieten.«

»Hättest wohl auch gern mitgewirkt?« Benjamin grinste.

Erik mochte Benjamin und seine Schwester.

Ingrid Reitzel ging normalerweise um 22:00 Uhr ins Bett, unabhängig davon, ob ihr Mann bereits von der Arbeit oder einer seiner zahlreichen Verpflichtungen zurückgekehrt war. Heute verhielt es sich anders. Ingrid Reitzel war stolz auf sich: Sie war von der Frauengruppe der UDV für die Wahl zur Vorsitzenden der Schulkommission nominiert worden. Diese Neuigkeit wollte sie ihrem Ehemann unbedingt vor dem Zubettgehen noch mitteilen. Sie würde ihm gefallen. Deshalb war Ingrid Reitzel noch wach, als es nach Mitternacht an der Wohnungstür läutete. Sie eilte – aufgedreht, wie sie war – sofort an die Tür und öffnete diese mit großer Freude. Überrascht musste Ingrid Reitzel feststellen, dass ihr Mann nicht alleine nach Hause zurückkehrte. Sie hatte weder Erik noch Benjamin jemals zuvor gesehen. Die beiden Männer lächelten freundlich.

»Guten Abend, Frau Reitzel.« Ihr Mann schien etwas unsicher auf den Beinen zu sein und wurde von den beiden Unbekannten gestützt.

»Guten Abend, Schatz.« Hannes löste sich von Erik und Benjamin und stolperte auf seine Ehefrau zu.

»Wir ziehen uns nun zurück. Es war uns eine Freude, Sie kennen zu lernen. Ihr Mann hat uns viel von Ihnen erzählt. Wir wünschen Ihnen noch einen schönen Abend.«

Erik und Benjamin drehten sich um und stiegen die Treppe hinunter. Außer zu einer Erwiderung des Abschiedsgrußes war Ingrid Reitzel zu keinem weiteren Austausch mit den beiden – wie sie fand – sympathischen Fremden gekommen. »Wer waren diese Beiden? Parteifreunde?«

Hannes Reitzel antwortete nicht. Er küsste seine Frau auf den Nacken, kniff sie und streichelte ihr über die Pobacken. Lachend fanden sie den Weg ins Schlafzimmer. Ingrid Reitzel liebte ihren Mann, seinen Erfolg und in dieser Nacht auch wieder einmal den Sex mit ihm. So zärtlich waren sie sich seit zwei, drei Jahren nicht mehr begegnet. Nach der Geburt des zweiten Sohnes war die Zeit des gemeinsam erfüllten Sexes stark zurückgegangen. Nun war Hannes wieder der alte Held ihrer Träume, fordernd, stark und rücksichtsvoll zugleich. Keine routinemäßige Missionarsstellung, kein Ausbleiben des Orgasmus bei ihr. Ingrid Reitzel erlebte zwei Höhepunkte hintereinander.

Liebevoll blickte Ingrid auf Hannes, der erschöpft eingeschlafen war. Er lag nackt, ihr zugewandt da und schnarchte leise. Die politische Arbeit schien ihren Mann zu beflügeln. *Hoffentlich schafft Hannes den Einzug in den Stadtrat*, dachte sie und schlief ein.

Nachspiel

Der Anruf erreichte Reitzel am Morgen danach. Der Anrufer nannte seiner Sekretärin seinen Namen nicht. Auch nicht auf ihr Nachfragen hin. Er blieb kurz angebunden und meinte lediglich, die Angelegenheit sei persönlich, der Amtsdirektor kenne ihn. Der Anrufer kündigte Reitzel die Ankunft eines Videos an, das er sich allein, ohne Angehörige, ohne Mitarbeitende anschauen sollte: *Stichwort Alex.* Der Unbekannte betonte, dass er in Anbetracht der hohen Vertraulichkeit der Angelegenheit dem Kurierdienst einschärfen werde, das Päckchen mit dem Video dem Amtsdirektor persönlich zu übergeben. Er würde ihn am späteren Nachmittag wieder anrufen.

Dr. Hannes Reitzel war beunruhigt. Anna Gruber fragte ihren Chef besorgt, ob sie ihm den Anruf nicht hätte durchstellen sollen, Reitzel verneinte dies. Seine Anweisungen an die Sekretärin waren knapp: Sie solle alle Sitzungen absagen. Außer einem Kurier, der ein Päckchen bringen würde, möchte er niemanden sehen. Telefonate seien, ohne Verzögerung durchzustellen. Anders als üblich erklärte Reitzel seiner Mitarbeiterin den Hintergrund seiner Aufträge nicht. Sie spürte, dass er gereizt war, hakte also nicht nach. Kurz nach 14:00 Uhr stellte Anna Gruber Erik ein zweites Mal zu ihrem Chef durch.

Schon der Gesprächsbeginn, den der Anrufer wählte, nervte Reitzel:

»Die Franzosen umschreiben den Orgasmus mit *petite mort.* Jeder Höhepunkt ist zugleich ein *kleiner Tod.* Die Franzosen treffen mit diesem Bild doch einen wesentlichen Kern der Erotik.«

»Kommen Sie zur Sache!« unterbrach ihn Reitzel. »Sie wollen mit mir bestimmt nicht über den psychologischen Hintergrund von Sex und Erotik sprechen.«

Reitzel schnaufte tief aus. Das Video, das er kurz vor der Mittagspause erhalten hatte, lief unentwegt vor seinem inneren Auge ab. Die beigelegten Fotos waren nicht weniger aussagekräftig. »Welche Art von Erpressung haben Sie vor? Wo versteckt sich Alex?« Reitzel wurde laut. Das Video und die Fotos hatten ihn ebenso aufgeregt wie erregt. Er sehnte sich nach mehr Sex mit Alex. Die Erregung war so stark, dass sie zu schmerzen anfing. Reitzel griff in die Hose und befreite sein Glied aus der Verstrickung von

Unterhemd und Unterhose. Er schloss den Hosenladen mit einem Ruck, wie um sich selber oder seinem Unterleib zu beweisen, dass er die Lage wieder im Griff hätte: »Ich lasse mich nicht erpressen. Ich zeige Sie und Alex wegen Erpressung an. Auch wegen sexueller Nötigung. Ich bin doch nicht schwul. Den Sex mit dem jungen Mann, den habe ich nicht gewollt. Ich bin dazu gezwungen worden.«

»Sieht man etwas von Zwang oder Gewalt im Video? Nein, selbst die Handschellen haben Sie sich freiwillig anlegen lassen, lieber Herr Reitzel. Sowohl beim Sex mit Alex als auch mit Benjamin machten Sie einen rundum aufgegeilten Eindruck.«

Reitzel schwieg. Er hatte den Videorekorder angeschaltet und sah sich selber in voller Größe. Auf einem Bett liegend. Nackt. Die Kamera zeigte eine Großaufnahme seines Gesichts. Die Augen geschlossen, lächelnd. Grinsend. Die Kamera fuhr zurück. Sie zeigte das Zimmer, ein Schlafzimmer, ein großes Bett – die Bettlaken zerwühlt. Ein Mann mitten drin. Gut erkennbar: Reitzel. Er rieb sich die Nase. Er musste niesen. Der Reitzel im Video richtete sich auf, soweit es die Seile und die daran befestigten Handschellen zuließen. Die Kamera richtete sich auf einzelne blonde Haare des linken Beins, fuhr die Wade zum Knie hinauf, von da zoomte sie direkt auf die ebenfalls leicht behaarten Hoden des Mannes und bewegte sich im Zeitlupentempo den Schaft des Penis hinauf.

Die Kamera schwenkte nach links: Alex trat in das Bild, lächelte kurz in die Kamera, beugte sich über Reitzel, streichelte langsam über die Brustbehaarung und die Brustwarzen, küsste ihn, setzte sich auf seinen Bauch, küsste ihn wieder, liebkoste seinen Oberkörper, ergriff für einen Augenblick das erigierte Glied, ließ es wieder los und küsste den sich unter den Berührungen windenden Mann. Die Kamera schwenkte auf den Rücken der jungen Frau, zeigte Details des schwarzen Negligés. Die Kamera bewegte sich an einer Falte entlang nach unten. Ins Bild kam Reitzels Erregung, hinter dem Po der Frau steil aufragend. Ein junger Mann tauchte aus Richtung der Kamera mit Blick in die Selbige auf, nackt, sichtbar erregt. Die Frau beugte sich über Reitzel. Sein Gesicht war für den Zuschauer nun durch den Frauenkörper verdeckt. Die beiden küssten sich lange. Wieder ein markanter Schwenk der Kamera: Der junge Mann hatte sich hinter die Frau gekniet, lehnte sich eng an sie. Langsam senkte er seinen Hintern. Die

Kamera zoomte auf Reitzel, als er in Benjamin eindrang. Hannes drehte den Ton ein wenig auf. Es war seine Stimme, die zu hören war: »Ich bin drin.«

»Es wird Aussage gegen Aussage stehen«, presste der Amtsdirektor hervor. Das Standbild auf dem Bildschirm zeigte sein Gesicht, die mit einer Binde abgedeckten Augen, den Mund leicht geöffnet. Reitzel drückte die Wiedergabetaste. Alex erschien im Bild. Eine Frau, die ihn innig küsste. Der Mann war er. Unbestreitbar. Die Frau war nicht seine Ehefrau. Unbestreitbar.

An der Bürotür klopfte es. Reitzel schaltete das Gerät aus. Seine Sekretärin streckte den Kopf herein: »Entschuldigen Sie bitte, Ihre Frau ist hier.«

»Ich bin immer noch in einem wichtigen, vertraulichen Telefongespräch. Sie soll doch bitte im Vorzimmer warten. Oder im Café Bollinger einen Espresso trinken und in etwa einer Stunde wiederkommen.« Er wandte sich wieder seinem Gesprächspartner zu. »Entschuldigung, ich wurde gestört.«

»Ich kann mir gut vorstellen, dass der Direktor des Steueramtes viele Verpflichtungen zu erfüllen hat. Hierzu kommt dann noch der Wahlkampf.«

»Sie haben immer noch nicht gesagt, was Sie von mir wollen. Wie ich schon gesagt habe: Erpressen lasse ich mich nicht. Ich habe gute Freunde bei der Polizei und anderen Behörden.«

»Sie treffen den Nagel auf den Kopf: Ich versuche, Sie als Freund zu gewinnen. Ich möchte nicht weniger als Ihre Freundschaft.«

»Meine Freundschaft?« Reitzel war misstrauisch.

»Freunde sind füreinander da. Sie helfen einander.« Erik legte eine Kunstpause ein. »Freunde erweisen einander Gefälligkeiten: Ich werde dafür sorgen, dass das Video und die Fotos den Weg in die Öffentlichkeit nicht finden. Ich bin mir sehr bewusst, dass ein solches Video Ihrer Karriere schaden könnte. Auch wenn ich die UDV nicht mag und einem Mann der UDV eine derartige Entlarvung durchaus gönnen könnte, Ihnen als Freund helfe ich gern.«

»Es ist mir neu, dass Freundschaft auf Erpressung aufgebaut werden kann.«

»Vertrauen ist die Basis einer jeden guten Beziehung. Es wird bei unserer Beziehung wie bei einer Vernunftehe sein. Liebe ist nicht nötig, aber wir arrangieren uns. Wir erweisen uns gegenseitig einen Gefallen.«

»Wie kann ich sicher sein, dass Sie sich an eine Abmachung halten?«

»Sicher können wir Menschen nie sein. Wir können aber vertrauen.«

»Wenn ich dieses schmutzige Spiel nicht mitspiele?«

»Dann ist das zarte Pflänzchen der Freundschaft leider schon verdorrt und an seiner Stelle wird die schwarze Blume der Rache sprießen. Die Enttäuschung der UDV-Parteileitung, die Sensationslust der Boulevardpresse, die Wut der Ehefrau werden nicht aufzuhalten sein.«

Erik war sich bewusst, einen etwas schwulstigen Stil für seine Drohung gewählt zu haben. Er erzielte damit den entschlossenen Eindruck, den er vermitteln wollte.

Reitzel gab nach: »Welchen Gefallen könnte ich Ihnen denn erweisen?«

»Es geht um drei Probleme, bei deren Lösung Sie mir helfen können.«

»Drei Probleme?« Reitzel seufzte.

»Alex und Benjamin sind Schweizer.«

»Wer ist Benjamin?«

»Alex' Bruder. Sie haben ihn gestern nah und tief kennen gelernt.« Erik lachte. »Der junge Mann, der das Essen serviert hat, ist Alex' Zwillingsbruder!«

Reitzel schauderte es.

»Benjamin hat noch andere Talente erkennen lassen«, unterbrach Erik Reitzels Entrüstung. Er lachte laut: »Sex mit Zwillingen ist kein Inzest. Sie haben ihre Bedürfnisse ausgelebt. Sex ist etwas Unbändiges, das seinen Weg bahnt wie fast nichts anderes auf der Erde.«

»Sex mit Männern ist eklig. Ich bin nicht schwul. Ich wurde getäuscht.« Reitzel schwieg.

Erik kam das Schweigen ziemlich laut vor: »Herr Reitzel, sind Sie noch da? Sex ist nur ein Verbrechen, wenn er mit Gewalt verbunden ist. Das kommt übrigens am meisten in der Ehe und in Familien vor. Mit Kindern oder andern Abhängigen. Zur Begegnung mit den zwei schönen jungen Menschen hat Sie niemand gezwungen. Der Sex mit Alex und Benjamin hat Ihnen zu höchster Lust verholfen, oder etwa nicht?«

Reitzel schwieg. Er dachte verzweifelt darüber nach, wie er der ihm gestellten Falle entrinnen könnte.

Erik fuhr fort: »Jeder Mann ist schwul, zumindest ein bisschen. Ich weiß nicht, wie sich das mit Ihnen verhält. Es interessiert mich auch nicht wirklich. Aber ob schwul oder stinknormal, spielt für das Geschehene keine Rolle. Wie auch immer, man wird selbst über entsprechende Kontakte nicht schwul.«

»Ich hatte viel getrunken. Ich war nicht ich selber. Ich bin nicht schwul. Ich war es auch nie.« Reitzel verstummte wieder. Er war verwirrt. Alex war eine sinnliche Erfahrung, die er nicht missen wollte. Ihre Haut war so fein gewesen. Ihre Berührung so zärtlich. Er war in ihr explodiert, verloren in der Tiefe ihres Körpers. Benjamin hatte er nicht als Mann wahrgenommen, sondern als Teil der Hingabe, die Alex ihm abgefordert hatte.

»Kommen wir nun zu Ihrem Teil der Gefälligkeit!« Erik wirkte sehr bestimmt. »Die Mutter der Zwillinge lernte 1968 auf einer Reise durch die Südsee einen Matrosen aus Samoa kennen. Sie wurden ein Paar und ließen sich auf Rarotonga nieder, der größten Insel der Cook Islands, mitten im Pazifik zwischen Neuseeland und Tahiti gelegen. Schließlich wurde die Frau schwanger. Der Mann verließ sie vor der Niederkunft. Die beiden Kinder kamen 1972 zur Welt. Die Frau musste schon bald nach der Geburt der Zwillinge das kleine Geschäft verkaufen, das sie zusammen mit ihrem Mann aufgezogen hatte. Ohne Mann konnte sie es nebst der Kinderbetreuung nicht weiterführen. Alex und Benjamin lernten ihren Vater nie kennen. Die dreiköpfige Familie zog nach Neuseeland um, wo die Mutter eine Beschäftigung und ein kleines Haus in einem Vorort Aucklands fand. Leider informierte die Mutter die zuständige Schweizer Botschaft in Neuseelands Hauptstadt Wellington über die Geburt der Zwillinge nicht. Für die offizielle Schweiz sind Alex und Benjamin somit nicht existent. Die Mutter und ihre Kinder erhielten nach fünf Jahren die neuseeländische Staatsbürgerschaft. Die Mutter behielt die Schweizer Staatsbürgerschaft. Die Zwillinge besitzen wegen der kleinen Unterlassung ihrer Mutter also allein die neuseeländische Staatsbürgerschaft. Sie sind vor einem halben Jahr, im Februar, in die Schweiz eingereist, wohnen bei ihrer Großmutter in Luzern und haben vor wenigen Wochen einen Antrag für die Ausstellung eines schweizerischen Passes gestellt. Sie möchten in der Schweiz studieren. Das Passamt betrachtet die beigebrachten Dokumente als nicht ausreichend für die nachträgliche Anerkennung. Offenbar ist die Geburtsurkunde für die Ämter zweifelhaften Ursprungs. Rarotongas Behörden haben bei der Beurkundung der Geburt gewisse Regeln nicht beachtet, welche das Passamt für unverzichtbar hält. Die Fremdenpolizei ist vom Passamt über den abgelehnten Antrag informiert worden und verlangt von den Zwillingen die Abreise aus der Schweiz innerhalb der nächsten 14 Tage. Das gilt es zu verhindern.«

»Was kann ich als Chef des Steueramtes da ausrichten?« Reitzels Gedanken suchten immer noch einen Ausweg. Es fand sich keiner. Aber vielleicht ließ sich Zeit gewinnen? Reitzel verlieh seiner Stimme einen offiziellen Ton: »Die Beurteilung solcher Gesuche liegt einzig beim Passamt, das zu Recht mit der Fremdenpolizei zusammenarbeitet. Unsere Staatsbürgerschaft wie auch die Segnungen unseres verweichlichten Rechtsstaats mit seinem großzügigen Asylrecht möchten viele erschwindeln. Wirtschaftsflüchtlinge, Kriminelle, alle drängen in unser Land. Die Unabhängige Demokratische Volkspartei wehrt sich als einzige politische Kraft dagegen.«

Erik fiel Reitzel ins Wort: »Lassen Sie doch die Propaganda der UDV. Wir sind unter uns, unter Freunden. Alex und Benjamin sind weder Wirtschaftsflüchtlinge noch Kriminelle. Sie sind Schweizer, können dies aber nicht beweisen. Im Resultat geht es um die Verhinderung von Unrecht und nicht um eine kriminelle Tat. Das Passamt verfügt bei der Beurteilung von Gesuchen wie jenem der Zwillinge über einen gewissen Ermessensspielraum. Die eidesstattliche Erklärung der Großmutter oder anderer naher Verwandter und Vertrauenspersonen kann in Sonderfällen herangezogen werden. Das Passamt und die Fremdenpolizei werden von UDV-Parteimitgliedern geleitet. Da muss sich doch etwas arrangieren lassen, das der Gerechtigkeit zum Durchbruch verhilft. Ich werde gern eine eidesstattliche Erklärung der Großmutter beibringen. Mit dem Kurierdienst erhalten Sie morgen das notwendige Dokument. Aber vielleicht finden das Passamt und die Fremdenpolizei eine andere Lösung. Als Jurist stehe ich für eine Beratung bei Bedarf gern zur Verfügung. Unentgeltlich, ehrenamtlich, für eine gute Sache.«

»Sie sind Jurist?«

»Ja, mit Doktortitel und gutem Ruf in Fachkreisen.«

Erik feixte: »Wir werden uns zum gegebenen Zeitpunkt bestimmt auch noch persönlich kennen lernen. Einstweilen erfreuen wir uns einer anonymen, quasi verschworenen Freundschaft, vergleichbar mit jener unter Freimaurern oder in ähnlichen Verbindungen.« Erik schmunzelte über sein Pathos.

»Ich werde schauen, was ich erreichen kann.«

»Sie erinnern sich an die Frist, welche die Fremdenpolizei gesetzt hat? Ich erwarte, dass das Passamt einem Wiedererwägungsgesuch der Zwillinge bis anfang nächster Woche entspricht. Das Schreiben wird morgen bei der Behörde eintreffen. Wenn dem Gesuch bis Mittwoch der nächsten Woche nicht entsprochen wird, werden Ihre Frau, die Presse und der Parteipräsident der UDV eine Kopie des Videos und einige Fotos des Steueramtsdirektors bei orgiastischem Tun erhalten.«

»Hören Sie mit den Drohungen auf. Ich mache mit.«

»Wir sind also Freunde?«

»Wir sind uns einig, auch ohne Ihr ironisches Geschwätz von Freundschaft. Ich will Stadtrat werden, Sie wollen Ihre Zwillinge im Land behalten. O. k.!«

»Es sind drei Dinge, die ich möchte. Drei Gefälligkeiten.«

Reitzel wartete auf die nächsten Forderungen, die ihm der Anrufer ohne Verzögerung auch zu schildern begann: »Die nächsten zwei Dinge, die in Ordnung gebracht werden müssen, können Sie ohne die Hilfe weiterer Freunde erledigen. In eigener Kompetenz. Noch heute. Ein echter Freundschaftsdienst.« Erik konnte die Stichelei mit dem Bild der Freundschaft nicht lassen. Er genoss es, den Amtsdirektor zu demütigen. Da kam ihm in den Sinn, dass es unklug sein könnte, einen Feind zu demütigen. Dies könnte ihn zur Rache ermuntern. Irgendein Theoretiker der Strategie hatte einmal etwas Ähnliches formuliert.

Erik nahm sich vor, sich zu mäßigen: »Ich wünsche mir, dass sie den Elsässer André Gisselbrecht als neuen Mitarbeiter Ihres Archivs zu dem in Ihrem Inserat angegebenen Zeitpunkt anstellen und die Entlassung von Liv Carmini zurücknehmen.«

»Ich sehe die Verbindung dieser zwei Personalgeschäfte mit der Angelegenheit der Staatsbürgerschaft der Zwillinge nicht.«

»Das ist unwichtig. Es gibt zwischen diesen Personen einen Zusammenhang. Es reicht, wenn ich ihn kenne.«

»Das ist einfach«, entfuhr es Reitzel, »den Elsässer kann ich ohne Weiteres einstellen. Der entsprechende Brief verlässt noch heute mein Amt. Zum Glück habe ich der anderen Kandidatin noch nicht zugesagt.«

Kaum hatte Reitzel zu sprechen aufgehört, ärgerte er sich über seine schnelle, spontane Antwort. Aber gab es für ihn eine Alternative, als den Forderungen des Erpressers nachzugeben?

»Das freut mich«, nahm Erik das Gespräch wieder auf: »Liv Carmini erhält noch heute eine Beförderung um zwei Lohnklassen. Ihre in der Probezeit gezeigten Leistungen rechtfertigen eine definitive Anstellung mit Beförderung und keine Kündigung, wie Sie sie der jungen Mitarbeiterin vor einigen Tagen mitteilen ließen.«

Woher nur kennt dieser Mann die Verhältnisse in meinem Amt so genau? fragte sich Reitzel.

Erik ahnte die Gedanken seines Gegenübers: »Machen Sie sich nicht die Mühe herauszufinden, woher ich Ihre Behörde so genau kenne. Ich werde die weiteren Entwicklungen jedenfalls genau beobachten. Wenn Carmini, Berthel und Gisselbrecht behelligt werden, werde ich die Veröffentlichung des Videos nicht mehr verhindern können.«

Reitzel reagierte nicht. Er schwieg.

»Ich schicke Ihnen heute gegen 17:00 Uhr einen Kurier, der je eine Kopie der Beförderungsverfügung für Liv Carmini und der Bestätigung der Einstellung von André Gisselbrecht abholen wird. Diese beiden Dokumente werde ich als Bestätigung unserer zukünftigen Freundschaft betrachten.«

Nach dem Telefongespräch mit Erik rief Dr. Hannes Reitzel Martha Berthel zu sich und erteilte ihr die Anweisungen für die beiden Personalgeschäfte, wie es Erik von ihm gefordert hatte. Eine Stunde später unterzeichnete er die ihm von seiner Personalchefin vorgelegten Dokumente. Dass er eine Situation nicht kontrollieren, nicht selber bestimmen konnte, warf Reitzel in ein Wechselbad der Gefühle. Ärger und Wut verhinderten ein systematisches, ruhiges Analysieren der Lage. Sein Verstand war zunehmend unkontrollierbaren und lähmenden Gefühlen des Hasses und der Verzweiflung ausgeliefert. Hannes konnte nicht klar denken. Dass der

Erpresser genaue Kenntnisse über Vorgänge in seinem Amt hatte, beunruhigte ihn sehr. Sein Handeln wurde offenbar beobachtet. Dies schränkte seinen Handlungsfreiraum ein. *Was wollte der Erpresser mit dem Hinweis auf **petite mort** andeuten? Der Orgasmus als **kleiner Tod**?*

Nach dem Anruf der Personalchefin meldete sich Liv sofort bei ihrem Bruder. Ihr Tonfall war geradezu ausgelassen: »Martha Berthel hat angerufen. Die Kündigung sei ein Irrtum gewesen. Ich würde stattdessen sogar um zwei Besoldungsklassen befördert. Die Verfügung werde ich morgen erhalten. Sie sei nun bei Reitzel zur Unterschrift.«

Erik schmunzelte. Er hielt die verlangten Kopien der Dokumente bereits in seinen Händen. Benjamin hatte die Aufgabe des Kuriers übernommen. Reitzel hatte bei der Übergabe der Dokumente kurz gezögert. Benjamin hatte ihn angelächelt und ihm das Couvert aus der Hand genommen: »War doch ein schöner Abend, nicht?«

»Es ist doch immer wunderbar, wie die Dinge ins richtige Lot gebracht werden. Te Ara Mokoroa, der Weg des Wissens ist beschwerlich.«

»Ich verstehe gar nicht, warum du dieses Zitat schon wieder aufbringst«, fuhr Liv ihren Bruder an.

Reitzel fühlte sich schlecht. Hilflos. Den Forderungen eines anonymen Erpressers ausgeliefert. Er konnte mit niemandem darüber reden. Er saß allein in seinem Büro. Er hatte Frau Gruber nach Hause geschickt. Sie sollte sich einen frühen Feierabend gönnen. Hannes ärgerte sich, wie schnell er der Erpressung hatte nachgeben müssen. Er hatte den jungen Elsässer angestellt und die aufmüpfige Juristin nicht entlassen, sondern befördert. Er hatte die ersten zwei Forderungen des Erpressers damit erfüllt. Die Dritte mit den angeblichen Schweizer Zwillingen bereitete ihm mehr Sorgen. Er war auf die Unterstützung anderer Menschen angewiesen.

Reitzels Telefon läutete kurz nach 19:00 Uhr. Thomas Salzmann rief ihn aus der Telefonkabine vor dem geschlossenen Amtshaus an. Reitzel ging hinunter und ließ ihn herein. Salzmann wirkte für die UDV im Hintergrund: Nach nur zwei Jahren als Sekretär der Partei hatte er sich auf die Rolle des Drahtziehers der zahlreichen Kampagnen der Partei zurückgezogen. Als

Inhaber und Direktor einer großen Werbeagentur war er zu einem der einflussreichsten Männer der UDV geworden. Salzmann und Reitzel kannten sich seit ihrer Kindheit. Sie waren im gleichen Dorf aufgewachsen und hatten das gleiche Internat im Bergdorf Engelberg besucht. Ihre Freundschaft war von jener Beständigkeit, wie sie oft Freundschaften aus der Kindheit auszeichnet. Sie hatten sich im Internat ihre ersten sexuellen Erfahrungen berichtet, einander ihre zukünftigen Ehefrauen vorgestellt, und waren dann auch Trauzeugen bei den Hochzeiten gewesen. Die beiden Jugendfreunde hatten während Auslandsreisen oder bei Parteiversammlungen in anderen Städten zusammen das eine oder andere Bordell besucht.

Salzmann hörte sich die Geschichte aufmerksam an, die ihm Reitzel erzählte. »Diese Alex muss ja ein Satansbraten sein, jung und wild. Da wäre ich auch schwach geworden. Wo und wie hast du sie kennen gelernt?«

»Zufällig, vor drei Tagen in der Casa-Bar.«

»An einen Zufall mag ich bei der ganzen Geschichte eigentlich nicht glauben. Du bist Stammgast in der Casa-Bar. Jedenfalls treffen wir uns immer dort. Es ist doch die einzige Bar in der Stadt, die unseren Single Highland Malt führt.«

»Ja, den Macallan. Willst du ein Glas? Ich habe eine Flasche hier im Büro.« Die beiden Freunde tranken den 12-jährigen Malzwhisky in kleinen Schlucken. Sie schwiegen und ließen den Alkohol seine wärmende, entspannende Wirkung entfalten. Der Whisky war 1982 ein für ihre Freundschaft wichtiges Symbol geworden. In diesem Jahr waren sie als Studenten nach Schottland gereist. Hotelaufenthalte hatten sie sich nicht leisten können. Sie hatten im Zelt übernachtet, das sich Salzmann von seinen Eltern ausgeliehen hatte. Den Besuch der einen oder anderen Bar hatten sich die beiden Habenichtse mit Genuss erlaubt, auch wenn sie sich das Geld dafür buchstäblich vom Mund hatten absparen müssen. Im Nordosten hatten Reitzel und Salzmann im kleinen Ort Craigellachie in einer berühmten Hotelbar mit mehreren Hundert Whiskys im Angebot den in Sherry-Eichenfässern gelagerten Macallan Whisky kennen gelernt. Sie zogen ihn seither den berühmteren Marken vor.

»Die *schottische Diät* ist noch nicht komplett.« Salzmann mimte einen sehnsüchtigen Ton. Damit war eines der Codewörter ihrer Beziehung lanciert: In den Nächten auf dem Campingplatz am Ufer des Flusses Spey hatten sie lange politische Diskussionen geführt. Ihre Ernährung hatte aus einer Flasche Macallan und einigen Tafeln Schweizer Schokolade bestanden. Diese Kombination nannten sie seit jenen verregneten Nächten *die schottische Diät.* In der letzten Nacht vor der Rückreise in die Heimat hatten sie beschlossen, Mitglieder der UDV zu werden.

»Hier habe ich eine Lindor.« Reitzel brach die Tafel auseinander und reichte seinem Freund zwei Reihen der Schokolade. Sie genossen den süßen Kakaogeschmack, der sich mit dem herben, leicht rauchigen Aroma des Whiskys zu einer harmonischen Einheit verband. Der Alltag mit seinen Widrigkeiten war für einen Moment, auch für Reitzel, weit weg.

»Deine Liebe für das schöne Geschlecht …«, brach Salzmann das Schweigen. Er beendete den Satz nicht, als er den verzweifelten Blick seines Freundes wahrnahm, und fuhr fort: »Dir bleibt wohl keine andere Wahl, als der Erpressung nachzugeben. An die Polizei kannst du dich zwar wenden, aber da du zu einer Person des öffentlichen Interesses geworden bist, durch deine Kandidatur für den Stadtrat, aber auch schon durch deinen hohen Verwaltungsposten als Direktor des Steueramtes, wäre es nur eine Frage der Zeit, bis die Presse davon Wind bekäme.«

»Das glaube ich auch. Die Partei würde mich bestimmt ebenso schnell fallen lassen«, seufzte Reitzel.

»Hannes, die Wahl zum Stadtrat könntest du vergessen. Das Amt als Steueramtsdirektor könnten wir demgegenüber retten. Du müsstest dich öffentlich entschuldigen und Ingrid müsste dir – ebenso öffentlich – vergeben. Das würden wir hinkriegen. Ich habe schon ganz andere Sachen möglich gemacht.«

Reitzel nickte. Salzmanns Werbeagentur und ihre Inseratenkampagnen waren berühmt und jene für die UDV berüchtigt zugleich.

»Die Sache mit den beantragten Schweizer Pässen ist keine schwierige Aufgabe, wie ich vermute. Wenigstens, wenn die Behauptung des Erpressers zum Ermessensspielraum zutrifft. Wie heißen die Zwillinge?«

»Bütler. In ihren neuseeländischen Pässen wird der Name allerdings als Butler geführt. Der Erpresser hat mir den Namen genannt, damit ich nicht noch das falsche Gesuch unterstütze. Er sagte dies mit einem ironischen Unterton, der mich genervt hatte.«

»Emotionen nützen nichts«, sprach Salzmann langsam, während er mit seinem rechten Arm weit ausholte, – Reitzel schien es, als wollte sein Freund böse Geister verscheuchen. Salzmann fuhr in sachlichem Ton fort: »Bütler klingt gut schweizerisch. Die englische Sprache kennt keine Umlaute. Dass Butler selber auch ein angelsächsischer Name ist, übergehen wir. Soll ich mit dem Chef des Passamtes sprechen? Ich kenne Heinrich Tobler seit 1985.«

Reitzel machte einen betrübten Eindruck. Er und Tobler konnten sich nicht ausstehen. Salzmann wusste das. Reitzel hatte Tobler beim internen Auswahlverfahren für die jetzige UDV-Kandidatur als Stadtrat ausgestochen. Tobler hatte bereits 1986 für den Stadtrat kandidiert. Erfolglos. Allerdings hatte er mit seinem Wahlkampf den Beginn des Aufstiegs der UDV in der Stadt eingeläutet. Salzmann hatte Toblers Wahlkampf gemanagt. Mit dieser Kampagne begründete er seinen Ruf als erfolgreicher Politwerber. Obwohl Tobler mit seinem Engagement für die Stadtregierung vielen Parteimitgliedern den Einzug in das Parlament geebnet hatte, wurde er nach seinem persönlichen Misserfolg von der Partei nie mehr für ein öffentliches Amt nominiert. Er verzieh dies den erfolgreichen jüngeren Parteimitgliedern wie Reitzel nie. Salzmann dagegen mochte er.

»Tobler hat für *übergeordnete* Zusammenhänge ein gutes Gespür. Allerdings ist er als cleverer Politfuchs ziemlich vorsichtig: Er wird nur in unserem Sinn handeln, wenn er sich selber dadurch nicht gefährdet. Er wird alles tun, wenn es in einem beweisbar legalen Rahmen bleibt. Es geht darum, dass Tobler das Wiedererwägungsgesuch nicht sofort auf die Seite legt, sondern es wohlwollend prüft. Die Erklärung der Großmutter beispielsweise als genügend bewertet. Ich kann sie ihm persönlich übergeben und dabei darauf hinweisen, dass ich die Familie kenne und ich mich für ihre Glaubwürdigkeit verbürge.

Durch meine Kontaktaufnahme drücke ich bestimmt überzeugend aus, dass die Angelegenheit für die UDV von Interesse ist. Vielleicht kann ich deshalb auf die Übergabe der großmütterlichen Erklärung verzichten. Wer weiß, vielleicht ist diese Erklärung gefälscht oder die Großmutter nicht echt.

Genaueres musst du zum weiteren Vorgehen nicht wissen. Ich werde dich Tobler gegenüber nicht erwähnen. Er wird nach seinem positiven Entscheid mit Anton Breitenmoser, dem Chef der Fremdenpolizei, Kontakt aufnehmen. Wenn Tobler seine amtliche Bewilligung für die Ausstellung des Passes gibt, wird Breitenmoser die Androhung der Ausweisung zurücknehmen. Die Kehrtwendung eines Parteifreundes wird er nicht hinterfragen. UDV-Leute beantragen keine überflüssigen Schweizer!« lachte Salzmann laut.

Das Telefon läutete. Reitzel nahm den Hörer ab.

»Ich danke Ihnen für die Kopien. Es ist erfreulich, dass Sie kooperieren. Herzlichen Dank!«

Eriks freundlicher Ton nervte Reitzel: »Was wollen Sie?«

»Als höflicher Mensch wollte ich mich nur bedanken!«

Reitzel schluckte: »Die Höflichkeit eines Erpressers ist nicht viel wert.« Salzmann war hinter ihn getreten und drückte den Knopf für den Lautsprecher des Telefonapparats, um dem Gespräch folgen zu können.

»Dann erwarte ich nur noch die Erfüllung meines dritten Wunsches« schepperte Eriks Stimme durch Reitzels großes Büro. Salzmann drehte schnell die Lautstärke des Lautsprechers zurück.

»Ich bin daran, alles Notwendige zu arrangieren.«

»Gut! Bis bald. Das nächste Mal telefonieren wir ohne Lautsprecher!«

Erik unterbrach die Verbindung.

Reitzel war verblüfft: »Wie hat er das gemerkt?«

Salzmann zuckte nur mit einer Schulter und setzte sich wieder: »Der Lautsprecher war ziemlich laut eingestellt. Vielleicht hat er den Widerhall gehört. Das muss uns aber nicht stören. Wichtiger ist, dass ich seine Stimme gehört habe. Ich glaube nicht, dass ich sie kenne. Aber vielleicht können wir sie später einmal jemandem zuordnen.«

Zurzeit interessierte Reitzel diese unbestimmte spätere Möglichkeit nicht. Er blickte seinen alten Freund verzweifelt an. Salzmann schenkte sich und seinem Freund vom Whisky nach: »Irgendwann wird er sich bestimmt die Blöße geben, und dann schlagen wir zurück.«

»Du weißt, Erpresser sind unersättlich.«

»Eben, das bricht Ihnen oft das Genick.«

Reitzel stierte vor sich hin. Ihn beschäftigte, dass sein Freund nichts zu den eindeutigen Sexszenen mit dem jungen Mann gesagt hatte. Salzmanns kumpelhafte Kommentare beim Betrachten des Videos hatten sich nur auf Alex bezogen. »So teuer ist mich bisher noch kein Abenteuer zu stehen gekommen«, begann Reitzel und zuckte mit den Schultern, als er auf Benjamin zu sprechen kam: »Sie haben mir bestimmt etwas in den Alkohol gemischt, sonst hätte ich nie Sex mit einem Mann gehabt. Oder vielleicht war es dieses Kava Kava?«

Thomas Salzmann genoss den Spaziergang zurück nach Hause in seine Altstadtwohnung. Er begegnete wenigen, laut diskutierenden und lachenden Halbwüchsigen. Sie schienen eine bestandene Prüfung zu feiern. Jetzt war ihr Ziel die Casa Bar, wie sie lautstark betonten. Salzmann schüttelte kaum merkbar den Kopf: »Junges Volk. In meiner Jugend hatte ich kein Geld für Barbesuche.«

Salzmann setzte sich auf dem Balkon in einen der beiden Rattanstühle. Mit Wonne atmete er die frische Nachtluft ein. Ein leichter, kühler Wind machte sich bemerkbar. Die Grünpflanzen wogten leicht hin und her. »Dieser Hannes, ein gescheites Haus. Aber wenn der Schwanz das Denken übernimmt, läuft er in jede Falle, die ihm gestellt wird. In seinen Lenden ist er so jung geblieben, wie ich es nie gewesen bin. Er lässt keine Gelegenheit aus, die sich ihm bietet. Ich beneide ihn darum. Die Frauen lieben ihn. Hannes gilt als der attraktivste Politiker der Stadt. Nicht, dass ich das nachvollziehen könnte. Aber die Frauen lieben ihn. Er zieht sie magisch an, unabhängig davon, ob sie jünger oder älter als er sind. Wie das Licht die Motten! Die Motten verglühen an der heißen Lampe, Hannes' Frauen finden sich nach vollzogenem Abenteuer meist verschmäht. Nur wenige haben es ein zweites Mal in sein Bett geschafft. Mitleid erhalten sie von den anderen Frauen deswegen keines. Sie werden sich wohl entsprechend aufgeführt haben, lautet die gängige Erklärung.

Ich beneide ihn um das Abenteuer, für das er nun bezahlen muss. Ich bezahle für meine Abenteuer auch, in harter Währung, nicht unbedingt weniger. Aber so echt erlebe ich meine Verführungen nie. Ich wäre gern das

Opfer dieses Satansbratens von junger, verführerischer Frau geworden. Keine Ehefrau oder Hure kann etwas Vergleichbares bieten. Sex pur.« Salzmann seufzte laut. »Sex ohne die sonst obligaten Zutaten wie aufwendiges Werben, teure Geschenke, Liebe, Zuneigung, Geborgenheit. Sex und nichts als Sex.« Salzmann spürte, wie er steinhart wurde. »Eine der raren Gelegenheiten des idealen Sexes.«

Salzmann notierte sich auf einem Block die in den nächsten Tagen zu führenden Gespräche. Er hielt in Stichworten die Geschichte fest, die er Heinrich Tobler erzählen wollte. Es ging ihm darum, die glaubwürdige Mischung zwischen Details und Grundzügen zu finden. Nicht zu viel, aber auch nicht zu wenig Informationen, gerade so viel, wie sich eine Wiedererwägung des Gesuchs für die Ausstellung der Pässe für die Bütler-Zwillinge rechtfertigen ließ, ohne intern im Passamt oder extern bei entsprechenden politischen Gegnern aufzufallen.

Zum Glück war der Ermessensspielraum bei Wiedererwägungsgesuchen verhältnismäßig groß. Die Großmutter würde eine wichtige Rolle bei der Neubeurteilung der Sachlage spielen. Salzmann war sich aber immer noch unschlüssig, ob er die eidesstattliche Erklärung der Dame nutzen sollte. Er traute dem Erpresser durchaus zu, das Dokument gefälscht oder die Großmutter erfunden zu haben. Salzmann entschloss sich, die Erklärung wenigstens in der Hinterhand bereitzuhalten.

Bütler, der Name kam ihm bekannt vor. Nach einigem Nachdenken erinnerte er sich, dass der ehemalige Kantonalpräsident der UDV-Schwyz so hieß. Salzmanns Stimmung verbesserte sich. Er würde beim Gespräch mit Tobler diesen Bütler einfließen lassen. Eine Verwandtschaft mit der alten Dame in Luzern konnte er zumindest suggerieren. Josef Bütler hatte der UDV in der Innerschweiz vor einigen Jahren den ersten großen Wahlerfolg beschert. Unter seiner Leitung hatte die Partei zum ersten Mal einen Sitz in der Kantonsregierung errungen und Fraktionsstärke im Parlament erreicht. Zum Leidwesen der Parteileitung war Josef Bütler vor einem Jahr schwer erkrankt und von allen Ämtern zurückgetreten. Salzmann hatte den beliebten Politiker Mitte oder Ende der Achtzigerjahre ein oder zwei Mal persönlich getroffen. Es war auf einer der schweizerischen Generalversammlungen der UDV gewesen. Er vermutete, dass auch Heinrich Tobler den Innerschweizer schon einmal persönlich kennen gelernt hatte. Sie mussten etwa im gleichen Alter sein.

Salzmann war sich nun sicher, dass er sein Anliegen ohne größere Schwierigkeiten erfolgreich an den Mann bringen könnte. Von der politischen Haltung und von der Laufbahn her gesehen glichen sich Bütler und Tobler wohl ziemlich. Salzmann schenkte sich im Wohnzimmer ein großes Glas Whisky ein und kehrte damit leise summend auf den Balkon zurück. Die Altstadtgasse lag menschenleer und ganz ruhig unter ihm. Die Straßenlaternen warfen ihr warmes Licht auf die gegenüberliegenden Häuser. Er lehnte sich über die Balkonbrüstung und ließ seinen Blick die leicht gekrümmte Gasse entlang schweifen. Er war zufrieden.

Er mochte Hannes Reitzel. Die Freundschaft, die sie miteinander verband, war damals in den Anfängen ihrer Beziehung in erster Linie von ihm ausgegangen. Ihm hatte die gewinnende Ausstrahlung des Freundes gefallen, eine Eigenschaft, die ihm fehlte und um die er ihn beneidete. Salzmann genoss es umgekehrt, wie ihm Reitzel blind vertraute und immer wieder seinen Rat einholte. Hannes hatte vor ihm keine Geheimnisse.

Thomas Salzmann fühlte sich stark und einflussreich. Bald würde er einen Stadtrat zu seinen persönlichen Freunden zählen dürfen. Ohne seine Hilfe wäre Hannes verloren. »Ein attraktives Nichts«, flüsterte er. Ein Hauch von einem Echo kehrte von der anderen Seite der Gasse zurück: »Nichts.« Salzmann war wieder zufrieden, so zu sein, wie er es nun einmal war, so auszusehen, wie er es nun einmal tat. Macht macht schön, attraktiv – nicht so automatisch, wie bei den Schönen, aber mindestens so erfolgreich. Er prostete sich selber zu, leerte das Whiskyglas und dankte dem Erpresser und seinen Helfern.

Alex und Benjamin stießen in der Küche mit einem Glas Portwein an. Erik hatte die Flasche auf der Anrichte stehen gelassen. »Du hast mir nie erzählt, wo und wie du Erik in Auckland kennen gelernt hast?«

»Das werde ich auch heute nicht tun. Schwestern sollen nicht so neugierig sein.«

»Wirst du es mir auch nicht verraten, wenn ich dir heute ein feines Abendessen kochen werde?« versuchte Alex ihren Bruder herumzukriegen. Sie schmiegte sich, die Verführungen einer Geliebten imitierend, an ihn: »Ich habe ein zartes Straußenfilet, knackige Zuckerschoten und exotische Früchte für einen Obstsalat gekauft.« –Alex legte eine Kunstpause ein, verkniff sich mühevoll ein Grinsen und klang nun wie eine hochnäsige Dame: »Inspiriert von den nächtlichen Entwicklungen in seltener Kochlaune. Für die Soße zum zarten Fleisch habe ich bereits einige Ideen entwickelt: Ich möchte zwei Weißweine zu einer *Amour fou* überreden: einen süßen Dessertwein aus dem Bordeaux, einen noch relativ jungen Sauternes und als Partner einen feinen weißen aus dem Burgund, einen jungen Alligoté, der einen hohen Säuregehalt aufweist. Die beiden werde ich mit ganz wenig Wasser vermischen und langsam erwärmen, dann etwas Rahm dazugeben und das Ganze mit Pfeffer, Paprika und Meersalz aus der Provence abschmecken.«

»Das klingt verlockend. Zuckerschoten habe ich schon lange nicht mehr genossen. Woher hast du denn die Idee mit den beiden Weinen?«

»Nachdem ihr Hannes Reitzel zurück zu seiner Frau gebracht hattet, habe ich mit Erik eine kleine Erkundungstour durch den Weinkeller gemacht. Er zeigte mir seine Sauternes-Sammlung und schwärmte von der generell unterschätzten Vielseitigkeit dieser Dessertweine. Ich gestehe meinem Bruder artig, dass der Spruch von der verrückten Liebe, der *Amour fou* zweier Weine, von Erik stammt. Er hat mir erlaubt, bei Bedarf den einen oder anderen Tropfen aus dem Keller herauf zu holen. Es gibt nur wenige Weine, die ich nicht anrühren soll. Sie liegen in einem besonderen Regal.«

Alex behielt für sich, dass sie der Sex mit Reitzel mehr bewegte, als sie es erwartet hatte. Sie dachte mit wohligem Schaudern daran zurück.

»Wie hat dir der Reitzel als Mann gefallen, mein großer schwuler Bruder?«
»Du weißt, dass mich etwas ältere Männer immer wieder antörnen. Wir haben die gleiche Schwäche für *blonde Ungeheuer* mit behaarten Beinen, einem knackigen Hintern und einem etwas, aber nicht allzu muskulösen Körperbau.« Alex ging auf diese Anspielung nicht ein. Ihr Bruder gab nicht auf: »Du schweigst. War es für dich etwa nur eine Pflichtübung? Für unsere Zukunft in der Schweiz?«

»Nein. Aber es war schon speziell und das erste Mal, dass wir einen Mann im wahrsten Sinne des Wortes geteilt haben.«

»Das soll auch nicht die Regel werden«, meinte Benjamin trocken.

»Das war mein erstes Mal, dass ich Sex zu dritt erlebt habe.«

»Es war kein richtiger Sex zu dritt. Wir beide haben ja nichts miteinander gemacht. Wir haben nur gleichzeitig vom gleichen Mann etwas abbekommen und er von uns.« Beide lachten laut.

Alex nahm sich vor, Reitzel wieder zu sehen. Sie war sich bewusst, dass dies weder Benjamin noch Erik gutheißen würden. Sie musste sich ablenken und wechselte das Thema: »Weißt du eigentlich, wie Erik zu diesem schönen Haus gekommen ist?«

Benjamin schüttelte den Kopf: »Er hat nur einmal angedeutet, dass ihm ein Geschäftsfreund beim Kauf behilflich gewesen sei. Mehr hat er nicht verraten. Es hat mich aber auch nicht sonderlich interessiert. Weißt du mehr?«

»Erik hat mir gestern Nacht einige Bruchstücke der Geschichte erzählt. Allerdings ist er immer wieder vom Thema abgekommen. Du weißt, wir waren im Weinkeller. Zwischen den Schilderungen der Vorzüge der verschiedenen Weine hat er mir vom Haus vorgeschwärmt, aber eben nicht nur, wie er dazu gekommen ist, sondern auch wie er es umgebaut und eingerichtet hat.«

»Bitte komm zur Sache! Wie ist er zum Haus gekommen? Von der Einrichtung und dem Umbau hat er mir schon erzählt. Die Vorbereitung des Schrankraums für unser gestriges Abenteuer hat ihm Anlass gegeben, mir ausführlich von seinen Plänen und all den Schwierigkeiten mit den Handwerkern zu berichten.«

»Der frühere Eigentümer, ein älterer reicher Herr aus Basel, nutzte das Haus als Zweitwohnsitz, um sich mit schönen jungen Frauen zu vergnügen. Er soll schon seit über 40 Jahren verheiratet sein. Anfangs noch glücklich, wie Erik meinte. Aber eben ein Genießer, der noch im höheren Alter hier und da etwas Abwechslung suchte und diese, als einer der reichsten Männer der Schweiz stets fand. Letztes Jahr wurde bei ihm ein unheilbarer Krebs festgestellt. Die Ärzte gehen offensichtlich davon aus, dass er nicht mehr lange zu leben hat. Erik hat ihn bei der Vorbereitung seines letzten Willens beraten, für ihn dabei einige heikle Geschäfte erledigt und aus der geschäftlichen Beziehung hat sich eine Freundschaft entwickelt. Der alte Mann scheint Erik in sein Herz geschlossen zu haben. Wie übrigens auch Michael. Jedenfalls hat er das Haus an Erik zu einem Preis verkauft, der weit unter dem Verkehrswert für vergleichbare Objekte in dieser Wohngegend liegt. So konnte sich Erik diesen Traum verwirklichen.«

»Das müssen aber besonders heikle Geschäfte gewesen sein!«

»Bestimmt. Davon hat Erik mir aber nichts erzählt.«

»Einen Macallan, bitte.«

Der Barkeeper lächelte zurück: »Sie lieben diesen Whisky?«

»Ja, aber ich kenne nicht viele andere Marken. Ich trinke erst seit kurzer Zeit Whisky.« Alex verdrehte die Augen.

»Jedenfalls eine gute Entscheidung. Nur ausgewählte Bars bieten diesen Single Malt an.«

Alex wählte eine betont ironische Tonlage und frotzelte: »Die Casa Bar ist eine ausgewählte Bar?«

Der Barkeeper zuckte grinsend mit der Achsel. »Solange elegante junge Damen wie Sie den Weg hierhin finden, ist die Casa Bar bestimmt ein besonderer Ort!« Mit diesen Worten wandte sich der Barkeeper anderen Gästen zu.

Alex setzte sich in eine der tiefen Sitzgarnituren aus dunkelrotem Leder. Sie beobachtete das Kommen und Gehen der Barbesucher. Sie war nebst einer etwas älteren Blondine der einzige weibliche Gast. Die andere Frau diskutierte lautstark mit einem etwa sechzigjährigen Mann. Seine Glatze glänzte im Licht der Barbeleuchtung. Nun waren schon über zwei Wochen seit der turbulenten Nacht mit Hannes vergangen. Alex hatte die Casa Bar danach verschiedene Male besucht, den Amtsdirektor aber nie angetroffen. Alex sehnte sich nach Hannes' fordernden Zärtlichkeiten – auf ihr, in ihr. Die Bilder der wilden Nacht in Eriks Schlafzimmer gingen ihr nicht aus dem Kopf. Seine behaarten Schenkel sollten ihre Beine umklammern, wieder und wieder.

Der Mann und die Frau

Die behaarte Haut des Mannes sollte sich an der unbehaarten feinen Haut der Frau reiben. Sie würde über die Rundungen seines Knackarschs streicheln. Ihre Finger in das feste Fleisch krallen, an den dünnen blonden Haaren zupfen. Den Mann auf den Bauch drehen, ihn auf das Bett drücken und mit ihrem ganzen Gewicht niederhalten. Andeuten, ihn in den Hintern zu beißen. Ihn auslachen. Alex erinnerte sich an die Berührungen ihrer Körper, das Zittern, das wohlige Schaudern, das ihr Wellen von Gänsehaut über den Körper jagte. Hannes hatte schöne Hände: Sie sollten in ihren eigenen Haaren wühlen, wieder und wieder – sie begehren. Ihre Brüste streicheln, fest angreifen. Die Brustwarzen würden fest und hart werden, empfindlich auf jeden Hauch von Berührung reagieren. Ihre Knospen würden Hannes' Atem wahrnehmen.

Lust. Verlangen nach mehr, nach Berührung. Nach Eroberung. Anfassen, loslassen. Streicheln, an der Grenze von Schmerz und Lust. Wieder und wieder. Alex wollte begehrt werden. Vom spitzbübischen Lächeln Hannes' zur Hingabe überredet werden. Überzeugt werden, dass er der Richtige, der einzige Mann sei. Weit und breit. Ohne jeden Zweifel. Ohne Konkurrenz. Ein Spiel. Sie würde den Mann aufgeilen, verführen, ihre weiblichen Reize ohne Scheu ins Spiel bringen. Hannes würde ihr ausgeliefert sein. Wieder und wieder. Alex war spitz. Sie streichelte sich unter dem Tisch sanft zwischen den Schenkeln. Sie bebte.

Alex liebte Männer mit schönen Zähnen. Hannes' Gebiss war schön gewachsen, regelmäßig, weiss, ein leichter Rückgang des Zahnfleisches. Nicht störend. Sie hasste vom Zigarettenrauch gelb gewordene Zähne. Alex wollte mit ihrer Zunge Hannes' Mund noch einmal erkunden, seine Zunge – wie eine Katze schnurrend – anknabbern, seinen Mund nicht mehr loslassen, bis es schmerzte, den Männermund stundenlang küssen. Jeden Millimeter seiner Zunge willkommen heißen. Alex erinnerte sich an den Geruch von Hannes' Atem. Der Atem des Mannes, nach der Frau verlangend, bereit, sich ihr auszuliefern, sich ihr zu unterwerfen. Sie erinnerte sich, wie seine Brustwarzen unter der zärtlichen Behandlung mit Mund und Fingerspitzen ganz fest geworden waren. Wie sein Glied steinhart geworden war. Wie sie das pechschwarze Kondom darüber abgerollt hatte. Wie sie den hübsch schimmernd eingekleideten Schwanz mit Gleitcreme eingeschmiert hatte. Der Mann stöhnend, auf das Weitere wartend. Bereit, über die Frau herzufallen. Die Frau auf den Mann wartend, bereit für die Vereinigung. Rausch. Hingabe. Ohne Kontrolle.

Die Erinnerungen erregten Alex. Sie fühlte, wie sich die Wärme des Whiskys in ihrem Körper ausbreitete. Sie bestellte ein zweites Glas. Auf Empfehlung des Barkeepers versuchte sie einen Glendronach: »Ein wie der Macallan in Sherryfässern gereifter Highland Single Malt Whisky.« Der Barkeeper schenkte Alex eine großzügige Portion ein: »15 Jahre gelagert, drei Jahre länger als der Macallan. Glendronach ist eine der ältesten Destillerien Schottlands. Mir gefällt das volle, nussige Aroma, der lange weiche Abgang dieses Whiskys. Der Sherrygeschmack ist gut wahrnehmbar, aber nicht aufdringlich.«

Hannes Reitzel entdeckte Alex sofort, als er die Bar zusammen mit seinem Freund Thomas Salzmann betrat. Er schaute durch sie hindurch.

»Guten Abend, Dr. Reitzel, guten Abend Herr Salzmann. Das Übliche?«

»Ja, gern.« Die beiden Freunde setzten sich an die Theke. Alex beobachtete, wie sich Hannes' Begleiter nach einigen Minuten in das Souterrain des Lokals begab. Sie stellte sich an die Theke, unmittelbar neben Hannes und fragte nach etwas zum Knabbern. Sie berührte Hannes wie unabsichtlich. Er roch ihr Parfum. Die Leidenschaft der Nacht war auf einen Schlag zurück: »Alex, wann kann ich dich wieder sehen?« Hannes flüsterte. Er hatte alle Warnungen seines Freundes im Bruchteil einer Sekunde aus seinem Gedächtnis getilgt. »Bleib hier. Thomas und ich werden unsere Whiskygläser austrinken. Wir werden das Lokal zusammen verlassen. Ich werde so schnell wie möglich allein zurückkommen. Wart auf mich. Wir gehen dann ins alte Badhotel und genießen die Nacht. Du machst mich wild, Alex. Warte auf mich, bitte.«

Als Thomas Salzmann von der Toilette zurückkam, sah er, wie der Blick seines Freundes einer jungen Frau folgte, die sich mit einem Schälchen Salzgebäck in der Hand von der Bar weg zu einer der Sitzgruppen bewegte. Er fragte sich, ob dies die besagte Verführerin war. Ob sie mit Hannes an der

Bar Kontakt aufgenommen hatte? Thomas schaute zur nun sitzenden Frau hinüber: »Wer war das? Alex?«

»Ja.« Die Antwort rutschte Hannes heraus. Thomas musterte sie, beinahe etwas zu aufdringlich, wie es Hannes vorkam. Er stieß seinem Freund den Ellbogen in die Seite.

Thomas nahm einen großen Schluck Whisky: »Es klingt etwas kitschig, aber diese Frau ist eine Sünde wert. Ich verstehe deine Schwäche für das junge Ding. Aber vergiss sie. Bring nicht alles in Gefahr.«

»Wenn ich dich nicht hätte! Ich werde die Frau nicht mehr anrühren«, log Hannes und leerte sein Glas.

Thomas Salzmann glaubte seinem Freund nicht. Er kannte ihn zu gut. Er konnte sich Hannes' Verlangen gut vorstellen. Das Video ließ keine Zweifel aufkommen, dass er und diese Alex tollen Sex erlebt hatten. Thomas hatte das Video selber schon mehrmals angeschaut. Hannes hatte ihn gebeten, das kompromittierende Band für ihn aufzubewahren. Er freute sich darauf, zu Hause das Video mit den Aufnahmen von Hannes und den Zwillingen heute erneut anzuschauen. Thomas fand die Zwillinge sexy. Er liebte die Szene mit Hannes im Sandwich: Er stellte sich vor, an der Stelle seines Freundes zwischen den jungen Menschen zu liegen, er in der Frau, der Mann in ihm. Er beneidete seinen Freund um diese Erfahrung. Er hatte schon überlegt, sich selbst ein solches Abenteuer zu verschaffen. Im Bordell der Ludmilla Sickora, am Stadtrand im Süden der Stadt, das er hin und wieder besuchte, würde er seinen Wunsch bestimmt realisieren können. Es würde nicht allzu schwierig sein, nebst einer attraktiven Dirne einen zusätzlichen Callboy zu organisieren. Thomas verriet Hannes nichts von seinen Träumen. Diese Schwäche würde er niemandem offenbaren. Er würde sich niemandem so ausliefern, wie Hannes es ihm gegenüber getan hatte.

Hannes und Thomas verabschiedeten sich am Bauplatz voneinander. Thomas steuerte zielgerichtet in die Bauherrengasse. Hannes wartete auf die Tram. Er sah zu, wie sein Freund im Dunkel der Gasse verschwand. Thomas drückte sich in einen Hauseingang. Nach einem kurzen Augenblick schlich er sich zurück in Richtung des von Heimkehrern und Nachtschwärmern bevölkerten Bauplatzes. Er beobachtete, wie sich Hannes von der Haltestelle entfernte.

Als Hannes und Alex aus der Casa Bar auf die Straße traten, bemerkten sie nicht, dass ihnen jemand folgte. Die zahlreichen Passanten boten Thomas Salzmann einfache und ideale Deckung. Viele waren mit Einkaufstaschen unterwegs. Der Abendverkauf hatte viele Kauflustige in die City gelockt.

Thomas Salzmann wartete vor dem alten Badhotel, bis Hannes es um Mitternacht verließ. Alex erschien einige Minuten später in der eleganten Tür des kleinen, noblen Hotels. Sie ging zu Fuß nach Hause. Thomas Salzmann folgte ihr. Er merkte sich die Adresse des Hauses, das sie betrat.

»Die junge Brut wohnt in einer guten Wohngegend. Morgen werde ich mal schauen, wie denn der Hausherr heißt.«

Salzmann grinste. Er entdeckte hinter den hell erleuchteten Fenstern einen jungen Mann, der Alex mit einem Kuss begrüßte.

Eriks Logbuch: Samstagnachmittag

Erik war eingeschlafen. Motorradlärm weckte ihn. Die Erinnerungen an den Sommer 1996 hatten ihn mitgenommen. Es war ihm, als hätten sich Gegenwart und Vergangenheit vermischt. Er fühlte sich erschöpft. Es war bereits zwei Uhr nachmittags. Erik machte sich einen Kaffee. Er trank ihn in kleinen Schlückchen. Michael hatte ihm beigebracht, zum Kaffee Wasser zu trinken. Ab und zu befolgte Erik diesen Rat. Er goss sich ein Glas Wasser ein. Der leicht bittere Geschmack des Koffeins verlangte nach süßer Ergänzung. Erik brach sich eine Reihe weißer Schokolade mit eingestreuten schwarzen Pünktchen ab. Er erfreute sich am süßen Geschmack und an der Vorstellung, dass Schokolade eine Substanz enthält, die Glücksgefühle vermittelt.

Verführung und Irreführung: Erik hatte seiner Schwester in den vergangenen beinahe zehn Jahren nie etwas von der erfolgreichen Umsetzung, seines Konzepts der Verführung und Irreführung, erzählt. Er war sich sicher, dies auch in Zukunft nicht zu tun. Er brauchte Liv wirklich nicht ohne zwingenden Grund in die Geheimnisse der Vergangenheit einzuweihen.

Erik nahm die Zeitung aus dem Briefkasten. Die Schlagzeile zog Eriks Aufmerksamkeit auf sich: Toter im Seerosenteich – ein Doppelleben. Die Zeitung brachte auf der letzten Seite der Lokalnachrichten einen kurzen Artikel zum mysteriösen Tod des Geschäftsmannes T.S. aus P.:

Die Polizei ist bei der Suche nach Gründen für die Ermordung des Marketing-Fachmannes T. S. einen entscheidenden Schritt weiter gekommen. Die Untersuchung der luxuriösen Wohnung des früheren Politik-Beraters hat neue wichtige Erkenntnisse gebracht. Offensichtlich führte der Verstorbene ein Doppelleben. In einem Versteck im Keller des Mannes stellte die Polizei eine riesige Sammlung mit verbotenen Kindersex-Videos und Fotos sicher. Einige Darstellungen zeigten T.S. selber beim intimen Umgang mit minderjährigen Mädchen. Die Polizei vermutet, dass der Erschossene Teil, vielleicht sogar der führende Kopf eines Kinderporno-Ringes gewesen ist. Sie wird nun die sichergestellten Computer untersuchen. Sie erhofft sich daraus Hinweise auf weitere Personen. Gegen Verbrecher dieser Art, gegen Kinderschänder müsse mit aller Härte vorgegangen werden. Bis jetzt war der

Verstorbene nie Gegenstand einer strafrechtlichen Untersuchung, weshalb auf eine Veröffentlichung seines Namens verzichtet wird.

Der Vorsteher des Sicherheits- und Erziehungsdepartements, Stadtrat Hannes Reitzel, äußerte sich in einem Interview in der gleichen Ausgabe der Zeitung empört über päderastische Menschen. Er forderte von den Untersuchungsbehörden die schonungslose Aufdeckung aller Umstände.

Thomas Salzmann, ein Kinderschänder? Diese Neuigkeit überraschte Erik. Mit Schaudern erinnerte er sich an die Reise nach Hunedoara. Die Erinnerungen an jene Tage in Rumänien bereiteten ihm immer wieder schlaflose Nächte.

Die Polizei würde den Namen des Toten im Seerosenteich bestimmt nicht sehr lange geheim halten können. Der Hinweis auf die politische Vergangenheit des Ermordeten würde die Presse zu verstärkten Recherchen geradezu ermutigen. Vielleicht war das von den Behörden auch so gewollt? Erik traute es Hannes Reitzel zu, ohne lange nachdenken zu müssen. Der smarte Politiker stand mitten im Wahlkampf um das Stadtpräsidium. Jetzt im Sommer 2005 wusste Erik bedeutend mehr über ihn als im Sommer 1996, als er zum ersten Mal mit Reitzel zusammengetroffen war.

Alzheimer

Alice Müller-Blanchart strich mit den Fingern der linken Hand zärtlich über den Unterarm ihres Begleiters. Dieser hielt ihre rechte Hand fest umschlossen. Geborgen, sicher. Warm. »Hubert!« Huberts Griff war stark, bestimmt. Niemals schmerzhaft. Alice fühlte Hubert gern. Sie liebte ihn. »Wo war Hubert?« Sie erinnerte sich nicht. Der darüber aufkommende Ärger hielt nicht an.

Alice Müller-Blanchart lächelte den neben ihr sitzenden Mann an. *Wie ein junges verliebtes Mädchen!* Schoss es diesem durch den Kopf. *Eine Frau von über 80 Jahren!* Er freute sich. Die Sonne wärmte sie beide: auf der Bank vor dem Kreditinstitut Tobler am Bauplatz. Unter einem der weiten Torbogen des stattlichen Gebäudes hatten ein Junge und ein Mädchen, beide 16, 17 oder 18 Jahre alt, mit Geige und Cello klassische Musik zu spielen angefangen. Michael kannte das Stück nicht. Wohl etwas aus dem 19. Jahrhundert. Schubert? Brahms? Alice Müller-Blanchart winkte den Beiden zu. Die Musik schien ihr zu gefallen. Sie summte mit und drückte sich näher an Michael. Die Melodie der alten Frau folgte ihrem eigenen Weg. Der Rhythmus war ähnlich wie jener der beiden jungen Musikanten, aber es war eine andere Melodie.

»Die Beiden spielen gut!« flüsterte Michael Alice Müller-Blanchart ins Ohr. Sie nickte. Tränen in den Augen. »Hubert.« Sie fühlte die Wärme der Musik, tief drinnen. Vor den beiden Straßenmusikanten lag die offene Schutzhülle des Cellos. Ab und zu warfen Passanten und Passantinnen ein Geldstück hinein. Alice verfolgte dies mit Interesse. Der Junge hatte auf dem Cello ein altes deutsches Volkslied zu spielen begonnen, das Mädchen sang leise dazu. Die Geige hielt es in der Hand, mit dem Bogen wippte es, dem Fluss der Melodie folgend. Das Mädchen hatte eine helle klare Stimme. Alice hatte begonnen mitzusingen. Leise, mit einem weichen Timbre. Eine alte Stimme. Voller Gefühl. Sie kannte die Strophen auswendig. Die Spontanität der alten Frau riss Michael mit. Soweit er sich an den Text erinnerte, stimmte er in das Lied ein. Seine deutsche Mutter hatte es ihm beigebracht.

Obwohl Alice und Michael nur leise mitsangen, hatten das Mädchen und der Junge es bemerkt. Sie winkten ihnen zu. Nach Abschluss des Liedes klatschten die Zuhörenden. Die Musikanten stimmten sofort ein neues Stück an, einen bekannten Walzer von Chopin. Die Wärme des Sommertages und die berührende Wärme der Musik verzauberten nicht nur Alice und Michael auf der Bank. Zahlreiche Menschen blieben stehen. Ein kleiner Junge erhielt von seinen Eltern ein Geldstück, das er mit sichtbarem Stolz in die Schutzhülle warf. Erwachsene taten es ihm gleich. Michael drückte Alice ein Geldstück in die Hand, damit sie es den Straßenmusikanten geben könne. Er wusste von früheren Ausflügen, dass sie dies gern tat.

Alice hatte zwar ihre große dunkelblaue Handtasche dabei, aber es war kein Geld drin. Geld bedeutete ihr nichts. Nichts mehr. In ihrem Zimmer, wie es sie nannte, hatte sie ein Taschengeld von 10.000 Franken aufbewahrt, aber sie vergaß immer wieder, wo sie es versteckt hatte. Die Pfleger fanden es zufällig beim Aufräumen. Oder auch nicht. Es war auch schon verschwunden. Alice Müller-Blanchart war reich, steinreich.

Alice hatte sich den Straßenmusikanten genähert. Sie sprach zu ihnen. Dann warf sie die Münzen in die Schutzhülle. Mit leicht im Ton der Musik wiegenden Schritten bewegte sich die alte Frau zurück. Sie pfiff die Melodie. Ihre Arme stützte sie auf den Hüften ab. »Tanzen, mon amour, on va danser, mon amour. Mein Lieber, lass uns tanzen.« Michael und Alice lachten. »Es ist heiß heute.«

Michael Winiata hatte Alice und Hubert Müller-Blanchart 1995 kennen gelernt. Er war damals Assistenzarzt gewesen. Der Ehemann war als Patient in die onkologische Abteilung der St. Barbara-Klinik eingetreten. Der Dick-Darm-Krebs war bei der Einweisung bereits so weit fortgeschritten, dass die Ärzte Hubert Müller-Blanchart nur noch wenige Monate Lebenszeit voraussagten. In der Klinik erhielt der Schwerkranke Bestrahlungen und Chemotherapien. Er konnte das Spital jeweils nach ein, zwei Wochen Aufenthalt bis zur nächsten Behandlung wieder verlassen.

Zwischen Michael Winiata und dem Ehepaar entwickelte sich eine über die ärztlichen Belange hinausgehende freundschaftliche Beziehung. Den Müller-Blancharts gehörten, wie er später erfuhr, der Pharmakonzern New-Pharmaceutics, die Privatbank Brunner und Brunner in Basel und namhafte Beteiligungen an anderen Unternehmen.

Am Bett des Kranken tauchten mit dem Fortschreiten der Krankheit zunehmend ungebetene Gäste auf: entfernte Verwandte und Mitarbeiter des Managements. »Erbschleicher, Profiteure!« meinte Hubert einmal lakonisch zu Michael, der ihm half, sie mit entsprechenden Ausreden loszuwerden.

In der Weihnachtszeit 1995 erhöhte der Krebs im nicht zu gewinnenden Wettlauf das Tempo. Es bildeten sich neue Metastasen. Die Ärzte versuchten die Ausbreitung des Krebses mit stark dosierten Bestrahlungen zu stoppen. Gleichzeitig verordneten sie eine neue Chemotherapie, auf die Hubert nicht gut ansprach. Er konnte kein Essen mehr bei sich behalten. Nicht einmal Tee oder Wasser. Ihm war speiübel und er erbrach sich ständig. Der für ihn schon übliche Durchfall wurde heftiger, unerträglich. Hubert meinte einmal, seine Eingeweide suchten einen Weg aus dem verseuchten Körper, versuchten zu fliehen.

In dieser schlimmen Zeit erzählte Hubert Michael von seiner Angst um seine Frau Alice, bei der beginnende Alzheimer diagnostiziert worden war. Schließlich erholte sich Hubert. Gegen alle ärztlichen Prognosen verzögerte sich die Bildung der Metastasen und er lebte bis Ende des Sommers 1998.

Alice kuschelte sich wie ein verliebtes Mädchen an Michael. Er schmunzelte und fragte sich, wo sie mit ihren Gedanken war. Alices Alzheimer war weit fortgeschritten. Sie wusste nicht immer, wer er war, vergaß zunehmend, wer sie selber war und wo sie sich befand. Ihre Krankheit hatte sich erstaunlich langsam entwickelt. Normalerweise lebten die Kranken nach der Diagnose nur noch wenige Jahre. Bei Alice waren nun schon zehn Jahre vergangen. Bis 1998 hatte sie selbstständig in einer Villa am See gelebt. Die mit der Krankheit verbundenen Einschränkungen hatten noch kein Leben unter ständiger Aufsicht erfordert. Michael hatte sie lediglich ein bis zwei Mal pro Woche besucht. Er war 1997 stellvertretender Oberarzt der geriatrischen Fachabteilung der St. Barbara-Klinik geworden.

»Alice, meine Überlebenskünstlerin! Meine Lieblingspatientin!« Die wässrigen hellblauen Augen der alten Frau blickten Michael fragend an.

»Es ist schön hier, nicht wahr, Alice?«

»Ja.«

Seit Herbst 1998 lebte sie in der St. Barbara-Klinik. Michael kümmerte sich persönlich um sie. Nach Abschluss all seiner Spezialausbildungen war er 2002 von der Stiftung zum Chefarzt und Direktor der Klinik ernannt worden.

1997, ein Jahr vor dem Tod ihres Ehemannes, hatte dessen Firma, New-Pharmaceutics, die Klinik gekauft und sie auf Eriks Rat einer dafür gegründeten gemeinnützigen Stiftung übereignet. Für Alice wurde in der Klinik ein besonders schönes Appartement eingerichtet, verbunden mit der Zusicherung, dass sich nur die erfahrensten und am besten ausgebildeten Ärzte und Ärztinnen um sie kümmern würden. Erik war von Hubert Müller-Blanchart als Stiftungsratspräsident auf Lebenszeit eingesetzt worden.

Alice hatte Tränen in den Augen. *Was wohl in ihr vorgeht?* Michael legte seinen Arm um ihre Schultern und zog die Frau ganz nah an sich. Die Schultern fühlten sich spitz an. Zu Alices Alzheimer waren mit den Jahren andere Krankheiten hinzugekommen. Der Blutdruck und die Blutzuckerwerte waren zu hoch: eine leichte Diabetes. Sie hatte sich bei einem Sturz den Fuß gebrochen. Letztes Jahr waren rheumatische Schmerzen in den Schultern und im Nacken dazu gekommen. Sie beklagte sich nie, wurde jedoch häufiger unansprechbar und tauchte in ihre innere Welt ab. Alice tätschelte Michaels Hand.

Das Leben kann so zerbrechlich sein. Wie die Knochen einer alten Frau. Michaels Gedanken schienen lauter zu werden, obwohl Denken doch keine Phonetik hat. *Der Lauf der Zeit*, dröhnte es in Michaels Kopf. Der Satz schien sich selbstständig zu machen. Der Arzt versuchte ihn zu übertönen:

Osteoporose, Knochenschwund: Der Körper produziert nicht mehr genug Östrogen. Kalziummangel ist eine der Folgen: Ständige Gefahr, sich bei einem Sturz den Oberschenkelhals zu brechen. Alzheimer: Das Hirn leert sich. Das bewusste Leben verschwindet aus dem Körper. Das Leben bleibt lebenswert. Die kranken Menschen erleben ihren Zustand selber nicht als negativ. Höchstens am Anfang, wenn sich lichte und kranke Zeitspannen noch abwechseln. Die Geriatrie versucht nicht, die Menschen zu heilen, sie aber mit ihren modernen Methoden zu unterstützen. Nicht dem Leben mehr Jahre, sondern den Jahren mehr Leben zu geben, ist das Anliegen.

Ähnlich mundig war es im Leitbild der Klinik formuliert. Michael fühlte, wie sich in seinem Innern Wut breitmachte über die Hilflosigkeit, Alice von ihrer Krankheit zu befreien. Plötzlich empfand Michael die ärztlichen Argumente, wie er sie täglich Patienten und ihren Angehörigen zu nennen hatte, als ebenso leb- und kraftlos wie die belanglose Hintergrundmusik in der Kosmetikabteilung eines Warenhauses!

Alzheimer heißt: lebendig tot.

Michael war aufgewühlt. Seine Unprofessionalität in diesem Moment bewegte ihn: *Scheiße.* – »Alice, wie gefällt dir der Park hier am See?«

»Michael, wo ist die Generalversammlung der Aktionäre? Hubert hält die Eröffnungsansprache. Wer bist du? Hat dich Hubert geschickt, um auf mich aufzupassen? Ich weiß, dass er mich betrügt, der Schlawiner. Ich habe immer geschwiegen. Lass mich zu ihm.«

»Hubert hat mich nicht geschickt.«

»Ich hasse dich. Du steckst mit Hubert unter einer Decke.«

Michael war betroffen. Er ließ sich aber nichts anmerken. Es stimmte. Gewissermaßen steckte er mit Erik unter einer Decke: Alice war Eriks Mündel. Hubert Müller-Blanchart hatte dies auf Eriks Anregung so im Testament gewünscht. Dieser Wunsch war zwar rechtlich nicht zwingend, aber beim Gespräch mit der Behörde war er ein gutes Argument gewesen. Die Vormundschaftsbehörde hatte Erik vor einem Jahr zum Vormund der kranken, nicht mehr urteilsfähigen Milliardärin ernannt. Der Präsident der Vormundschaftsbehörde hatte zusammen mit Erik studiert.

Alice zupfte Michael am Ärmel: »Siehst du diese zwei Neger? Sie sind so bunt gekleidet! Ihre Hosen fallen ihnen beinahe vom Hintern.« Sie sagte dies so laut, dass es Michael unangenehm war.

»Alice, man zeigt mit dem Finger nicht auf die Menschen! Und man spricht nicht so laut!« Michael war froh, dass die zwei jungen Menschen schwarzer Hautfarbe auf den laut und deutlich vernehmbaren Ausbruch Alices nicht reagierten. »Ich bin auch von dunkler Hautfarbe und du reagierst darauf doch auch nicht.«

»Das ist etwas anderes«, antwortete Alice entrüstet.

»Wollen wir nun die Bahnhofstraße hinunter spazieren und beim Wurststand neben dem Museum eine Bratwurst essen?«

Michael wusste um Alices große Liebe für Würste jeder Art. Für Fleisch. Für *Bidoche*, wie sie es im französischen Slang ihrer Kindheit nannte. Zum Frühstück mochte Alice keine Konfitüre, sie zog Salami, Mortadella oder Lyonerwurst vor. Zum Abendbrot wünschte sie sich Kartoffelsalat und Wienerli oder Wurstsalat. Spaghetti und Salat waren eine mögliche, geschätzte Alternative. Wenn es nur nach Alice ginge, fiele ihr Speiseplan nie sehr abwechslungsreich aus.

»Bidoche ist gut, nicht wahr?«

Alice war glücklich. In der einen Hand hielt sie die Bratwurst, in der anderen ein Stück Brot. Die Sonne wärmte ihr Gesicht. Michael saß neben ihr auf der Treppe vor dem geschlossen Eingang einer Bank. Alice lächelte. Sie sah gern, wie er aß. »Hubert, ich mag dich.«

»Das ist gut so. Ich mag dich auch. Aber sprich doch nicht mit vollem Mund!« Alice verschluckte sich. Sie lachte. Sie liebte es, mit Hubert zusammen zu sein. »Hubert, mon amour«, sang sie leise vor sich hin. Die schöne Melodie folgte der Sonne. Warm. Gut. Bidoche, c'est si bon! Ja, Fleisch schmeckt so gut!

»Michael, wann gehen wir nach Hause?«

»Willst du, dass wir jetzt nach Hause gehen?«

Sie reagierte auf Michaels Frage nicht und wühlte stattdessen in ihrer Handtasche. Sie leerte den Inhalt auf die Treppenstufe und räumte ihn Stück für Stück wieder ein. »Man hat mein Portemonnaie gestohlen! Diese Ganoven heute! Gauner! Sie gehören eingesperrt oder am besten erschossen.« Alice war wütend. Sie leerte die Tasche wieder aus. »Erschießen. Warum hilfst du denen? Mich unterstützt du nie! Du bist nie da, wenn ich dich brauche. Jetzt warst du wohl auch wieder in Buenos Aires.« Tränen zeigten sich auf ihrem Gesicht. »Ich bin allein.« Alice schluchzte: »Schon der Vater hat mich allein gelassen. Er hat mich 1934 nach Montpellier geschickt. Im Sommer. Wie ein Waisenkind. Ich musste in der Brasserie Du Bonnet die Böden schrubben, die Gläser spülen. Ich durfte nie tanzen gehen. In der Freizeit ging Madame Du Bonnet mit mir ans Meer, an die Strände bei Grau du Roi. Ich war nie allein. Ich durfte nie in die Stadthalle tanzen gehen. Nach Hause durfte ich erst wieder im Winter.«

Michael unterbrach den Redefluss der alten Frau. Er streichelte ihr die Wangen: »Willst du noch eine Bratwurst?« Alice reagierte nicht. Sie schubste seine Hand weg. Michael ergriff die ihre und strich über den verrunzelten Handrücken. Die blauen Adern waren unter der durchsichtigen, feinen Haut klar zu sehen. Die zahlreichen Leberflecke wirkten wie die feine Ziselierung eines alten kostbaren Emaille-Uhrenbodens. Michael streichelte die Frau zart und fragte leise, verschmitzt lächelnd: »Wir könnten auch eine Wurst teilen.«

Alices Gesicht rötete sich: »Bidoche. Das schmeckt gut.« Hubert war bei ihr. Alles war gut. Glück. »Ich liebe die Sonne. Sie wärmt so schön.« Sie räumte die verbliebenen Dinge in die Tasche zurück. »Ich will kein Bidoche mehr. Pas du tout. Gar nicht. Ich bin satt.«

Aus der Richtung des Sees war das Horn eines Schiffs zu hören. »Michael, du bist lieb.« Alice begann leise zu singen : »Il était un petit navire. Il était un petit navire.« Da Michael die Strophen des Lieds nicht kannte, summte und brummelte er nur mit: »Es war einmal ein kleines Schiffchen.«

Alice sang mit ihrer schönen Stimme leise und deutlich. Das Kinderlied hatte viele Strophen. Während des Refrains stimmte Michael jeweils beim »Ohé, ohé, matelot« ein. Der arme Matelot, der Matrose hatte viele Abenteuer zu bestehen. Nur knapp entrann er als Jüngster der Mannschaft dem Schicksal, von den hungrigen Kameraden gegessen zu werden.

Schmerz

Michael steckte im Stau fest. Alice saß im Fond des weißen Saabs und schlief fest. Sie waren auf der Rückfahrt in die Klinik.

Michael erinnerte sich an die mit Alices Ehemann durchwachten Nächte. Die Schmerzen hatten Hubert Müller-Blanchart wach gehalten. Sie hatten lange Gespräche geführt. Es war vor allem Michael gewesen, der geredet hatte. Hubert fragte zuweilen nach dem einen oder anderen Detail. Beim Zuhören vergaß er offensichtlich seine Schmerzen.

Michael berichtete ihm von seiner Jugend in den 60er Jahren am Fuße des Mount Taranaki, westlichster Punkt der Nordinsel. Davon, wie es war, als Sohn eines Maoris und einer Deutschen aufzuwachsen. Davon, wie es war, zwischen zwei Welten und Kulturen zu pendeln. Davon, wie es ihm nun hier in Europa erging, als dunkelhäutiger Mensch, als Fremder, und wie es war, in verschiedenster Hinsicht zu einer Minderheit zu gehören. Damals in Okaiawa, wo er die ersten Lebensjahre verbrachte, und heute in der Schweiz, wo er wegen seiner dunklen Hautfarbe immer wieder scheel angeschaut wurde.

Glückliche Jahre in Okaiawa: die Eltern noch beieinander, beide weg von ihren Familien. Arapeta Winiata weg von seinem Clan in Rotorua, dessen Regeln und Pflichten er sich nicht mehr fügen wollte. Marie Feld weit weg von Deutschland, von Ulm, von ihren Eltern, von Heinz, den sie heiraten sollte.

Arapeta hatte Marie, eine Pakeha, eine Weiße, gegen den Willen seiner Eltern geheiratet. Heimlich in Auckland. Nicht katholisch, wie es sich für einen Winiata gehörte, sondern methodistisch. Arapetas Stamm war entfernt mit der Königsfamilie verwandt. Gemischte Ehen waren in diesem Umfeld verpönt. Zur Hochzeit waren nebst dem Hochzeitspaar nur die Trauzeugen zugegen: Witi, Arapetas Großonkel aus Gisborne, und Margaret, eine Arbeitskollegin aus dem Restaurant in Auckland, wo sich die beiden Jungverliebten kennen gelernt hatten und als Aushilfen arbeiteten. Michael war im Bauch der Mutter anwesend. Er erblickte das Licht der Welt einen Monat nach der Hochzeit.

Michael lernte Deutsch und Englisch gleichzeitig. Beide Sprachen beherrschte er akzentfrei, während seine Mutter ihre deutsche Herkunft nie verbergen konnte. Te Reo Maori, die Maorisprache, lernte Michael zuerst nur bruchstückhaft, da sein Vater zu Hause immer Englisch sprach. Mit der Zeit verstand Michael seinen Vater ganz gut, wenn er sich mit anderen Maori in seiner Muttersprache unterhielt. Er verstand selten alles, aber meistens bekam er mit, um was es ging. Besonders, wenn der Inhalt des Gesprächs eigentlich nicht für seine Ohren bestimmt war.

Michael verbrachte wenige Male die Sommerferien bei seinen Großeltern in Rotorua. An die Lebensfreude und Wärme seiner Großmutter erinnerte er sich gern. Elisabeth Winiata, die Großmutter, war die unumstrittene Chefin des Clans. Sie konnte weder lesen noch schreiben, war aber eine Autoritätsperson und genoss Anerkennung wie sonst niemand im Stamm der Winiatas. Bei seiner Großmutter vertiefte Michael seine Kenntnisse der Maori-Sprache und konnte sich schließlich ganz gut in ihr ausdrücken.

Großmutter Elisabeth erzählte Michael jeden Abend auf der Veranda oder an seinem Bett Geschichten in der Maorisprache. Ab und an übersetzte sie die Abenteuer der tapferen Ahnen des Winiata Stamms. Michael liebte den warmen Klang ihrer Stimme, bewunderte ihre großen, starken Arme, die Holz hacken konnten wie ein Mann, ihn aber ebenso gekonnt in den Schlaf wiegten, wenn er Heimweh hatte und nur mit Mühe die Tränen zu unterdrücken vermochte.

Am Abend spielte die Großmutter mit Michael *Haka Haka.* Auf dieses Codewort hin ging in seinem Zimmer ein wildes Treiben los: Sie knuddelte und liebkoste ihn, das *kleine Fohlen*, wie sie ihn liebevoll nannte, drückte ihn mit ihrer ganzen Fülle auf das Bett, kitzelte ihn; die alte Frau und der kleine Junge schlugen mit den Kissen um sich und kicherten wie verrückt.

Haka werde der Kriegstanz der Maori genannt, erklärte Michael lachend. Er stellte sich breitbeinig neben Huberts Bett. Der Haka diene der Einchüchterung des Gegners und werde von dramatisch vorgebrachtem Sprechgesang der Krieger begleitet. »Besonders berühmt ist der Haka der neuseeländischen Rugby-Nationalmannschaft. Die All Blacks singen und spielen ihn vor jedem Länderspiel.«

Michael stampfte mit seinen Füßen rhythmisch auf den Boden, die Augen weit aufgerissen, gleichzeitig schlug er mit beiden Händen heftig auf seine Schenkel, fuchtelte mit den Armen vor dem los prustenden Hubert herum, stampfend wiegte er sich nach vorn und nach hinten, riss die Augen noch weiter auf, schlug erneut zuerst links, dann rechts auf seine Schenkel:

»Ich habe den Haka der All Blacks von Joe, einem Farmarbeiter meiner Großmutter, gelernt. Joe hat mir auch die dahinter liegende Geschichte des Häuptlings Te Rauparaha vom Ngati Toa Stamm erzählt.«

Hubert Müller-Blanchart brummte: »Dass haarige Männer das Image tapferer Männer haben, ist ein Vorurteil, das sich nicht nur in Neuseeland hält! In Frankreich gibt es ein ähnliches Sprichwort: *Il n' a pas de poil sur le ventre.* Er hat kein Haar auf dem Bauch. Haarlose sind Feiglinge.«

Michael zog sein T-Shirt hoch und zeigte seinen leicht behaarten Bauch. Ein feiner dunkler Strich zog sich von der Unterhose zu seinem Bauchnabel hoch.

»Das gilt als unbehaart«, frotzelte der Kranke im Bett, der ebenfalls sein Nachthemd hochzog, »wie mein alter weißer Bauch.« Er zupfte an einzelnen langen schwarzen Haaren. »Wir sind Feiglinge!« Hubert lachte, bis ihm Tränen die Wangen herunter kullerten. Michael setzte sich auf den Bettrand und lachte ebenfalls hemmungslos.

1974, gerade als Michael 11 Jahre alt geworden war, verließ Arapeta seine Familie, ließ sich von Marie scheiden, versöhnte sich mit seinem Clan und heiratete eine Maori-Frau aus einem angesehenen Stamm der Ostküste unweit der Stadt Gisborne. Er hatte sie bei seiner Arbeit auf Witis Weingut kennen gelernt.

Als Michael 1983 sein Medizinstudium an der renommierten University of Otago in Dunedin auf der Südinsel begann, war sein Vater so stolz auf ihn, dass er im größten Marae von Rotorua, für den Sohn ein üppiges Hangi veranstaltete. Michael erklärte Hubert, wie die Hangi genannten Festmähler der Maori in ihren aufwendig mit Schnitzereien verzierten Versammlungshäusern, eben in den Marae, abliefen. Wie die Eingeladenen den Chef des Abends, Arapeta, mit Lobeshymnen auf seine Manneskraft, auf seine 5 Kinder überhäuften und immer wieder darauf anstoßen ließen, dass seinen Lenden ein so intelligenter Sohn wie Michael entsprossen war. Nun erhofften sie sich nur noch, dass die weiteren drei Söhne zu großen Sportlern würden, wie es sich für die gefürchteten Krieger der Winiatas geziemte!

Ein paar alte Männer erinnerten die Versammelten mit Trinksprüchen an die ruhmreiche Vergangenheit von Arapetas Vater als Soldat im Zweiten Weltkrieg. Für seinen Einsatz in Nordafrika und Kreta war er von der britischen Krone geadelt worden: Sir Joshua Winiata. Alle standen bei der Erwähnung seines Namens sofort auf. Die Männer stimmten die Nationalhymne an. Die Alten mit Tränen in den Augen, die Jungen mit der rechten Hand auf der Brust.

Weitere Trinksprüche folgten. Jeder war von reichlichem Alkoholgenuss begleitet. Die Steinlager leerten sich. Die Halbwüchsigen sorgten für ständigen Nachschub, nicht ohne für sich die eine oder andere Flasche auf die Seite zu schaffen. Endlich erhob Noah, Arapetas jüngster Bruder, seine Bierflasche auf Ruth te Kanawa: »Ruth, du fruchtbare, stolze Frau meines Bruders: Schenk meinem Bruder noch viele Kinder. In deinem Schoss vereinigen sich die Kraft der Sonne und die Kraft der Vulkane Aotearoas. In Gisborne, deiner Heimat, beginnt der Tag Neuseelands. Gisbornes Erde ist so fruchtbar wie keine andere weit und breit. Aus dem heißen Erdinnern Aotearoas ist der Stamm der Winiata entsprungen! Voller Energie und Kraft.« Zum Abschluss griff er sich an den Hosenladen. Die Männer johlten: »Die pulsierende Kraft Aotearoas!« Im Chor grölten und wiederholten sie: »Pulsierende Kraft, pulsierende Kraft.« Einige machten eindeutige obszöne Bewegungen.

»Aotearoa?« fragte Hubert Müller-Blanchart neugierig.

»Aotearoa, Land der langen weißen Wolke, wird Neuseeland in der Maori-Sprache genannt.«

Elisabeth, Arapetas betagte Mutter, stand auf, als das Gegröle nicht enden wollte, und die gesamte Schar der Feiernden verstummte. Sie knurrte laut und klar vernehmbar: »Groß sind die Worte, klein die Möglichkeiten.«

Die Frauen stimmten ihr klatschend zu. Elisabeth lachte die verstummten Männer aus: »Joshua war im Krieg, das stimmt. Aber er war danach nie mehr derselbe.«

Dass er ständig unter Albträumen gelitten hatte, verriet sie nicht, auch nicht, dass sie den Aufgeschreckten und Weinenden danach nur mit Mühe hatte beruhigen können. Sie hatte ihn wie ein kleines Kind gewiegt, ihm über den Kopf gestreichelt.

Elisabeth hatte Arapeta vergeben, dass er sich von seiner Pakehafrau hatte scheiden lassen, nicht aber, dass er Marie und Michael ohne Unterhaltszahlungen zurückgelassen hatte. Elisabeth unterstützte deshalb die Beiden mit regelmäßigen Geldbeträgen, da die von Michael in New Plymouth besuchte Public School aus dem von Marie mit Hilfsarbeiten erzielten Einkommen nie hätte finanziert werden können. Später erhöhte Elisabeth ihre finanziellen Zuwendungen, als Marie Ende der 70er Jahre an schweren Depressionen erkrankte und praktisch ständig in psychiatrischen Kliniken untergebracht werden musste. Elisabeth tätigte die Zahlungen ohne das Wissen ihrer Familie. Pater Williamson besorgte für sie die notwendigen Schreibarbeiten.

Am Schluss des Hangi waren viele Männer betrunken. Die Frauen ließen sie auf den Matratzen liegen oder zerrten und schleppten sie nach Hause. So wurde auch Arapeta von Ruth, Michaels Stiefmutter, und Michael heimgeschleift.

Als Michael dem Schwerkranken von seinem späteren Bruch mit dem Vater berichtete, musste er weinen. Hubert tröstete ihn und schloss ihn in seine Arme, so, wie er es mit seinem Sohn Claus nie getan hätte. Der todkranke Mann erzählte Michael nicht, dass sich sein Sohn vor wenigen Jahren umgebracht hatte. Dass er es bereute, nie mit Claus über dessen Sorgen gesprochen zu haben. Dass er ihn ausgelacht hatte, als dieser voller Sehnsucht davon schwärmte, sich als Maler zu verwirklichen. Dass sein Sohn daran gedacht hatte, sein Studium der Chemie an der ETH Zürich aufzugeben, nachdem er die ersten Vorprüfungen mit Bravour bestanden hatte. Hubert Müller-Blanchart hatte seinen Sohn nicht verstanden. Er hatte ihn an den Tod verloren. Auf der Beerdigung hatte er nicht geweint. Heute in Anwesenheit von Michael ließ er den Tränen freien Lauf. Er musste sich nicht erklären. Er konnte weinen. Weinen. Darüber, was sie beide, er und sein Sohn, gelitten hatten, was sie einander nicht sagen konnten, was nie mehr zu ändern war. Bald würden er und Claus einander so nahe sein wie nie zuvor. Gegenüber Michael erwähnte Hubert seinen Sohn nie. Michael wurde für Hubert zum Sohn, den er so nie besessen hatte.

Michael berichtete vom Grund des Bruchs mit seinem Vater, von seinem Schwulsein, davon, wie ihn sein Coming-out von seiner Maori-Familie entfremdet hatte; davon, wie sein Vater reagiert hatte, nachdem er ihm Erik vorgestellt hatte.

Der Vater brach jeden Kontakt mit ihm ab, verbot seinen Geschwistern und seiner Frau jegliche Art der Kommunikation mit ihm. Er hielt sich selber eisern daran und informierte den Sohn später nicht einmal über den Tod von Großmutter Elisabeth. Nicht mal zu ihrem Begräbnis lud er ihn ein.

Michael weinte, als er an seine Großmutter dachte und daran, dass er beim *Tangi*, bei der Beerdigungsfeier, nicht dabei gewesen war. Hubert nahm den jungen Arzt in die Arme. Beide weinten.

Nebst der Familiensaga begeisterten Hubert die Erzählungen und Mythen der Maori. Besonders der Mythos, wonach die Seelen nach dem Tod eines Menschen den Körper in Richtung Cape Reinga verließen, gefiel dem Schwerkranken. Der nahe Tod war ein Thema, um das Michael – anders als das übrige Personal und die Besucherinnen und Besucher des Spitals – keinen Umweg machte.

»Der Tod lässt nicht mit sich spielen. Er ist unausweichlich. Und in meinem Fall ist er sogar gut voraussagbar«, hatte der Milliardär mehr als einmal geknurrt. Er machte sich Gedanken über seinen eigenen Tod. Ende 1995 organisierte der Milliardär, dass ihm der junge Arzt vollumfänglich und allein zur Verfügung stand.

Eriks Logbuch: Samstagabend

Erik genoss den ersten Schluck des Trentham Cabernet Sauvignon Merlot 2000, den er soeben geöffnet hatte. Der rote Wein aus dem Südosten Australiens schmeckte süß und fruchtig. Erik hatte das Weingut am Stuart Highway vor einigen Jahren entdeckt – es war auf der Rückfahrt von Sydney nach Adelaide gewesen. Diese Fahrt gehörte zu Eriks schönsten Erinnerungen an Down Under. Das Klingeln des Telefons unterbrach Eriks Träumereien.

»Hallo Erik, hier ist Michael. Wie geht's?«

»Gut. Ich habe eine Flasche Trentham geöffnet. Ein köstlicher Tropfen.«

»Ich war heute mit Alice in der Stadt. Leider hatte sie wieder mehr Aussetzer als sonst.«

»Weißt du, eine Flasche des Trentham, den ich am Stuart Highway entdeckt habe.«

»Trentham? Stuart Highway? Am Murray River? Weißt du, ich erinnere mich nicht mehr so genau. Ich bin müde. Ich werde heute Nacht im Spital übernachten. Der Ausflug mit Alice hat mich in der Tagesarbeit zurückgeworfen. Dann ist auch noch Dr. Glauser in den Ferien. Das heißt, dass zusätzlich der ganze Administrativkram liegen geblieben ist.«

»Der Murray River ist der einzige große Fluss Australiens, der ganzjährig Wasser führt. Die Gegend rund um Mildura verdankt ihren Reichtum den zahlreichen Bewässerungssystemen, die ihr Wasser dem Murray River entnehmen. Zitrusfrüchte und Reben gedeihen wie im Bordelais.«

»Bitte sei nicht böse, ich mag nicht zuhören.«

Endlich fiel Erik auf, wie erschöpft Michael klang. »Entschuldige.« Er wusste, dass das Telefongespräch zu beenden war. Erik ärgerte sich über sich selbst. Immer wieder passierte es, dass er auf Michael lossprudelte und gar nicht wahrnahm, wie es ihm ging. Zum Glück hatten die Beiden einen mittlerweile ganz praktikablen Weg gefunden, solche Situationen aufzulösen. Erik brauchte hin und wieder klare Signale.

»Auch feinfühlige Menschen sind nicht perfekt« pflegte er zu sagen, wenn ihn Michael einmal sporadisch damit aufzog.

Der Wein schmeckt wirklich gut. Erik lächelte. In den Stunden vor Huberts Tod hatten er und der Kranke mit einem Wein vom besagten Weingut auf das Leben angestoßen. *Einfach waren sie nicht, die bewegenden Stunden an jenem Tag, Ende August 1998.*

Erik erinnerte sich…

Am Vorabend vor Huberts Ableben holte Erik den Kranken vom Spital ab. Alice blieb im Zimmer zurück. Sie nahm nicht wahr, dass sich ihr Mann von ihr verabschiedete. Alice summte ein Lied, das sie oft während des gemeinsamen Kochens mit Hubert gesungen hatte.

Am nächsten Morgen regnete es in Strömen, erst gegen Mittag hörte es auf. Müller-Blanchart, Erik und François Vernant, der Privatsekretär des reichen Mannes, beobachteten den Sonnenuntergang von der Terrasse aus, die im ersten Stock des Hauses lag, das nun Erik gehörte. Nach dem Verschwinden der Sonne plauderten sie bis kurz vor Mitternacht. Die Stimmung war ruhig und ausgesprochen friedlich.

Der Milliardär erzählte davon, wie er sich in Alice verliebt hatte, damals 1955, als ihn sein Vater für ein Praktikum zu einem befreundeten Privatbankier nach Genf geschickt hatte. Er hatte Alice bei einem der rauschenden Feste kennen gelernt, das der umtriebige Direktor des Lausanner Ballets im Sommer im noblen Hotel Des Bergues zu geben pflegte.

Es war ein heißer Sommer. Beide, Alice und Hubert, waren – wie andere der jungen Festbesucher – an den See hinunter spaziert. Hubert erkannte am angehefteten kleinen Blumenschmuck, dass die hübsche klein gewachsene Frau ebenfalls einer der geladenen Gäste war. Über den See, von den Savoyer Alpen herkommend, wehte eine leichte erfrischende Brise. Alice schien sich – über die Brüstung des Geländers an der Seepromenade gebeugt – den erfrischenden Winden entgegen zu recken.

Hubert sprach sie an. Sein Herz klopfte stark: »Es ist heiß heute.«

Alice antwortete mit einem Lächeln: »Es ist heiß heute.«

Hubert wusste sofort: »Das ist die Frau, mit der ich alt werden möchte.«

Ihm war zwar nicht klar, warum er so empfand. Aber er wusste, dass er sich nicht irrte.

Alice wusste an jenem Abend am Quai du Mont-Blanc noch nicht, dass Hubert ihr einziger langjähriger Partner werden würde. Ihr war bewusst, dass die körperliche Vereinigung zwischen Ehegatten *dazu gehörte*, suchte sie aber nicht. Was Alice liebte, war die Zärtlichkeit des Sichfindens, das Gefühl des Zueinandergehörens, das Kuscheln in der Küche, im Auto, das Küssen beim Spazierengehen, im Restaurant, wo alle Gäste Anteil nehmen konnten. Die Gutenacht-Küsse vor dem Einschlafen. Das Kneifen ihres Mannes, wenn er schnarchte. Alice liebte es, wenn sie von ihrem Mann fotografiert wurde. Sie posierte für ihren Gatten wie ein Mannequin, wie ein Star. An Laternenpfählen, auf Treppen vor Kathedralen, Theatern.

»Meine Schöne, meine Liebe.« Es zeigten sich Tränen auf Huberts Gesicht: »Ich hinterlasse ein sieben Milliarden schweres Vermögen. Ich habe den Wert meiner Firma verdreifacht. Aber all das zählt für mich nicht. Was zählt, sind die schönen Momente, die Zeit der Liebe. Alice, mon amour. Es ist heiß heute.«

Hubert dachte an Alice, die schmalen Schultern, die dunkle Behaarung in den kleinen Achselhöhlen, die blauen Augen: »Alices Augen faszinieren mich heute noch wie am ersten Tag. Hellblau, fast türkis in der Mitte, an den Rändern in milchiges Grün übergehend. Mit den Jahren verloren die Augen etwas von ihrer Strahlkraft und wurden etwas wässrig. Wie der Chrysopras, der smaragdgrüne Edelstein, mit dem Friedrich der Große sein Schloss Sanssouci geschmückt hat.«

Der alte Mann nahm einen Schluck Wein und fuhr verschmitzt fort: »Ich küsste Alice gern in ihren Achselhöhlen. Zupfte mit der Zunge leicht an den feinen drahtigen Haaren, bis sie mich lachend wegschubste. Sie liebte Zärtlichkeiten mehr als Sex. Ich liebte es, sie zu riechen, am liebsten leicht verschwitzt, leicht parfümiert, stets betörend mit Chanel Nr. 5 oder mit einem Parfüm von Yves St. Laurent. Ich liebte es, sie überall auf ihrem schönen Körper mit der Zunge zu kitzeln.«

Erik streichelte die von den Einstichen der vielen Infusionen zerstochene Hand des leise gewordenen Mannes.

»Alice war das Beste, das mir je passiert ist. Sie ist ein Engel. Es war für sie bestimmt nicht immer leicht mit mir. Ich war nie ein Engel.«

»Ich bin überzeugt, das waren Sie für sie auch.«

Erik war froh, dass Alices Zukunft gesichert war. Er hatte zusammen mit dem alten Mann alles Menschenmögliche getan.

Die zweite Weinflasche war leer. Müller-Blanchart bot Erik mit dem letzten Glas Wein das Du an. Zuvor hatte er den jüngeren Mann zwar mit dem Vornamen angesprochen, gleichzeitig aber konsequent gesiezt.

»Hubert, du hast gut für Alice gesorgt. Ihr hattet ein gutes Leben zusammen. Ein wertvolles, unersetzliches halbes Jahrhundert.«

Hubert trank das Glas lauwarmen Wassers langsam aus, in dem Erik 6 Gramm Natrium-Pentobarbital aufgelöst hatte. Das Rezept für das in dieser Dosis tödliche Betäubungsmittel hatte ein mit dem Milliardär befreundeter Arzt ausgestellt. Hubert scherzte: »Bei Sokrates' erzwungenem Selbstmord im alten Athen war es das Gift des Schierlings, das heilen oder töten konnte, je nach Dosis, heute ist es jenes der Pharmaindustrie. In einer meiner Fabriken hergestellt. Sokrates wurde zum Selbstmord gezwungen, mein Selbstmord ist freiwillig, eine Wohltat, eine Erlösung von nutzlosem Leiden.«

Hubert legte sich auf das Bett nieder. Erik und der Privatsekretär blieben im Zimmer. Erik startete Mozarts Krönungsmesse. Es war eine von Huberts Lieblingseinspielungen mit den Wiener Philharmonikern unter der Leitung Herbert von Karajans. Erik mochte Papst Johannes Paul II nicht. Besonders nicht seine engstirnigen Moralvorstellungen, die damit verbundene Diskriminierung von Frauen und Schwulen. Die Stimme des Papstes, der die Messe las, empfand er aber, zu seiner eigenen Überraschung, als warm, sympathisch. Sie passte zur lebensbejahenden, frohen Musik Mozarts.

Erik setzte sich zu Hubert aufs Bett. Er ergriff mit beiden Händen eine Hand des Sterbenden und drückte sie sanft: »Es wird alles gut.«

Beim Einsetzen des festlichen *Agnus Dei* atmete Hubert nicht mehr. Erik rief den Arzt herein, der im Untergeschoss wartete. Dieser stellte den Totenschein aus und setzte die Polizei ordnungsgemäß vom Selbstmord in Kenntnis.

Erik war froh über die fortschrittliche Haltung der Schweiz dem begleiteten Suizid gegenüber, die Hubert einen selbst bestimmten Tod in Würde erlaubt hatte. Die routinemäßige Untersuchung der Strafverfolgungsbehörden bestätigte, dass keine verbrecherischen Handlungen erfolgt waren, sondern es sich lediglich um die zulässige Unterstützung eines Sterbewilligen bei seinem Freitod handelte: Nach dem Strafgesetzbuch kein zu verfolgendes Delikt, wenn der aus dem Leben Scheidende bei seinem Tod bei vollem Bewusstsein und urteilsfähig ist. Die helfenden Personen dürfen zudem keine eigenen Interessen verfolgen. Diese auf der Welt einmalige Schweizer Praxis war Michael gar nicht so einfach zu erklären gewesen. Er hatte erst nach langen Diskussionen akzeptieren können, dass es die Freiheit und das Recht jedes einzelnen Menschen ist, seinem Leben ein Ende zu bereiten, wenn Leiden und Schmerz unerträglich geworden sind.

Eriks Logbuch: Samstagnacht

Die Erinnerung an das Sterben seines Gönners wühlte Erik auf. Er fühlte sich traurig und erleichtert zugleich. Traurig über das miterlebte Leiden und Sterben, erleichtert über das versöhnliche Ergebnis des Todes. Er schenkte sich ein neues Glas Wein ein und nahm es mit in die Bibliothek, wo er nach einer Einspielung von Mozarts Krönungsmesse suchte. An der schließlich ausgewählten Aufnahme aus den 70er Jahren liebte Erik den vollen Sopran der Solistin. Er drehte die Lautsprecher immer mehr auf, bis der ganze Raum von den Klängen der Solisten, des Chors und des Orchesters erfüllt war. Im Ensemble dominierten die Pauken und Trompeten. Das rhythmische Trommeln und das Jubilieren der Blasinstrumente verliehen der Messe einen erhabenen, festlichen Charakter.

Erik wusste, dass er die ganze Nacht nur Mozart hören würde. Er öffnete eines der Fenster. Die hereinströmende Luft roch frisch und war angenehm kühl. Der Wein und die Musik versetzten ihn in einen angenehmen Zustand der Mattigkeit und Entspannung. Die Erinnerungen an Hubert verhinderten das Einschlafen. Mozarts Musik verstärkte die mit den Erinnerungen verbundenen Gefühle. Erik gab sich ihnen hin. Er blendete zurück…

Er und Hubert hatten sich zwar nur knappe drei Jahre gekannt, aber zu einer Vertrautheit gefunden, die Erik sonst mit niemand anderem außer mit Michael teilte. Dieser hatte ihn Ende 1995 mit Hubert zusammengebracht. Als renommierter Privatrechtler sollte er den vom Tod gezeichneten Mann beraten, wie er für die Gattin vorsorgen und den Bestand seines Unternehmens langfristig sichern konnte. Hubert war voller Sorge um die Zukunft seines Unternehmens *New-Pharmaceutics* gewesen.

Hubert Müller-Blanchart hielt zusammen mit seiner Frau Alice 27 Prozent, seine ältere Schwester Claire 30 Prozent der New-Pharmaceutics Aktien. Claire Soder-Müller überließ ihm das Stimmrecht ihres Aktienanteils in blindem Vertrauen. Mit der Aktienmehrheit von 57 Prozent konnte Hubert den Lauf der Dinge bestimmen.

Christophe Soder und Hubert hatten New-Pharmaceutics in den 70er Jahren zur erfolgreichsten Schweizer Pharmafirma gemacht. Christophe Soder war vor einigen Jahren an einem Herzinfarkt gestorben. Er hatte Jahre vor seinem Ableben mit seiner Frau und seinen Söhnen einen Erbvertrag geschlossen: Diese als seine Erben müssen ihre Aktien bei einem Verkauf zuerst Hubert und Alice oder deren Erben anbieten. Dieses Zugeständnis hatte Christophe Soder seinen Söhnen abringen können, weil er ihnen mit Zustimmung seiner Frau – sofort nach Unterzeichnung des Erbvertrags – über ihren Erbanspruch hinaus je 20 Millionen Franken in bar auszahlen ließ. Wie er es vorausgeahnt hatte, war von diesem Geld schon nach wenigen Jahren nichts mehr vorhanden. Verspielt, verspekuliert. So sollte es New-Pharmaceutics nicht ergehen.

Claire teilte die Meinung ihres verstorbenen Mannes und wollte bis zu ihrem Tod für die Einhaltung seines letzten Willens sorgen. Claires Söhne Pierre und Georges waren mit der Haltung ihrer Mutter mit der Zeit immer weniger einverstanden. Sie verfügten zusammen über 30 Prozent der Aktien, die sie von ihrem Vater geerbt hatten. Zusammen mit den Aktien ihrer Mutter hätten sie mit einer Mehrheit von 60 Prozent das Schicksal des Unternehmens in die Hand nehmen können. Mit Conzelmanns Hilfe würden sie dafür sorgen, dass den Aktionären – und damit auch ihnen – höhere Dividenden zugesprochen würden.

Hubert befürchtete, dass seine Nachfolger das Gesamtinteresse von New-Pharmaceutics zugunsten kurzfristiger Erfolge außer acht lassen würden. Sein Stellvertreter im Vorstand, Hervé Conzelmann, träumte davon, wesentliche Teile des Konzerns abzustoßen und sich auf die Kernbereiche zu konzentrieren. Damit würden zig Hundert Millionen Franken in die Kasse des Unternehmens fließen. Die Aktionäre würden in Form von Dividenden und das Management durch happige Erfolgsprämien davon profitieren.

Diese Strategie hielt Hubert für kurzsichtig. Das Unternehmen würde langfristig geschwächt und durch die Schrumpfung zu einem interessanten Übernahmekandidaten für die in- und ausländische Konkurrenz werden. Zudem würden Tausende von Arbeitsplätzen verloren gehen. Erik teilte Huberts Lagebeurteilung und nahm sich vor, ihn bei der schwierigen Aufgabe zu unterstützen.

Eriks juristische Spezialität war das Spannungsfeld zwischen Stiftungs- und Unternehmensrecht. Seine Publikationen stießen in Deutschland auf wohlwollendes Interesse. Riesige Familienvermögen wurden seit dem Fall des Eisernen Vorhangs mithilfe internationaler Stiftungen über die Grenzen der Nationalstaaten hin und her verschoben, somit den heimischen Steuerbehörden entzogen. Deutschland war vom Abfluss der Gelder seiner Reichen besonders betroffen. Die Schweiz gewährte diesen Vermögen gern eine neue, sichere Heimat. In seiner Habilitation hatte Erik einige konkrete Beispiele und die wichtigsten Mechanismen aus der internationalen Praxis aufgezeigt. »Keine Verbrechen, nur Machenschaften der legalen Art«, wie es Erik seinen Studierenden erklärte.

Die in der Habilitation präsentierten Zusammenhänge waren für die Behörden, Politikerinnen und Politiker der betroffenen Länder, Luxemburg, Österreich, Großbritannien, aber auch der Schweiz, unangenehm gewesen. Erik hatte die Lücken in den Rechtssystemen klar und unmissverständlich aufgezeigt. Zwischen den Zeilen waren auch Vorbehalte gegenüber den maßgeblichen Untersuchungsbehörden, Steuerämtern und Gerichten herauszulesen gewesen. »Diese Gelder fehlen den Staaten für ihre Sozialleistungen, für die Rechtsprechung, für die Polizei. Rechte kosten«, rief Erik seinen Studentinnen und Studenten immer wieder von neuem in Erinnerung.

Die Konstruktionen der privaten Stiftungen waren oft derart kompliziert und undurchschaubar, dass die Steuerfahndungen der betroffenen Länder dem Treiben meist hilflos zuschauen mussten. Sie standen ohnehin einem Heer von Rechtsanwälten, Banken, Versicherungen und Treuhändern gegenüber, die eine namhafte Wirtschaftskraft verkörperten. Erik war überzeugt, mit der zunehmenden Alterung der Gesellschaft würde das Stiftungsrecht für das Erbrecht, aber auch für das Steuerrecht zunehmend bedeutsamer werden. Er sah sich bestätigt durch den Umstand, dass die wichtigen Vermögensverwaltungsbanken vermehrt Stiftungsrechtsspezialisten einstellten. Er selber lebte gut von den Gutachten, die er für wichtige Kunden der Banken erstellen konnte.

Mit gemeinnützigen Stiftungen ließen sich aber auch in den Ländern selber wacker Steuern sparen, wenn die Rahmenbedingungen entsprechend gestaltet wurden. Wohltätigkeit muss nicht gerecht sein. Das Gütesiegel der Non-Profit-Organisationen erschwerte den kritischen Umgang mit derartigen Stiftungen. Die Grenzen zwischen Gemeinnützigkeit und privatem Nutzen waren in der Praxis nicht immer einfach zu ziehen. Die Grauzonen auszuloten, zu erschließen, war für manchen Spezialisten zu einer hoch bezahlten Leidenschaft geworden. In verschiedenen Ländern bestanden zwar Organisationen, die eine Prüfung der gemeinnützigen Vereine und Stiftungen vornahmen, um Spendern und Spenderinnen eine Garantie für die Verwendung ihrer Zuwendungen zu vermitteln. Die Familienstiftungen entzogen sich jedoch diesen Kontrollen, da sie diskret auftraten und die Öffentlichkeit nicht suchten, von ihren Stiftungszwecken her gesehen ja auch nicht wollten oder mussten. Sie erfüllten ihren Grundzweck, wenn sie das Vermögen ihrer Stifterfamilien erhielten oder gar vermehrten. Allerdings stellten sie für die Aufsichtsbehörden den einen oder anderen Nebenzweck in den Vordergrund: den Betrieb eines Kinderheims, den Bau eines Spitals, die Gründung eines Museums.

»Moralisch ehrenvolle Zwecke!« betonte Erik stets mit einem ironischen Lächeln, wenn er in den Vorlesungen seine Untersuchungen etwas detaillierter darlegte: »Ehrenwerte Nebenzwecke!« Erik liebte das Stiftungsrecht, nicht aber alle Stifterinnen und Stifter.

Eriks Lösungsstrategie für den rechtlichen Teil von Huberts Sorgen würde sich auf diese Erkenntnisse stützen. Hubert, Alice und Claire sollten ihre New-Pharmaceutics Aktien in eine gemeinnützige Stiftung überführen. Erik schilderte Hubert die Vorteile einer solchen Lösung: »Die Organe einer Stiftung haben sich streng an die Weisungen des Stifters zu halten, wie mit dem übergebenen Vermögen umzugehen ist. Die Einhaltung des Zweckes wird durch eine staatliche Stiftungsaufsicht überwacht.«

Erik bemerkte den skeptischen Blick seines Auftraggebers und begann, etwas auszuholen: »Die Rechtsform der Stiftung wird garantieren, dass New-Pharmaceutics Ihrem Wunsch entsprechend den größeren Teil des Unternehmensgewinns in die Forschung steckt und nur den kleineren Teil den Aktionären als Dividende ausschüttet. Die öffentliche Aufsicht wirkt zudem über Ihren Tod hinaus und erlischt erst mit der Auflösung der Stiftung, die nur unter ganz strikten Bedingungen erfolgen kann. Die Umschreibung des Stiftungszwecks erfordert besondere Sorgfalt. Ist der Zweck einmal definiert, kann er nur in einem komplizierten rechtlichen Verfahren abgeändert werden. Ich rechne damit, dass ich nach ein paar wenigen Arbeitstagen einen adäquaten Vorschlag unterbreiten kann. Verschiedene steuerliche und finanzrechtliche Aspekte sind zu untersuchen und zu regeln.

Hierzu werde ich mit dem Finanzchef von New-Pharmaceutics das Gespräch aufnehmen und danach das Ganze mit einem spezialisierten Finanzanwalt besprechen.

Ein größeres Problem ist nichtrechtlicher Art. Bei der Gründung und Ausstattung der Stiftung mit dem fraglichen 57-Prozent-Aktienpaket ist die Zustimmung der potenziellen Erben der stiftenden Personen wichtig. Sie müssen in diesem Umfang auf ihr Erbe verzichten. Der Gesetzgeber wollte mit den entsprechenden Bestimmungen verhindern, dass Erben durch die Gründung einer Stiftung um ihr Erbe gebracht werden: Der Pflichtteil kann niemandem vorenthalten werden. Die Erbansprüche von Kindern, Ehegatten und Eltern sind pflichtteilsgeschützt. Jene von Geschwistern nicht.

Alice und Sie als Ehepaar beerben einander gegenseitig, Ihre Tochter Ada beerbt sie beide, die Soder Söhne sind gesetzliche Erben ihrer Mutter Claire. Solange die Kinder ledig bleiben, sind die Eltern ebenfalls die einzigen pflichtteilsgeschützten Erben. Die Zustimmung Ihrer Tochter und der Söhne Ihrer Schwester für einen Erbverzicht zu erhalten, wird erfahrungsgemäß nicht ganz leicht werden.«

Hubert hörte geduldig zu. Schließlich meinte er grinsend, Erik solle doch versuchen, die Neigung und Freude daran zügeln sein Spezialgebiet gleichsam wie in einer Vorlesung abzuhandeln. Dann wurde der Pharmatycoon ernst: »Alice und Claire werden mitmachen. Wie meine Tochter Ada reagieren wird und wie sie dann auch noch überzeugt werden kann, weiß ich nicht. Ich habe sie seit vier Jahren nicht mehr gesehen. Wir sind damals im Streit auseinandergegangen. Ich hoffe aber, dass eine vernünftige und friedvolle Lösung möglich sein wird. Die Brut von Claire ist das eigentliche Problem. Ich könnte Pierre oder Georges auskaufen, aber nicht beide.«

Hubert hatte den Börsenwert eines 15-Prozent-Anteils an New-Pharmaceutics Aktien auf 240 Millionen geschätzt. Erik konnte sich Summen dieser Größe gar nicht vorstellen. Seine gesamten Ersparnisse beliefen sich auf 100.000 Franken. Er war stolz darauf, dass er sich dieses Geld nach dem Studium selbst erarbeitet hatte.

»Da beide Soder Söhne nach dem Willen meines Schwagers ihre Aktien zuerst mir oder Alice anbieten müssen, befinde ich mich zuerst einmal in einer vorteilhaften Position. Wenigstens so lange, bis sie niemand anderen finden, der lediglich an einem 15-Prozent-Anteil interessiert ist und dafür viel bieten will. Erst wenn auch meine Schwester Claire ihren Anteil verkaufen möchte, oder ihre Söhne dies nach ihrem Tod in die Hand nähmen, würde es wirklich schwierig: 60 Prozent New-Pharmaceutics Aktien könnte ich nie erwerben. Damit könnte die Konkurrenz das Unternehmen aufkaufen und Teile des Konzerns einzeln lukrativ verhökern.« Hubert seufzte.

Erik fuhr in nüchternem Ton fort: »Alices Zustimmung wird kein Problem werden. Wir bereiten die notwendige schriftliche Erklärung vor und lassen ihre Unterschrift notariell beglaubigen. Ihre Gattin gilt als im Sinne des Rechts urteilsfähig, wenn nicht deutliche, für den Notar wahrnehmbare Anzeichen für das Gegenteil vorliegen. Die aktuelle medizinische Diagnose, die auf eine mindestens teilweise Urteilsunfähigkeit schließen lässt, ist außer uns beiden und ihrem Arzt niemandem bekannt. Ihr Verhalten ist zum Glück in keiner Weise auffällig. Wenn die Alzheimerkrankheit schon fortgeschritten und stadtbekannt wäre, würde sich die Vormundschaftsbehörde einschalten und auch noch ein Wörtchen mitreden. Mehr Sorgen mache ich mir um Claire. Wird sie nicht unter großen Druck ihrer Söhne geraten?«

Hubert unterbrach ihn: »Ein Sforza, ein Lorenzo de Medici oder ein anderer der Renaissance-Fürsten hatte da ganz andere Mittel zur Verfügung. Eine geliebte, aber der Politik im Weg stehende Schwester wäre in einem komfortablen Kloster versorgt, ihre unliebsamen Söhne verbannt, vergiftet oder sonst wie aus dem Weg geräumt worden. Für die zurückgelassenen Waisen und Witwen wäre gleichzeitig aufopferungsvoll gesorgt worden.«

Erik war alles andere als ein Renaissance-Fürst. Weder mächtig noch reich. Hubert wusste aber, dass auch in der Gegenwart die Methoden der Renaissance-Fürsten angewendet wurden. Er hoffte, dass sich Erik mit einigen davon anfreunden würde, wenn ihm entsprechende Mittel zur Verfügung stünden. Hubert stattete Erik mit einer Generalvollmacht und einem in Millionenhöhe dotierten Konto aus.

Trocken meinte der Pharmatycoon: »Für die mit juristischem Handwerk nicht lösbaren Probleme!«

Hubert täuschte sich nicht. Allerdings war es mehr Eriks Sinn für Gerechtigkeit, der ihn für unkonventionelle Lösungen empfänglich machte, als das viele Geld. Ob auch moralisch weniger hoch einzuschätzende Motive wie

Macht, Rache, Geld mitspielten, mögen der Herrgott oder andere geeignete Instanzen beurteilen. Erik war gewiss kein Gutmensch, kein Held ohne Fehl und Tadel. Dadurch unterschied er sich nicht von der Mehrheit seiner Zeitgenossen. Für Hubert spielte Eriks Motivation keine Rolle.

Wut und Rache

Erik verschaffte sich mithilfe eines Privatdetektivbüros Einblick in die Verhältnisse der Soder Brüder. Besonders in das, was der Öffentlichkeit nicht bekannt war. Pierres Aidskrankheit war schon vor einem Jahr an die Öffentlichkeit gezerrt worden: Seine Ex-Freundin hatte sich an die Boulevardpresse gewandt. Ihre Anschuldigungen waren von der Familie als Rachegelüste einer fallen gelassenen Partnerin abgetan worden: Dass Pierre sie mit seiner Krankheit angesteckt hätte, sei nicht bewiesen. Und wenn er dies getan hätte, dann bestimmt nicht mit Absicht. Vielleicht sei es ja auch umgekehrt gewesen und sie hätte ihn angesteckt?

Der Pharma-Familie war es auf einfache Art und Weise gelungen, die Medien auf ihre Seite zu ziehen: Der Verzicht auf die von New-Pharmaceutics in den Lokalradios, in den Medien national und international geschalteten Inserate hätte alle Instanzen schwer getroffen. Die Medien hatten die entsprechenden diskreten Hinweise sofort verstanden und, ausgelöst von einer Reportage einer privaten Radiostation, eine Schmutzkampagne gegen die ehemalige Freundin des *angesehenen Mitglieds der Basler Haute Volée* entfesselt. Schließlich publizierte die Presse, dass die Frau mit 20 Jahren ein Kind unehelich zur Welt gebracht und es zur Adoption frei gegeben hatte. Als 23-Jährige musste sie eine Alkoholentziehungskur machen, nachdem sie in angetrunkenem Zustand eine Rentnerin überfahren hatte, die nur knapp dem Tod entrann. Pierres Freundin war mit einer bedingt ausgesprochenen Gefängnisstrafe davon gekommen. In der Presse war an diesem Beispiel die unverständliche lasche Praxis der Gerichte abgehandelt worden Urteile über Raserinnen und Raser zu fällen.

Soders ehemalige Freundin hatte sich verbittert in eine kleine Wohnung in Weil am Rhein zurückgezogen. Zusätzlich war sie von einem der Kumpane Pierres eingeschüchtert worden, der ihr mit Prügel oder Schlimmerem gedroht hatte, sollte sie jemals ein bestimmtes Video veröffentlichen. Später hatte die bedrohte Frau eine Kopie des Films erstellt und sie bei einem deutschen Rechtsanwalt hinterlegt. Von dieser *Lebensversicherung* hatte sie auch Pierre berichten lassen, der sie seither nicht mehr behelligt hatte.

Sie weihte den von Erik engagierten Privatdetektiv nach kurzem Zögern in die dunklen Geheimnisse ihres ehemaligen Freundes ein und fühlte sich erleichtert, ihr schweres Schicksal mit jemandem teilen zu können. Sie hatte Pierre vor etwas mehr als einem Jahr verlassen, nachdem sie zufällig ein Video entdeckt hatte, dass Pierre beim Sex mit einem offensichtlich noch nicht mal zehnjährigen Mädchen zeigte. Der ganze Geschlechtsakt war gefilmt worden. In allen Details.

Pierre hatte seiner Freundin lachend gestanden, dass es aus Rumänien, aus Weißrussland, aber auch aus den anderen Nachfolgestaaten der ehemaligen Sowjetunion immer genug Nachschub an *zartestem, ganz jungem Mädchenfleisch* gäbe. Pierres Freundin war entsetzt gewesen. Sie hatte ihren Freund ein Schwein gescholten, das weder ein Gefühl für Recht und Unrecht noch für Scham und Moral hätte. Pierre hatte mit den Achseln gezuckt und gemeint, ein Unrecht sehe er in seinem Tun nicht. Im Gegenteil. Von seinem Geld würden die Familien der Mädchen ein Jahr lang leben können. Und das sogar sehr gut! Die Eltern würden überdies von den Vermittlern nicht zur Weitergabe ihrer Kinder gezwungen. Alles geschehe freiwillig. Es sei doch besser so, als dass die Mädchen im Bordell in Bukarest oder Minsk landeten. Der Service der Vermittler sei stets erstklassig gewesen. Haarfarbe, Größe und Alter waren die Kriterien, nach denen die Vermittler ihre Mädchen anboten. Seine Bestellungen seien immer exakt ausgeführt worden. Die Preisgestaltung sei fair gewesen, abgestuft nach Alter und Schönheit.

Der Jungfrauenbonus sei am teuersten gewesen. Pech für ihn sei nur, dass ihn eine dieser Gören vor Jahren mit Aids angesteckt hätte. Dabei hätte er es nur mit Jungfrauen getrieben. Dies sei doch schließlich im Interesse aller gewesen. Safer Sex. Aber die Jungfräulichkeit könne leider ganz gut vorgetäuscht werden: »Vor allem bei diesen klein gebauten Dingern. Wo du alles noch weiten musst. Es ist so schön eng. Und dann bis du so geil, dass du nur noch hinein willst. Hinein. Hinein.«

Pierres Ex-Freundin hatte daran gedacht, dass sie beim Sex mit ihm nie ein Präservativ benutzt hatte. Sie hatte ihn im Starlight Club kennen gelernt und war gleich am ersten Abend nach einer durchtanzten Nacht in seinem Bett gelandet. Er hatte sich damals rücksichtsvoll verhalten, ihr einen aktuellen

HIV-Testbericht mit einem negativen Resultat vorgelegt und ihr sogar vorgeschlagen, bei Bedenken einen Pariser zu benützen. Sie hatte es abgelehnt. Nach der Entdeckung seines positiven HIV-Status hatte Pierre mit ihr weiterhin ungeschützten Geschlechtsverkehr gehabt, als wäre nichts gewesen. Er hatte es seiner Freundin ohne Umschweife bestätigt. Ohne sichtbare Reue. Ohne Bedauern. Für die Anwendung eines Präservativs sei es für ihn doch eh schon zu spät gewesen. »Ich will nackt, so wie mich die Natur geschaffen hat, in die feuchten Tiefen stoßen«. Pierres Freundin war noch am gleichen Tag ausgezogen. Mit unguten Vorahnungen hatte sie sich am Tag danach einem HIV-Test unterzogen. Das Testergebnis war positiv: Sie trug das HI-Virus in sich.

Auf dem Polizeiposten, den sie aufgesucht hatte, um Pierre wegen schwerer Körperverletzung anzuzeigen, war sie mit ihrem Anliegen abgewimmelt worden. Sie beschrieb der ihr zugewiesenen Beamtin die Umstände ihrer Ansteckung.

»... bewusste Ansteckung mit Aids? Möglich, aber schwierig zu beweisen. Warum haben Sie denn keine Kondome benutzt? In was für einem Verhältnis stehen Sie überhaupt zum Beschuldigten?« hatte die Beamtin höhnisch nachgefragt. Pierres Ex-Freundin hatte, ohne die Geschichte mit dem Video zu erwähnen, erklärt, dass sie sich soeben von ihrem Freund getrennt hätte. »Sie haben sich von Ihrem Freund getrennt? Wohl ein bisschen rachelustig, gell? Ausgerechnet ein Millionen-Erbe! Sie wollen wohl auf einfache Art und Weise zu Geld kommen?«

Der Bericht des Privatdetektivs erschütterte Erik. Er fühlte sich hilflos. Er wusste nicht, mit welchen juristischen Mitteln einem solchen ruchlosen Menschen beizukommen war.

Pierre Soder erlitt einen tödlichen Autounfall. Er raste mit seinem Porsche in einen geparkten Tanklaster. Von seinem Auto blieb nach der Explosion des Lastwagens so gut wie nichts übrig. Die Polizei vermutete bei der routinemäßigen Untersuchung des Unfalls, dass die Bremsen von Pierre Soders Wagen versagt hatten. Warum, fand sie nicht heraus.

Der Unfall geschah einen Tag, nachdem Pierre gegenüber seiner Mutter Claire schriftlich den Erbverzicht erklärt hatte. Claires Unterschrift unter dem Vertrag war echt, Pierres nicht. Erik war stolz darauf, wie er zur Erbverzichtserklärung gekommen war. Claire hatte sie unterzeichnet, kurz, nachdem sie vom Tod ihres älteren Sohnes erfahren hatte. Sie hatte nicht hingeschaut, was für ein Dokument sie unterzeichnete. Erik hatte sie glauben lassen, es handelte sich um Formalitäten im Zusammenhang mit Pierres Tod. Das sei ja auch nicht gelogen gewesen, hatte Erik grinsend zum Notar gemeint.

Die für einen Erbverzicht notarielle Beglaubigung erfolgte ebenfalls nachträglich. Damit verletzte Erik nicht nur die maßgeblichen Gesetzesbestimmungen, sondern auch verschiedene Standesregeln seines Berufs, was ihn aber nicht betrübte. Der Notar schuldete ihm noch einen Gefallen. Als die beiden vom Gesetz verlangten Zeugen sprangen Erik und die Ehegattin des Notars ein. Sie bestätigten, einen Tag nach Pierres Tod, dass dieser in ihrer Anwesenheit den Verzicht seines Erbanteils am Nachlass seiner Mutter erklärt hätte.

Bei Pierres Beerdigung hielt sein Bruder Georges die Trauerrede. Es waren nur wenige Trauernde anwesend. Die Familie hatte eine Bestattung in einem kleinen familiären Rahmen gewünscht. Der Friedhof war von der Polizei abgesperrt worden, um Gaffer und die Medien von der Feier fernzuhalten. Hubert ließ sich durch seinen Privatsekretär François Vernant vertreten.

Claire hatte einen Lebenslauf ihres Sohnes vorbereitet, den der Priester verlas. Pierres Bild, das sie gezeichnet hatte, war eines, das geprägt war von der bedingungslosen Liebe einer Mutter. Mit Freude hätte Pierre in seiner Jugend als Ministrant gewirkt. Er hätte nie einen Gottesdienst verpasst. Seine Mittelschule hätte er ohne Mühe erfolgreich abgeschlossen. Ein bisschen lernfaul sei er schon gewesen, aber halt begabt, was ihm den Erfolg sicherte. Das Studium an der Universität Basel hätte er leider nach drei Semestern abgebrochen und sei zwei Jahre mit einem Wohnmobil im Süden Europas herumgereist. Als Manager bei New-Pharmaceutics hätte Pierre wichtige Märkte in Süd-Ost-Europa erschlossen. Sein Tod sei nicht nur ein Verlust für die Familie, sondern auch für den Konzern.

Die Predigt am Grab hielt ein katholischer Priester aus dem Elsass. Er sprach von Jesus, der allen Sündern vergeben hätte. Davon, dass alle Menschen auf die Vergebung ihrer Sünden durch Gott hoffen könnten. Aids sei keine Strafe Gottes, aber eine Prüfung, die Einzelnen zu erleiden, zu erdulden auferlegt würde. Der Priester sprach von der unerforschlichen Güte Jesu Christi.

»Wofür alles der Herrgott herhalten muss!« zischte Erik François zu. Dieser nickte.

Erik fragte sich, ob Abschaum wie Kinderschänder, Kindermörder der Vergebung durch Gott sicher sein könnte. Erik erinnerte sich mit Schaudern an das Video mit Pierre und dem kleinen Mädchen.

Claire schluchzte laut, als der Sarg in das Grab hinunter gelassen wurde. Die Trauernden blieben rund um das Grab stehen, bis die Friedhofsangestellten den Sarg mit einer ersten Schicht Erde bedeckt hatten. Pierres Beerdigung veranlasste einige Boulevardblätter, die Kampagne gegen seine ehemalige Freundin wieder aufzunehmen. Heerscharen von Kamerateams und Journalisten belagerten ihr Haus im deutschen Weil am Rhein.

Erik kam zur Überzeugung, dass er der Gerechtigkeit Gottes noch etwas mehr Nachdruck verleihen sollte. Pierre hatte kein Testament hinterlassen. Deshalb hätten seine Mutter und sein Bruder je die Hälfte des Nachlasses geerbt. Erik hatte deshalb bereits ein Testament in Pierres Namen erstellt und vom gleichen Notar wie die Erbverzichtserklärung beurkunden lassen. In diesem Letzten Willen bezeichnete Pierre seine Mutter als einzige Erbin. Er hinterließ keine pflichtteilsgeschützten Nachkommen. Georges als Bruder besaß keinen Pflichtteil, weshalb er leer ausging. Erik änderte das Testament nun ab: Pierre setzte nicht mehr nur die Mutter als Erbin ein, sondern hinterließ seiner ehemaligen Freundin ein Vermächtnis in Höhe von 500.000 Franken. Im Testament bekannte er sich zudem schuldig, seine Ex-Freundin mit Aids infiziert zu haben. Sein Vermächtnis sei ein Zeichen tiefer Reue. Eine entsprechende Erklärung sollte in zahlreichen Medien veröffentlicht werden.

Erik eröffnete Pierres Testament zwei Tage nach der Beerdigung. Claire, Georges und seine ehemalige Freundin waren zugegen. Die Presseerklärung wurde einen Tag danach publiziert. Sie schlug wie eine Bombe ein. New-Pharmaceutics sahen sich veranlasst, der Aidshilfe Basel eine stattliche

Summe zu spenden. Ein Boulevardblatt lancierte das Gerücht, dass sich der reiche Industriellenerbe aus Scham und Reue wohl selber umgebracht hätte. Erik gefiel diese Vorstellung. Ein gerechter Unfall.

Erik ließen die Bilder aus dem Video nicht mehr los. Die Kleine hatte geweint. Ein Mann im Hintergrund, vielleicht der Kameramann, hatte gelacht und etwas in einer östlichen Sprache gesagt. Das Kind hatte den Kopf von der Kamera weg gedreht.

Erik ließ die Privatdetektive nach Pierres Tod weiter recherchieren. Bald stießen die gewieften Schnüffler auf einen Ring von Männern unterschiedlichsten Alters und aus allen Schichten Basels, die sich für Sex mit Kindern interessierten. Die *guten* Angebote wurden unter der Hand weitergereicht. Einem der Detektive, einem unscheinbar wirkenden Mann Mitte 40, gelang es, sich in den Ring einzuklinken, indem er sich als Soders Kumpel ausgab. Als Mittelsmann diente ein pensionierter Mittelschullehrer. Erik hatte seine Adresse in Pierres Brieftasche gefunden, die er dem Bewusstlosen kurz vor seinem Unfall weggenommen hatte.

Der Detektiv wurde ohne Schwierigkeiten als *Fellow*, als Freund und Mitstreiter, wie sich die Mitglieder des Rings selber nannten, in den Ring aufgenommen. Die Empfehlung des Lehrers ermöglichte es ihm, an einem der regelmäßigen Treffen in einer Wohnung im benachbarten Mulhouse teilzunehmen. Die *Fellows* trafen sich an stets wechselnden Orten, einmal in Deutschland, ein anderes Mal in der Schweiz, und eben auch in Frankreich. Dem Detektiv wurde der Kontakt zu einer Familie aus Rumänien vermittelt, die in ihrer Wohnung in einem unauffälligen Block Kleinbasels, interessierten Männern ihre eigenen Kindern anbot und gegen Bezahlung zur Verfügung stellte. Der Detektiv schaute sich die Kinder, zwei Mädchen im Alter zwischen 10 und 15 Jahren, an. Mit der Erklärung, dass sie nicht seinen Vorstellungen entsprächen, zog er sich nach der Präsentation der Mädchen wieder zurück.

»Kannst ein anderes Mal ja wiederkommen«, nuschelte die Mutter, eine Zigarette im Mundwinkel balancierend, »wir sind noch eine Weile hier.«

Sie grinste und erklärte in gebrochenem Deutsch: »Ohne Bewilligung, aber Abklärung zu Flüchtlingsstatus läuft immer noch. Musst keine Angst haben, wichtige Leute unsere Kunden. Sie schützen uns.«

Bei den Recherchen wurde immer wieder ein Waisenhaus in der Nähe von Hunedoara in der rumänischen Provinz Siebenbürgen erwähnt. Diesem Tipp ging Erik nach. Er reiste nach Rumänien. Das Heim bot knapp 340 Waisen im Alter zwischen zwei und fünfzehn Jahren Obdach. Die Eltern waren entweder an Aids gestorben oder hatten ihre Kinder zurückgelassen, als sie sich mit der Hoffnung auf ein besseres Leben nach Bukarest, Ungarn oder in das westliche Europa abgesetzt hatten. Die hygienischen Verhältnisse im Heim waren desolat. Im Keller gab es zwei Duschen für alle Bewohnerinnen und Bewohner. Von den sieben Toiletten funktionierten nur drei. Im Winter überschritt die Temperatur im Haus selten zehn Grad Celsius. Zwei oder drei Kinder hatten sich ein Bett zu teilen. Jedes Jahr starben einige von ihnen an Grippe oder Erschöpfung. Sie waren allesamt unterernährt. Das Haus wurde von einem freundlichen Ehepaar mittleren Alters geführt, das auf Erik einen wohl genährten Eindruck machte.

Der Ehemann zeigte Erik bereitwillig die Schlafsäle der Mädchen und Jungen. Diese standen in Reih und Glied vor den Betten. Der Heimleiter hob den Mädchen die Röckchen, fasste ihnen an die Brüste. Er zeigte, was das Haus zu bieten hatte. Am Schluss präsentierte er Erik ein hübsch ausgestattetes Schlafzimmer, das sich im angeschlossenen Wohnhaus des Ehepaares befand.

Erik fiel beim Rundgang im letzten Schlafsaal Tomas, ein klein gewachsener Junge von nicht viel mehr als zehn Jahren, auf. Pechschwarze Haare, ganz dunkle Augen, schneeweiße Haut. Ein kleiner Engel oder ein Wiener Sängerknabe. Der Junge zitterte, offensichtlich mit Tränen kämpfend, und flüsterte leise etwas vor sich hin, das Erik nicht verstand. Der Heimleiter tätschelte einem neben Tomas stehenden Mädchen die Wange. Es war Tomas' Schwester. Sie hielt die Hand ihres Bruders fest umschlungen, als wollte sie ihn von einem Angriff auf den dicken Heimleiter zurückhalten. Oder ihn schützen.

Erik fühlte sich hilflos, Mitleid und Aggression erfüllten ihn. An den dünnen nackten Beinen des Jungen rann ein feines Rinnsal hinunter. Ein Mädchen kicherte laut, ein anderes deutete grinsend auf den armen Jungen und die Lache am Boden. Der Heimleiter sah, was geschehen war. Er griff Erik unter den Arm und zog ihn mit sanftem Druck aus dem Schlafsaal: »Und nun ist Zeit für ein Glas Schnaps.«

Wut. Hilflosigkeit. Abscheu. Erik brachte die Bilder aus dem Schlafsaal nicht aus seinem Kopf. Die Augen der Kinder. Er ahnte die Verwundungen ihrer Seelen. Die Bilder des Videos vermischten sich mit der unmittelbaren Wirklichkeit, in der ihm nun Kinder angeboten wurden. Seine Seele schrie, durfte es aber nicht zeigen. Auch wenn er diese Kinder später aus ihrer Lage würde befreien können, wusste er, dass zur gleichen Zeit andere missbraucht, geschändet würden.

»Ohne Aids, die Kleinen!« Diese Aussage stimmte nicht, wie Erik später herausfand: Die Hälfte der Kinder war mit Aids infiziert. Einige waren bereits HIV-positiv zur Welt gekommen. Die drogenabhängigen Eltern hatten sich mit unsauberen Spritzen angesteckt, waren Prostituierte gewesen, oder in einem Spital mit infiziertem Blut in Kontakt gekommen. Die Medikamente, die dem Heim von westlichen Hilfsorganisationen gespendet wurden, verkaufte das Heimleiter-Ehepaar gegen amerikanische Dollar und andere Westwährung auf dem Schwarzmarkt.

»Aspirin genügt für die Gören, ist billiger, hilft gegen fast alles!« Der Heimleiter hatte sich auf die Schenkel geklopft. »Sogar dein Freund Pierre hat schon unser Aspirin genommen! Eines der Mädchen hatte ihn gebissen. Sie hatte wohl Hunger!« Der Heimleiter brüllte vor Lachen. Tränen kullerten seine dicken Wangen hinab. »Meine Magda hat die Wunde an seinem Schwanz desinfiziert und die Blutung gestillt. Pierre wollte nicht in das Spital. Später in der Schweiz hat es Komplikationen gegeben. Er konnte drei Monate nicht mehr vögeln.« Der Heimleiter und Erik prosteten sich mit Pflaumenschnaps zu. Der eine freute sich des Lebens, der andere nicht. Nicht in diesem Augenblick. Nicht mit diesen Bildern. Wut.

Erik leerte das große Glas mit dem starken Pflaumenschnaps in einem Zug. Sein Gaumen, sein Hals brannten. Der Heimleiter schenkte grinsend nach. Die Wärme des Schnapses breitete sich im Bauch aus: »Bringen Sie mir

Tomas zusammen mit seiner älteren Schwester aufs Zimmer! An den Namen des Mädchens erinnere ich mich nicht.« Erik feixte dem Heimleiter zu. Dieser lachte laut und griff zum Telefonhörer.

»Das Mädchen heißt Elena. 12 Jahre alt. Zigeunerin.« Der Heimleiter grinste und wiederholte: »Eine kleine Zigeunerin, heiß wie die Sonne der ungarischen Puszta.« Erik antwortete darauf nicht. »Sie sind ein Genießer, zwei auf einen Streich. Geschwister. Beide zusammen kosten 200 Dollar plus 50 Dollar für das Zimmer.« Erik nickte.

Als das Mädchen und der Junge sein Zimmer betreten hatten, setzte sich Elena sofort auf das Bett. Der Junge kniete sich neben seine Schwester auf den Boden vor dem Bett, er klammerte sich an ihre Beine. »Tomas, Tomas. Schsst.« Das Mädchen versuchte sich vom Bruder zu lösen. Sie zeigte auf sich, schaute zuerst Erik, dann Tomas an und schüttelte den Kopf. Sie sagte etwas, das Erik nicht verstand.

»Ich will nichts von euch. Beruhigt euch. Ich werde euch helfen. Ich heiße Erik.«

Elena begann sich auszuziehen. Sie warf die dünne Jeansjacke auf den Boden. Sie grinste Erik an. Es sollte wohl ein laszives Lächeln sein. Der Junge hielt den Pullover fest, als Elena ihn ausziehen wollte.

»Halt. Ich will nichts von euch.« Erik und die Geschwister verstanden die Sprache des Gegenübers nicht. »Stopp!« Erik wiederholte lauter, bestimmter: »Stopp!« Er lächelte die Beiden an und schüttelte energisch den Kopf. Elena zog den Pullover wieder zurecht. »Setzt euch«, Erik zeigte auf den kleinen Teppich vor dem Bett. Die Geschwister setzten sich beide auf den Boden, lehnten sich an das Bett, die Knie angezogen. Tomas blickte nach unten, Elena schaute den Mann fragend an. Sie wollte etwas sagen.

»Pscht!« Erik hielt einen Finger vor seinen Mund. Er setzte sich ebenfalls auf den Boden, an die Türe angelehnt.

Erik wusste nicht, wie es weiter gehen sollte. Er begann über seine Eindrücke des Rundgangs zu sprechen, über das, was ihn bewegte. Er sprach zuerst auf Deutsch und bald nur noch auf Französisch, Elena und Tomas auf Rumänisch. Erik vermutete, dass die beiden recht viel von seinem Französisch verstanden. So erging es ihm mit dem Rumänischen, das für ihn wie eine Mischung aus Französisch und Italienisch klang. Erik und die beiden Kinder sprachen fast eine Stunde miteinander.

Erik übergab dem Mädchen 300 Dollar und einige tausend Lei. Er hoffte, dass Elena damit für beide etwas würde ausrichten können. Für die Flucht. Für Essen. Er wusste nicht, was möglich war, aber er hoffte zu helfen.

»Der Kapitalismus.« Ein Achselzucken bei Hunedoaras Jugendbehörde.

»Die Welt gehört den Tüchtigen!« war der lakonische Kommentar des lokalen Polizeichefs, als Erik ihm von den Machenschaften der Heimleitung erzählte.

Er kaufte einige Monate nach Pierres Tod das Waisenhaus, entließ das Ehepaar und setzte eine von der rumänischen Caritas empfohlene Kinderärztin als Heimleiterin ein. Claire hatte das Geld für den Kauf und eine stattliche Summe Betriebskapital gestiftet – in Erinnerung an ihren geliebten toten Sohn. Erik hatte sie dazu überredet.

Das Pierre-Soder-Heim wurde zu einem Vorzeigeobjekt in ganz Transsylvanien. Die angegliederte Kinder-Poliklinik mit der gratis Sprechstunde wurde für die Versorgung der Stadt mit den über 70.000 Einwohnerinnen und Einwohnern unentbehrlich.

Als Erik mit der Caritas-Ärztin das Heim nach dem Kauf besuchte, fand er weder Tomas noch Elena. Er durchsuchte das ganze Anwesen, er befragte das Personal mithilfe der Ärztin. Kein Erfolg. Aus den Akten konnte er ihr Verbleiben nicht rekonstruieren. Die anderen Kinder wussten nichts, sagten nichts. Niemand erzählte Erik etwas, was ihm weiterhelfen konnte.

»Es waren doch nur Zigeuner«, kommentierte ein Politiker der oppositionellen Christlichen Einheitspartei, den er in Bukarest um Hilfe bat. Der Mann hatte für Erik die Türen zu den lokalen Behörden geöffnet. Erik hatte ihn als überzeugten Demokraten und Anhänger der westlichen Kultur kennen gelernt. Er wollte bei den nächsten Wahlen in das Parlament des Landes gewählt werden und hoffte auf Unterstützungszahlungen aus dem Westen: »Zigeuner. Pack!«

Salzmanns Besessenheit

Seit Sommer 1996 verfolgte Thomas Salzmann Erik auf Schritt und Tritt. Unauffällig, stets gut getarnt. Salzmann war besessen von der Idee, sein Wissen über Erik und seine Unternehmungen einmal zu seinem Nutzen einsetzen zu können. Mittlerweile kannte er Eriks Verhältnisse wie kein anderer. Seine diskrete Vorgehensweise gab ihm allerdings nicht in alle Hintergründe Einblick. So vermischten sich Fakten mit Spekulationen und Vermutungen. Das nahm Salzmann in Kauf.

Mit großem Interesse beobachtete er die Entwicklung der freundschaftlichen Bande zwischen Erik und dem Basler Milliardär. Dass die St. Barbara-Klinik von Eriks Partner, Michael Winiata geleitet wurde, blieb ihm ebenfalls nicht verborgen. Den weiteren Umständen Eriks häufiger Besuche im Spital nachzugehen, verhinderte Salzmanns hohe berufliche Beanspruchung in dieser Zeit.

In Basel beobachtete Salzmann, wie Eriks Detektiv Kontakt zu den rumänischen Kinderhändlern in Kleinbasel anknüpfte. Der Auslöser für diese Kontakte, die Geschichte mit Pierre Soder, blieben ihm verborgen. Salzmann war fasziniert von der Möglichkeit, einmal Sex mit Kindern genießen zu können. Etwas, das er bis dahin als abartig taxiert hatte. Auch jetzt nahm er Kinder, vor allem Mädchen in sexueller Hinsicht nicht als besonders anziehend war. Nun war es aber möglich, einmal auszuprobieren, was von einer geheimnisvollen, verruchten Aura umgeben war.

Salzmann gelang es, als *Fellow* in den Kindersexring aufgenommen zu werden. In Kleinbasel hatte er mit einem 12-jährigen Mädchen sexuellen Verkehr. Es war kein sehr lustvoller Sex, den ihm die Kleine bot. Sie war ihm als Jungfrau angepriesen worden, was sich zu Salzmanns Bedauern als Lüge erwies. Das Mädchen gab sich dem Sex ohne Hingabe, geradezu routiniert hin.

»Ein kleines Luder, ohne eine Spur von Engagement«, beschwerte sich Salzmann danach bei der Mutter. Lustlos, wie ein Brett hätte sie dagelegen, sich danach ohne ein freundliches Wort wieder angezogen. Dabei hätte er ihr doch 100 Franken als Trinkgeld auf das ausgezogene Kleidchen gelegt. Obwohl er der Mutter oder Puffmutter für die kurze Sitzung bereits 1.800

Franken in bar bezahlt hätte! Im Voraus! Das Mädchen hätte das Geld ohne ein Wort des Dankes an sich genommen. Die Mutter zuckte lediglich mit den Schultern.

Salzmann folgte Erik auf seiner Reise ins Kinderheim nach Rumänien und meldete sich beim Heimleiter einen Tag, nachdem Erik den Ort bereits wieder verlassen hatte. Er stellte sich als *Fellow* aus der Schweiz vor. Als der Heimleiter deswegen nicht freundlicher wurde, erwähnte Salzmann den Namen der Familie in Basel. Der Heimleiter ließ ihn eintreten und Salzmann suchte sich ein Mädchen aus, das ihm beim Rundgang durch die Schlafsäle aufgefallen war: volle Brüste, kräftiges Becken, angeblich 16 Jahre alt.

Als er mit dem Mädchen allein im Zimmer war, fotografierte er sich mit ihr, in Kleidern und auch nackt – vor, beim und nach dem Sex. Später fand Salzmann, dass seine strammen behaarten Schenkel gut zur weißen Haut des Mädchens passten.

Das Mädchen erregte den Mann nicht so sehr mit seinem kleinen Körper, sondern mit seiner Verletzlichkeit. So jung. So zart. Gern hätte Salzmann bisher nie erlebte Freude genossen. Das, was er in Basel gesucht und nicht gefunden hatte: Die Unschuld der Kindfrau gepaart mit seiner Erfahrung, seiner Kraft. Aber es geschah nichts Derartiges. Das Mädchen legte sich unaufgefordert auf das Bett und spreizte leicht die Beine. Sie fühlte sich eng an. Tat er ihr weh? Sie ließ sich nichts anmerken. Das Mädchen kicherte, nachdem Salzmann in ihr gekommen war. Die Kindfrau war ein doof lächelndes Kind. Ein Kind, das ständig grinste. Nach dem Orgasmus übergab sich Salzmann in der Toilette. Er ekelte sich vor sich selbst. Er gab dem Mädchen zwei Hundertdollarscheine. Es lächelte, bedankte sich mit einem Knicks, und Salzmann verließ das Kinderheim.

Salzmann war aufgewühlt. Sex mit Kindern. Leicht zu bekommen. Kein Glücksgefühl.

Eriks Logbuch: Früher Sonntagmorgen

Erik schreckte aus seinen Erinnerungen auf. Ein Geräusch hatte den Fluss seiner Gedanken unterbrochen. Durch das offene Fenster hörte er die Stimmen einer Frau und eines Mannes. Sie diskutierten laut und lachten. *Wohl zwei Partygänger auf dem Heimweg,* stellte sich Erik vor.

Er legte eine neue CD ein und schenkte sich Wein nach. Dieser war inzwischen warm geworden, was ihn stärker erscheinen ließ. Als Chor und Solisten sich mit ganzer Inbrunst dem aufwühlenden *Agnus Dei* widmeten, war Erik wieder bei seiner Geschichte angekommen.

Die Gespräche mit Hubert hatten bald den geschäftlichen Rahmen gesprengt. Die Sexualität war nebst New-Pharmaceutics das Lieblingsthema des Sterbenden gewesen. Erik konnte sich nicht daran erinnern, wann und wie sie auf das Thema Sexualität gestoßen waren. Huberts Ausdrucksweise war oft provozierend gewesen. Er hatte dazu einmal flapsig gemeint: »Diplomatie ist keine Stärke des Todes.«

Viele der Gespräche tauchten in einer Präzision aus der Vergangenheit auf, die Erik verwunderte. Der Milliardär klagte darüber, dass Sex für ihn wegen des Krebses nun wohl zu den vergangenen Vergnügungen gehörte. Mit seiner Ehefrau, die er sehr liebe, hätte er seit Jahren keinen Sex mehr gehabt. Richtigen Sex eigentlich schon seit Jahrzehnten nicht mehr. Eigentlich überhaupt nie. Alice hätte hemmungslose Hingabe nie geschätzt. Das Vorspiel, das Streicheln, das gegenseitige Liebkosen, das hätte Alice geliebt. Das hätte ihr genügt. Über die klassische Missionarsstellung, er auf ihr, in ihr, seien sie nie hinausgekommen. Nach fünf bis zehn Minuten sei das Ganze stets zu Ende gewesen: Danach hätte sich Alice auf die Seite gedreht, mit ihm über Probleme der Kinder, Schwierigkeiten in der Verwandtschaft oder sonstige aktuelle Themen zu sprechen begonnen. Er glaube, Alice hätte nie einen Orgasmus erlebt. Sie hätte wohl auch nicht gewusst, was das ist.

Erik fragte sich, ob das Ehepaar Müller-Blanchart mehr als zwei oder drei Mal Sex miteinander gehabt hatte. Und das beim ausgesprochenen Sexualtrieb des alten Mannes.

Hubert wiederholte viele Male, er liebe seine Frau über alles, sie wäre das Beste, das ihm je passiert sei. Aufregenden Sex hätte er sich aber anders organisiert. Zum Glück hätten es ihm seine finanziellen Verhältnisse, sein gesellschaftlicher Status ermöglicht, ohne Schwierigkeiten viele Frauen kennen zu lernen, und auch zu vögeln. Junge Frauen, erfahrene Frauen, verruchte Frauen, scheue Rehe. Alle hätte er erobert.

»Wohl eher gekauft«, knurrte Erik.

»Erfolg macht sexy«, gab der Industrielle grinsend zurück. Dann wurde er nachdenklich und holte aus: »Wissen Sie, eigentlich hatte ich gehofft, dass der Sexualtrieb mit 50 oder 60 Jahren zurückgeht. Bei mir ist das jedenfalls nicht eingetroffen. Auch heute mit beinahe 70 Jahren auf diesem Knochengerüst – mit spürbarer Arthritis und akutem Rheuma – bin ich immer wieder geil wie ein junger Spund. Jung in meinen Gedanken, jung in meiner Fantasie! Meine Gefühle sind nicht gealtert. Die Seele altert nicht, nur der Körper! Wir unternehmen mithilfe der Medizin alles, um alt zu werden. Und dann sind wir alt und es tut weh, alt zu sein, der Körper schmerzt. Wir sehen die vielen Möglichkeiten des Lebens und können sie nicht mehr verwirklichen. Alles Leben hat ein Ende. Ich weiß es. Ich kann mich nur schwer damit abfinden.«

Erik erwiderte nichts. Er spürte, dass es dem alten Mann gut tat, dass er einfach nur zuhörte.

Hubert fuhr fort: »Das Alter ist etwas Brutales. Mein Körper ist nicht mehr wohlgeformt. Es wachsen Haare, wo sie nicht sollten, aus Nase und Ohren, auf dem Rücken, und auf dem Kopf fallen sie aus. An den Hüften bilden sich kleine Polster, auch wenn ich mich bei den Süßigkeiten zurückhalte. Der Bauch ist nicht dick, aber doch rund und etwas spitz. Mein Schwanz wird nicht mehr steinhart wie in meiner Sturm- und Drangzeit, er braucht mehr Zärtlichkeit, mehr Zeit, bis er sich aufrichtet, aber, wenn der Kleine so weit ist, spritze ich mit Vergnügen und Lust ab. Ich kann nicht mehr zwei oder mehrere Male hintereinander Sex haben. Ich glaube, mein Penis ist geschrumpft. Wenn er ruht, wirkt er auf mich viel kleiner, als er es in meinen besten Jahren war. Ich muss ihn fast suchen, wenn ich mit ihm spielen will.«

Hubert lachte. Erik stimmte ein. Sie lachten beide laut. Eine Krankenschwester wollte das Zimmer betreten, die Infusion überprüfen oder etwas Ähnliches, zog sich aber zurück, als sie die Vertraulichkeit des Gesprächs erkannte. »Männer«, brummelte sie und zog die Türe hinter sich zu.

»Vielleicht bin ich sexsüchtig? Auch nach meiner Hochzeit mit Alice habe ich regelmäßig onaniert. Selten im Bett, oft im Badezimmer. Nach der Geburt von Ada haben wir getrennte Schlafzimmer bezogen. Da habe ich fast jeden Abend masturbiert. Nach den langen Arbeitstagen ohne Zeit für mich selber. Als Einschlafhilfe, zur Ablenkung. Weil ich nicht anders konnte. Pornos auf Super-8-Filmen, später auf Videos, dienten mir als Vorlage. Fantasien mit Frauen überfallen mich unterwegs, zu Hause im Bett, ihre Brüste, ihre Beine ziehen mich bis heute in den Bann. Der Hubert, hier drin, ist nicht gealtert.«

Ein trockener Hustenanfall unterbrach die Brandrede. Der alte Mann richtete sich im Bett auf und klopfte sich auf die Brust. Danach ließ er sich auf das Bett zurückfallen. Erik reichte ihm ein Glas Wasser.

»Von Raija Seppälä, der blonden hochbeinigen Krankenschwester, die Sie vorhin kurz gesehen haben, habe ich schon mehrmals geträumt. Sie stammt aus Tampere, einer Stadt rund 200 Kilometer nördlich von Helsinki. Sie hat mir schon verschiedene Male von der wunderschönen Landschaft vorgeschwärmt, die sich rund um die Seen ausbreitet, zwischen denen Tampere liegt. Nach nur einer halben Stunde Autofahrt befände man sich mitten in wilder und ursprünglicher Natur. Sie hat mir von der im Sommer praktisch nie untergehenden Sonne erzählt. Von den warmen Nächten, den Festen, der Ausgelassenheit aller, von Jung und Alt in der Hitze des Sommers. Ich habe ihr zugehört. Die Schönheiten der finnischen Landschaft haben mich aber nicht interessiert. Ich habe den Tonfall ihrer Stimme genossen. Ich habe ihre Haut zu spüren versucht, wenn sie meine von den Bestrahlungen gereizte Haut sanft mit einer Creme einstrich. Ich habe mich am Anblick ihres langen Haars erfreut, das ihr beim Legen der Infusionen immer wieder ins Gesicht fiel, sie behinderte. Ihre Haut ist so weiß. Mit kleinen hell-blonden Haaren auf den Armen und, soweit ich sehen konnte, auch auf den schönen Schenkeln.«

Hubert blühte auf, als er Erik die Vorzüge der jungen Frau beschrieb. Er wurde leiser und schlief ein. Die starken Schmerzmittel ließen ihn auch während des Tages häufig einnicken.

Bei der nächsten Begegnung war die Sexualität der älteren Menschen wiederum das beherrschende Thema: »Auch alte Menschen sind sexuelle

Wesen! Sexualität hört erst mit dem Tod auf. Sie beginnt ja auch bereits mit der Geburt.« Hubert atmete tief ein: »Alt sein ist keine einfache Sache. Wenn alte Männer ihre Sexualität ausleben möchten, werden sie von der Gesellschaft als Lustmolche bezeichnet. Älteren Frauen ergeht es nicht besser. Eher noch schlimmer. Wenn alte Männer wie ich mit einer jungen Frau gesehen werden, kann dies sogar Bewunderung hervorrufen. Toller Hecht oder so! Alte Frauen mit jungen Männern erleben dagegen oft Abscheu und Verachtung. Gerade von anderen Frauen. So was tue man einfach nicht. Alte geile Schachteln! Wenn ich Sex habe, fühle ich mich jung. Alterslos. Wenn ich die Augen schließe, fühle ich kein Alter. Das Gegenüber ist weder jung noch alt. Einfach da. Lebendig – es ist schön, mit der eigenen Haut die Haut eines anderen Menschen zu spüren. Den Griff begehrender Hände am Körper zu erleben. Den anderen Menschen zu riechen. Tiefe Emotionen sind wie Musik. Haben Sie die Klänge von Mozarts Melodien jemals als alt empfunden? Oder das Rauschen eines Baches, der Jahrhunderte lang seinen Lauf gefunden hat? Oder die Orgelmusik in einer alten Barockkirche? In einer der erhabenen gotischen Kathedralen Frankreichs?«

Erik füllte Huberts Glas mit frischem Wasser. Der Kranke trank zwei kleine Schlückchen. »Und dann hörst du den Tod näher kommen, sein Recht an deinem Leben verlangen.«

Erik fühlte sich dem Mann nah, verbunden und gleichzeitig doch so fern. Er fand keine Worte des Trostes. Hubert lag im Bett. Vom Krebs zerfressen, die Haut fast so weiß wie die Bettlaken. Die Haut zusammen gefallen, zerstochen von zahllosen Spritzen, die Arme und Beine dünn wie die eines Verhungernden. Erik setzte sich auf die Bettkante und ergriff eine der dürren Hände. Die durchsichtige Haut fühlte sich trocken an. Er streichelte langsam über den Handrücken mit den hervortretenden, violetten Adern. Er konnte die aufkommenden Tränen nicht unterdrücken.

Ein anderes Mal setzte der in jenem Moment gar nicht hinfällig wirkende Kranke zu einem eigentlichen Stakkato zum Thema Sexualität an. Erik erinnerte sich gut an die ohne Unterbrechung losgelassenen Ausführungen:

»Den alten Menschen ihre Sexualität nicht abzusprechen, haben verschiedene Sexualforscher bereits vor einigen Jahren gefordert. Es war die Zeit der freien Liebe. Wilhelm Reich hat bereits in den 30er Jahren des 20. Jahrhunderts postuliert, dass die Sexualität frei von allen gesellschaftlichen Zwängen ausgelebt und genossen werden solle. Die Kleinfamilie als Hort der Bourgeoisie gehöre abgeschafft. Die sexuelle Revolution, der Kampf gegen die sexuelle Zwangsmoral der bürgerlichen Gesellschaft als Teil der gesellschaftlichen Revolution: Herbert Marcuse war mit seinem philosophischen Werk der Vater der von den Hippies in den 70er Jahren losgetretenen Bewegung *Make Love, not War* geworden. Ihm diente die Sexualität als Vehikel gegen gesellschaftliche Konventionen, gegen das politische Establishment.« Hubert atmete tief ein: »Make Love, not War. Macht Liebe, keine Kriege. Klingt gut, aber hilft uns das weiter? Wenn ich mich richtig erinnere, hieß einer der ebenso berühmten wie umstrittenen Wissenschaftler Ernest Borneman. Von ihm habe ich einmal ein Buch zum Patriarchat gelesen. Mit den darin dargestellten marxistischen Haltungen und Interpretationen habe ich nicht viel anfangen können:

Die sexualisierte Gesellschaft entsexualisiere die Sexualität. Die Männer nützten ihre Sexualität wie die Macht über die Produktionsmittel nur, um ihre Vormachtstellung zu erhalten. Es war die Rede von sexualisierter Marktwirtschaft oder so ähnlich. In unserer Zeit sei echte Liebe gar nicht möglich, solange Tod und Liebe miteinander verbunden würden. Absurderweise spreche man von der Sexualität als dem kleinen Tod. Romantische Vorstellungen zum Tod und zur Liebe verstellten den Blick auf das wahre Leben, auf die Möglichkeiten, die es bietet. Die Sexualität der alten Menschen werde verdrängt. Bei der Lektüre dieses Buches habe ich zum ersten Mal die urtümliche Kraft der Sexualität begriffen. Die Welt der Wissenschaft hat Borneman die Anerkennung versagt, die er eigentlich verdient gehabt hätte. Er hat sich letztes Jahr umgebracht. Ob ich das Buch richtig verstanden, ob ich die dargestellten Theorien heute richtig zusammengefasst habe, weiß ich nicht. Aber das mit der unbändigen Kraft der Sexualität, der Liebe, habe ich selber erfahren. Der Tod ist das Ende des Lebens, nicht das Ende der Liebe. Die Liebe ist erst tot, wenn die geliebten Menschen tot sind. Wenn sich niemand mehr an dich erinnert. Wenn dein Lachen, deine Tränen vergessen sind. Was im Alter schön ist, sind die Erinnerungen. An die Liebe. An die Sehnsüchte. An die Gefühle. Das Verlangen bleibt. Die Seelen altern nicht.«

In einer der nächsten Nächte kam Raija Seppälä nach Dienstschluss in Huberts Zimmers. Zu seiner Verwunderung schloss sie die Zimmertür mit dem Schlüssel ab. Die junge Frau setzte sich zu Hubert aufs Bett. Sie flüsterte: »Hei! Mitä kuuluu? Hallo, wie geht es dir?« Dass Raija weiter nur noch Finnisch sprach, störte nicht. Die vokalreiche Sprache wurde zu sanfter Musik. Wie melodische Kinderlieder mit auf- und abfallenden Reimen.

Raija ergriff Huberts zitternde Hand, führte sie unter die weiße Schürze und legte sie mit leichtem Druck auf ihrem Oberschenkel ab. Unter ihrer Arbeitskleidung hatte Raija nichts an. Hubert fühlte nackte Haut, ganz fein behaart. Warm. Zart. Raija befreite den Kranken von der Infusion und vom dünnen Krankenhausnachthemd, sorgsam darauf achtend, die von den Bestrahlungen entzündeten Hautstellen nicht zu berühren. Hubert ließ sich treiben. Die Gegenwart vergessend. Wie gut die Frau duftete! Er schloss die Augen. Das Geschenk des unerwarteten Augenblicks genießend. Jenseits von jeder Zeit.

Als die Nordländerin das Zimmer nach zwei Stunden verließ, schlief Hubert sofort ein. Er war wieder ordnungsgemäß an die Infusion angeschlossen worden und hatte eine Tablette zur Senkung des Blutdrucks eingenommen. Erik wartete vor der Türe. Er übergab Raija den Briefumschlag mit dem vereinbarten Betrag. Dieser war stattlich gewesen. Glücklicherweise hatte Hubert das Erik zur Verfügung stehende Sonderkonto mit einer großzügigen Geldsumme ausgestaltet.

Raija Seppälä kündigte bald darauf in der St. Barbara-Klinik und kaufte sich in Tampere im Härmälä Quartier das Haus, von dem sie und ihr Freund Raimo träumten, seit sie es an einem Sonntagsspaziergang vor einem Jahr entdeckt hatten. Raimo Päätalo, ein Bildhauer, fragte nicht nach dem Ursprung des Geldes. Er war froh. Er brauchte sich fortan keine Sorgen mehr um die Miete zu machen.

Erik erzählte Michael nichts vom Besuch der jungen Frau bei Hubert. Er hätte ihn damals wohl nicht gebilligt.

Arme Verhältnisse

Das Ehepaar Müller-Blanchart hatte zwei Kinder: Claus, von dem Erik erst später erfuhr, und Ada, die sich 1992 nach Abschluss ihres Studiums nach Indien absetzte und zuerst vergeblich im Ashram eines New-Age-Gurus ihr Glück suchte. Sie fand es später in den Slums von New Delhi, wo sie eine Krankenstation für Kinder einrichtete und betrieb. Hubert wusste offensichtlich gut Bescheid über Adas Wirken. Er zeigte Erik mit Stolz Bilder aus indischen Zeitungen mit Ada und ihrem Team. Er schien unter dem Zerwürfnis und dem fehlenden Kontakt mit seiner Tochter zu leiden, erzählte Erik aber nur wenig über die Gründe. Dieser fragte den Kranken nicht weiter aus. Aus dem wenigen, das er wusste, schloss er, dass sich der Industrielle und seine Tochter ziemlich entfremdet haben mussten.

Erik besuchte Ada auf Wunsch ihres Vaters Anfang 1997. Er sollte Huberts Tochter für den Erbverzicht zu Gunsten der neuen Stiftung gewinnen. Die engagierte Ärztin begegnete Erik als Abgesandten ihres Vaters zuerst mit spürbarem Misstrauen. Sie schien weder von der Krebskrankheit ihres Vaters noch vom Alzheimer ihrer Mutter zu wissen. Erik behielt diese schlimmen Neuigkeiten einstweilen noch für sich. Er übergab Ada den Lieferschein für die große Medikamentenlieferung, die ihm Hubert hatte mitgegeben lassen und die nun im Flughafen zur Abholung bereitlag. Ada nahm den Schein gern entgegen, brachte es aber bald forsch auf den Punkt: »Was will mein Vater von mir? Welche Absichten stecken hinter dieser Geste? Entwickelt der Patriarch endlich so etwas wie familiäre Gefühle? Als alter Mann, der vielleicht spürt, dass noch anderes als das Scheffeln von Geld, eine Rolle spielt.«

Erik gab ihr eine ausweichende, allgemein lautende Antwort, verwies auf den Jetlag, unter dem er nach dem langen Flug noch leide, und zog sich nach dem Austausch von Höflichkeiten zurück. Er wollte einen für seine heikle Mission günstigen Augenblick finden.

Am nächsten Tag führte Ada Erik durch die Klinik und zeigte ihm das ganze Areal. Er zeigte sich beeindruckt über das von Ada und ihren Mitarbeitenden Erreichte. Etwa die Hälfte von Adas Patientinnen und Patienten war HIV-positiv oder die Krankheit war bereits ausgebrochen. Auf Kindheit oder Jugend nahm das Virus keine Rücksicht. Schwere Lungenentzündungen, seltene Krebsarten, heftige Allergien, entzündliche Hauterkrankungen, Erkrankungen des Blut- und Lymphsystems waren bei den Kindern und Jugendlichen an der Tagesordnung. Pilze und Bakterien fanden in den geschwächten Körpern willkommene Aufnahme.

Nach einem Abendessen mit dem leitenden Personal des Spitals lud Ada Erik in ihre kleine Wohnung ein. Der reichliche Genuss eines feinen lokalen Gins lockerte die Atmosphäre allmählich.

Erik interessierte sich für ihre Arbeit. Er fragte immer wieder dies und das nach. Ada holte aus und schilderte dem ernsthaft Zuhörenden ihre auf die örtlichen Gegebenheiten ausgerichtete Vorgehensweise. Sie stützte ihre Therapien nicht allein auf westliche Medikamente, sondern ebenso auf die traditionellen Naturheilmethoden der Bevölkerung. Diese orientierten sich an den Selbstheilungskräften der Menschen. Prägend war ein ganzheitliches Verständnis von Krankheit und Gesundheit.

Einige der erprobten Therapien und Medikamente ließen sich auf in Tibet entwickelte Praktiken und Theorien zurückführen. In der Nähe Adas Spitals führten zwei tibetische Mönche ein einfaches Gästehaus. Es diente Tibeterinnen und Tibetern sowie ihren Freunden als Unterkunft auf der Durchreise nach Dharamsala, dem indischen Zufluchtsort des Dalai Lamas und Sitz der tibetischen Exilregierung. Lobsang Dhondup und Tamdrin Gompo unterstützten Ada beim Aufbau des Kinderspitals. Lobsang, der ältere der beiden Tibeter, weihte Ada in die Kenntnisse der tibetischen Medizin ein: Nebst erstaunlich umfangreichem Wissen über die menschliche Anatomie bildeten ausgeklügelte Kräutermischungen und Ernährungsregeln die Basis.

Schließlich wandte sie sich persönlichen Themen zu. Erik schenkte immer wieder Gin ein. Ada hatte sich von ihrer Familie im Streit getrennt. Sie erzählte Erik ausführlich von den Auseinandersetzungen, die das Familienleben vor dem Bruch geprägt hatten. Seit ihrem Eintritt ins Gymnasium hätte sie die Leere der Familie bewusst wahrzunehmen begonnen, die Abwesenheit des Vaters, die geduldige Unterordnung der Mutter unter die Bedürfnisse des Ehemanns, ihr ständiges Bemühen, das Bild einer intakten Familie aufrechtzuerhalten. Schon als Kind hätte sie den Vater mehr als Besucher denn als Teil der Familie empfunden. An den Wochenenden hätten sie während der ganzen Zeit, an die sie sich erinnern konnte, nie etwas gemeinsam unternommen.

Als Studentin fand sie heraus, dass ihr Vater mit Frauen ausging, die vom Alter her gesehen ihre Freundinnen hätten sein können. Die Fantasien, die sie damit verband, ekelten sie: die alte Haut ihres Vaters, die junge Haut der Frauen. Das schüttere Haar des Vaters, die vollen Brüste der jungen Frauen. Unpassend. Das Strahlen in den Augen des Vaters, wenn er von seinen spätabendlichen *Besprechungen* nach Hause kam. Widerlich: die Gier eines alten Mannes nach der Jugend, nach dem Leben. Unerträglich sein Interesse an neuen nicht geschäftlichen Themen, an der Jungendarbeitslosigkeit, am Aufkommen der neuen synthetischen Partydrogen. Künstlich.

Er suchte den Dialog mit Ada. Nicht, weil sie seine Tochter war, dessen war sie sich sicher. Nur um der Jugend und dem, was sie beschäftigt, näher zu kommen. Ada verstand ihre Mutter nicht. Alice war zufrieden mit sich und dem Leben. Es gelang ihrer Tochter nicht, mit ihr wegen der Seitensprünge ihres Vaters ins Gespräch zu kommen.

»Ich liebe Hubert. Er ist meine Freude, mein Leben.«

Ada war wütend. Feigheit. Verdrängung.

Hubert entwickelte in dieser Zeit Vorstellungen zur beruflichen Zukunft seiner Tochter. Er plante, sie nach Abschluss des Studiums in einer der Forschungsabteilungen von New-Pharmaceutics einzusetzen, damit sie später die Leitung der ganzen Division Forschung und Entwicklung hätte übernehmen können. Als er Ada strahlend von seinen Plänen erzählte, geriet seine Tochter außer sich. Sie schrien einander an, an jenem Abend in der elterlichen Wohnung. Hubert erhob sogar die Hand gegen seine Tochter, schlug dann aber nicht zu. Es war von Sturheit, Undankbarkeit, Bevormundung die Rede. Die Mutter wollte schlichten, geriet aber ins Kreuzfeuer der Beiden und wurde von ihnen beschimpft, bis sie weinend in ihr Zimmer rannte.

Am Morgen nach diesem Streit zog Ada von zu Hause aus. Ihr Vater strich ihr die finanzielle Unterstützung nicht. So konnte Ada zusammen mit zwei Freundinnen im St. Alban Viertel von Basel in einer geräumigen Altbauwohnung eine WG gründen. Diese bestand, bis Ada nach Indien aufbrach. Dazu hatte Claudia sie überredet, eine Ärztin, die sie bei einem der vielen

Praktika kennen gelernt hatte. Claudia war eine überzeugte Anhängerin des indischen Gurus Sathya Sai Asahara. Die Lehre des weisen Mannes verspreche Einsichten in den Sinn des Lebens zu vermitteln, die westlichen Menschen sonst verborgen blieben. In der Umgebung des Gurus würde sie erfahren, wer sie selber sei, und würde Sex haben können, ohne dass die Männer oder Frauen irgendwelche Besitzansprüche stellten.

In der Nähe von Benares, der heiligen Stadt, lebte Ada während beinahe zwei Jahren in einer hauptsächlich von Menschen aus Europa und den USA bewohnten Kommune des Gurus, direkt am Ganges-Strom.

Sie lebte sich ein, übernahm die Buchhaltung der Gemeinschaft und erlangte eine erste Position in der Hierarchie des nach der Lehre hierarchielosen Ashrams. Alsbald begann die geradezu bedingungslose Hörigkeit der Jünger, gegenüber ihrem geistigen Lehrer sie zunehmend zu nerven. Ada hatte doch die Fesseln ihres Zuhauses nicht hinter sich gelassen, um sich neu kritiklos den Regeln eines New Age Patriarchen zu unterwerfen! Die Weisheit eines Menschen konnte nie frei von Fehlern oder Irrtümern sein. Weisheit und Wahn liegen sonst ganz nah beieinander.

Im Sommer 1994 fand sie per Zufall heraus, dass verschiedene Gemeinschaftsmitglieder, die den Ashram in den letzten Monaten angeblich ohne Gründe verlassen hatten, an Aids erkrankt waren. Sie fand die kranken Männer und Frauen in einem schlecht eingerichteten Spital am Rand der Stadt. Bei einigen zeigte sich die Krankheit von ihrer schrecklichsten Seite: Das Karposi Sarkom, eine aggressive Krebsart, hatte die Körper mit schwarzen, zum Teil blutigen Knoten überzogen. Zugleich plagte die Kranken ein heftiger Husten. Die medizinische Betreuung bestand aus höchstens einem ärztlichen Besuch pro Woche. Der Arzt sprach und verstand jedoch kaum Englisch und wollte für jedes Medikament, auch wenn das Ablaufdatum weit überschritten war, in bar bezahlt werden. Die Kranken halfen einander so gut es ging, wuschen die im Fieberwahn fantasierenden Mitbewohner, wischten das erbrochene Blut weg, begleiteten die Schwachen zur Toilette. Es gab für die 50 Menschen in den drei Abteilungen eine einzige Krankenschwester.

Da Shoko Baba, der Stellvertreter von Sathya Sai Asahara, beim Eintritt in das Spital nur den Betrag für einen Monat Pflege und Betreuung bezahlt und sich seither nie mehr im Krankenhaus gezeigt oder eine der zahlreichen Anfragen beantwortet hatte, erhielten die Gemeinschaftsmitglieder nur das Allernotwendigste. Die Stadt unterstützte das kleine Spital nicht. Es wurde von einer Sekte geführt, die einer Lehre nachhing, die sich aus christlichen und hinduistischen Elementen zusammensetzte.

Shoko Baba, ehemals Andrew P. Forster, war ein etwa vierzigjähriger Amerikaner aus San Bernardino. Er war bereits in den 70er Jahren in Kalifornien zur Gemeinschaft gestoßen. Er war ein Hippie der ersten Stunde. Als noch nicht einmal Zwanzigjähriger war er in San Francisco zu einem der ersten westlichen Anhänger Sathya Sai Asaharas geworden. Als sich Shoko Baba weigerte, für die Gemeinschaft das Tragen von Kondomen zur moralischen und öffentlich vertretenen Pflicht zu erheben, rastete Ada aus. »Präservative sind doch die einzige Möglichkeit, Ansteckungen mit Aids zu verhindern!«

Ada verließ die Gemeinschaft in Benares, kaufte am Stadtrand New Delhis ein altes Schulhaus und richtete es als Krankenhaus für Kinder und Jugendliche ein. Sie hatte die reich gefüllte schwarze Kasse des Ashrams mitgehen lassen. Shoko Baba würde Ada bestimmt nicht anzeigen. Er hätte damit nur die Aufmerksamkeit der Steuerbehörden auf stattliche, nicht deklarierte Einkünfte der Gemeinschaft gelenkt. Als Buchhalterin des Ashrams hatte sich Ada Kopien verschiedener belastender Dokumente erstellt. Ihre Rache an der doppelbödigen Moral Shoko Babas und seines Meisters belustigte Erik. Er fühlte sich mit ihr verbunden: *ein cleveres Weibsbild. Wenn ich nicht schwul wäre ...*

Die Gelder des Ashrams erlaubten Ada, nicht nur das Schulhaus zu erwerben, sondern auch einem alten Arzt die Praxiseinrichtung abzukaufen und einen ordentlichen Vorrat an Medikamenten anzuschaffen.

Nach einem Monat waren bereits alle 40 Betten des Spitals besetzt. Ada ging von Anfang an bis an die Grenzen ihrer Kräfte. Es ging das Gerücht um, dass sie nie schlafe. Ihr Ruf verbreitete sich mit jeder erfolgreichen Behandlung. Mit jedem gesunden Kind. Mit den zufriedenen, glücklichen Eltern.

Adas Ausbildung als Epidemiologin ermöglichte ihr, mit den in den Slums auftretenden Infektions- und Mangelkrankheiten gut umzugehen. Professor

Jonathan P. Singh, der Vorsteher des Departements für Innere Medizin der medizinischen Fakultät der Universität von New Delhi, interessierte sich für ihre Erfahrungswerte. Besonders für die Resultate aus dem Zusammenspiel von westlicher und tibetischer Medizin. Studentinnen und Studenten der Universität absolvierten Praktika an Adas Klinik, ohne eine Entschädigung zu erwarten oder zu verlangen. So standen meist genügend Ärztinnen und Ärzte zur Verfügung. Später finanzierte die Universität Studien zur Evaluation der tibetischen Medizin an Adas Kinderspital.

Die Wissenschaftler um Professor Singh hofften die Wirksamkeit der tibetischen Medizin mit anerkannten Forschungsmethoden nachweisen zu können. Die in der Bevölkerung verankerten Heilpraktiken hatten jedenfalls den Vorteil, dass sie von den Betroffenen im Gegensatz zur westlichen Medizin selber finanziert werden konnten. Gegen Aids und andere schwere Erkrankungen wie Krebs war aber keines dieser Kräuter gewachsen. Professor Singhs Etat konnte zudem nur eine beschränkte Anzahl an Gratisbehandlungen verkraften. Er argumentierte Ada gegenüber: Ein Aids-Patient koste seine Klinik zurzeit über 50.000 Dollar pro Jahr. Die amerikanischen und europäischen Pharmakonzerne würden jedoch die Preise der sensationellen Neuentwicklungen für die Länder der Dritten Welt in keiner Weise reduzieren, ereiferte sich der alte Wissenschaftler.

Ada wusste nicht, wie sie die teuren Aids-Medikamente für ihre armen Patientinnen und Patienten nachhaltig finanzieren sollte. Die schwarze Kasse aus dem Ashram würde im nächsten oder übernächsten Jahr leer sein. Sie schrie es Erik entgegen: »Sie verlangen hier in Indien die gleichen Preise für die neuen hochwirksamen Medikamente wie in den reichen Ländern. Dabei sind unsere finanziellen Mittel doch sehr beschränkt. Unsere Regierung beweist keinen Mut. Unsere Pharmaindustrie müsste in der Lage sein, von den neuen Wundermedikamenten Kopien zu erstellen. Ein Aids-Generikum wäre der große Lebensretter. Notfalls müsste dies gegen die multinationalen Konzerne mit staatlicher Gewalt durchgesetzt werden, wenn nötig, unter Verletzung des Patentrechts für die vielen Leben, die gerettet werden könnten.«

Ada war verzweifelt, wütend. Die Ignoranz der indischen Elite machte sie wütend. Aids breitete sich in den Elendsquartieren New Delhis ungebremst aus. Männer, Frauen und Kinder waren gleichermaßen betroffen. Ada war überzeugt, dass Indiens Aids-Rate bald höher als jene Afrikas sein würde: »Sexualität, Verhütung, der Gebrauch von Kondomen, Safer Sex im Allgemeinen sind für die indische Gesellschaft schwierig zu diskutierende Themen. Das Kastensystem erschwert das Ganze zusätzlich. Die Behörden propagieren, wenn sie sich des Themas überhaupt annahmen, Enthaltsamkeit! Die Eliten bagatellisieren die entstehende Epidemie als *westliche Seuche*, die vor allem auf widernatürliche Praktiken zurückzuführen sei.«

Ada sprach ohne Pause. Erik unterbrach den Redefluss nur selten für Rückfragen oder um Gin nachzufüllen.

Es war bereits drei Uhr morgens und Erik fiel ein, dass er noch nicht auf seine Mission zu sprechen gekommen war. Er öffnete seine Mappe und legte Ada den Vorschlag ihres Vaters dar, in dem er sie ersuchte, auf ihr Erbe zu verzichten.

Sie blickte ihn ungläubig an, schnappte nach Luft und rastete aus. Sie schrie, sie würde gerade wegen ihres Krankenhauses und seiner hilfsbedürftigen Kinder nie und nimmer auf den Erbanspruch gegenüber ihrem Vater und ihrer Mutter verzichten. Mit ihrer wütenden Tirade überraschte sie Erik: »Ich hasse meinen Vater. Diesen alten Lüstling. Diesen Prototypen eines Patriarchen. Firmen wie New-Pharmaceutics lassen Kinder sterben, ohne mit der Wimper zu zucken. Für Menschen wie ihn zählt nur der Shareholder-Value. Für meinen Vater stand New-Pharmaceutics stets an erster, seine Frau, seine Kinder immer an zweiter Stelle. Damit nicht genug: Meinen Bruder Claus hat er mit seiner Kälte gar in den Selbstmord getrieben. Claus, meinen sensiblen, unverstandenen Bruder. Er ist tot. Mein Vater lebt.«

Erik konnte sich nicht daran erinnern, dass Hubert ihm je von seinem Sohn Claus erzählt hatte. »Dein Vater wird bald sterben. Der Krebs wird ihm nicht mehr viel Zeit lassen. Er frisst sich buchstäblich durch seinen Körper. Dein Vater liebt dich. Es geht ihm um die Zukunft seiner Firma und die Arbeitsplätze.«

Ada verhöhnte Erik: »Du bist nichts als ein Lakai, ein Diener des Geldes. Ein Abgesandter des Bösen.«

Erik spürte ihren Whiskyhauch deutlich an seiner Wange. Er konnte ihre Gefühle nicht nachempfinden. Er hatte Hubert als mitfühlenden Menschen kennen gelernt. Er konnte ihn sich gar nicht als brutalen oder rücksichtlosen Vater vorstellen: »Er liebt dich und deine Mutter.«

Erik und Ada redeten gleichzeitig aufeinander ein. Je mehr er differenzieren wollte, desto weniger drehte sich die Diskussion um die Umstände des Erbverzichts. Ada hörte nicht zu. Sie war außer sich: »Geld setzt sich in allen Rechtsformen durch. Ob Aktiengesellschaft, Verein oder Stiftung, ist unerheblich. Macht nutzt jeden Trick, um an ihre Ziele zu kommen.«

Sie verstand das von Erik vorgebrachte Argument ihres Vaters nicht, zugunsten der Unabhängigkeit von New-Pharmaceutics ihre eigenen Interessen hintenanzustellen: »Die Eigenständigkeit der Firma wird dieser auch erlauben, weniger profitorientiert zu handeln.«

Erik erzählte von den dafür vorgesehenen Bestimmungen im Stiftungsreglement und von den juristischen Finessen, die er eingebaut hatte.

»Eine Non-Profit-Stiftung, ein sicherer Hort der Gemeinnützigkeit, im Gegensatz zu den heutigen Strukturen. Die Stiftungsaufsicht ist ein Garant für die Erfüllung des Stiftungszwecks.«

Ada nahm seine juristische Argumentation nicht wahr. Dämonen aus ihrer Vergangenheit schienen einen Weg an die Oberfläche der Gegenwart zu suchen: »Geh zu meinem Vater zurück und tröste ihn. Claus und mich hat er nie getröstet. Ich will ihn nie mehr sehen. Ich will nichts mehr von ihm hören.«

Die Auseinandersetzung endete um vier Uhr morgens mit Eriks Rauswurf. Am Morgen danach verließ er das Hilton Hotel bereits vor sieben Uhr. Er versuchte damit, das morgendliche Verkehrschaos zu umfahren. Er hatte nur eine Stunde gedöst und ausgiebig geduscht. Das Taxi brauchte trotz der frühen Abfahrt knapp zwei Stunden für die 15 Kilometer bis zum tibetischen Gästehaus.

Labsong offerierte ihm einen frischen Olong Tee aus dem Hochland um Dharamsala. Erik erzählte dem Mönch von Adas Vater, seinen Plänen und dass er sich in der vergangenen Nacht mit Ada heftig darüber gestritten hatte. Er hätte die Heftigkeit der Reaktion nicht begreifen können. Labsong hörte aufmerksam zu. Er meinte: »Sie ist eine temperamentvolle Frau. Eine Frau voller Energie. Eine Frau, die für ihre Überzeugung durchs Feuer geht.«

Erik nickte. »Ich bewundere sie. Ich möchte sie unterstützen, aber ich weiß nicht wie. Ich stehe in der Verpflichtung ihres Vaters. Ich habe ihm versprochen, sie zu finden und sie in seinen letzten Traum mit ein zu beziehen. Er wünscht sich nichts mehr, als dass Ada ihm bei der Neuausrichtung von New-Pharmaceutics hilft. Ich kann mich mit seinen Absichten identifizieren. Ebenso gefällt mir Adas Engagement. Ich beneide sie um ihre Tatkraft. Sie überlegt nicht lange, sondern handelt. Ich muss mir stets einen Plan zurechtlegen, Varianten überdenken, Vor- und Nachteile abwägen, bevor ich agiere. Ich führe keinen Krieg, den ich verlieren könnte. Ada scheut die Niederlage nicht, wenn sie damit Menschen retten kann. Sie kämpft wie eine Löwin für ihre Schutzbefohlenen.«

Labsong schenkte Tee nach und holte aus: »Ada ist die Hilfsbereitschaft in Person. Sie hilft den Kindern, ohne eine Gegenleistung zu erwarten. Sie arbeitet Tag und Nacht für die Kleinen und schont sich in keiner Weise. So hat sie sich für Madhu, unsere Haushälterin, eingesetzt. Ada hat sie, ohne eine Sekunde zu zögern, aus der Sklaverei als Kinderprostituierte befreit. In New Delhi hat Madhu Hausarbeiten in unserem Gästehaus und bei Ada im Spital übernommen. Ihre Kochkünste werden von Tag zu Tag besser.« Labsong tätschelte seinen Bauch. »Sie will erst dann einen Lohn erhalten, wenn sie die hohe Ablösesumme abbezahlt hat. Ihre Haltung ist klar und unmissverständlich. Übrigens, den Tee, den Sie gerade trinken, hat sie zubereitet.« Labsong entfernte sich, um frischen Tee zu holen.

Erik nutzte die kurze Abwesenheit des Mönchs und schaute sich im Wohnzimmer des einfach, aber sympathisch eingerichteten Gästehauses um. Er entdeckte auf einem Beistelltisch ein Schreiben Adas, in dem sie den beiden Mönchen für ihre selbstlose nachbarschaftliche Unterstützung der Kinderklinik dankte. Erik nahm das Dokument an sich und verließ zufrieden das Gästehaus.

Im Hotel setzte er ein Schreiben Adas an ihren Vater auf, in dem sie den Erbverzicht gegenüber ihren Eltern bestätigte. Ihre Schrift war einfach nachzumachen, trotzdem brauchte Erik mehrere Anläufe, bis er mit dem Resultat zufrieden war. Als verängstigter Schüler der fünften Klasse hatte er zum letzten Mal eine Schrift imitiert. Damals hatte er das Korrekturzeichen des Lehrers fälschen müssen, um zu Hause Prügel und Schelte zu verhindern. Bei Adas Unterschrift gab er sich besonders viel Mühe. Es handelte sich um eine in ihrer schnörkellosen Einfachheit ausdrucksstarke Unterschrift. Sie war beinahe grafisch gehalten. Sie unterschrieb ohne Vornamen lediglich mit Müller.

Die nachträgliche Beglaubigung des Dokuments war gegen einige hundert Dollar ohne große Schwierigkeiten zu erhalten. Die drei Stempel des Notars verliehen dem Dokument die notwendige Authentizität. Erik liebte Stempel, besonders wenn sie nebst Datum und Aufschrift noch Wappen und weitere Verzierungen aufwiesen. Einer der Stempel auf Adas Erbverzichtserklärung trug das Symbol des Garuda-Vogels, des Urvogels mit menschlichem Körper und Gesicht. Der Zweite zeigte die drei Löwen von Sarnath, dem Nationalsymbol Indiens. Der dritte Stempel stellte eine stilisierte Lotosblüte dar. Erik war zufrieden: Auf die Urkraft behördlicher Stempel war Verlass. Er war sich klar, dass bei Huberts Tod die Fälschung auffliegen könnte: *Kommt Zeit, kommt Rat.* Erik flog zurück in die Schweiz.

Hubert freute sich riesig über Eriks positiven Kontakt zu seiner Tochter. Dass sie ihn nicht mehr sehen wollte, beschäftigte ihn nicht: »Sie hat halt meine Sturheit geerbt.« Hubert lachte. Es schwang etwas wie Stolz in seiner Stimme mit. Erik erzählte Hubert so viele Details von Adas Tätigkeit, wie sie ihm gerade in den Sinn kamen. Er schmückte aus, übertrieb und setzte ins richtige Licht. Ada wurde in den Berichten zu einer Art Mutter Theresa New Delhis. Realität und Fantasie ergaben ein Bild, das Hubert zunehmend für das Engagement seiner Tochter einnahm. Erik beschrieb die kleinen Patientinnen und Patienten, ihre Leiden, ihre Hoffnungen. Ihr Sterben. Das Fehlen der Medikamente. Den Widerstand der Pharmamultis, Medikamente in den Entwicklungsländern zu erschwinglichen Preisen zur Verfügung zu stellen. Die Trägheit und Zurückhaltung der einheimischen Behörden, Druck auf die marktbeherrschenden Firmen auszuüben, beispielsweise durch die Nachahmung der wichtigsten Medikamente, auch wenn dies den internationalen Patentregelungen widersprach.

Huberts Pharmakonzern war nicht direkt engagiert in der Entwicklung von Aids-Medikamenten, aber führend in anderen Bereichen viraler Erkrankungen. So hatte sich der schweizerische Pharmariese eine starke Position in der Entwicklung von Grippe-, Kinderlähmung- und Hepatitis-Impfstoffen erarbeitet. In der Entwicklung eines Malaria-Impfstoffes und bei der Erforschung der Alzheimerkrankheit traute die Fachwelt New-Pharmaceutics als einem der wenigen großen Konzerne in den nächsten Jahren einen Durchbruch zu. New-Pharmaceutics waren einer der weltweit bedeutendsten Anbieter von Rheumamedikamenten und Schmerzmitteln. Hier verdienten sie das große Geld. Hubert hatte von einem weltweiten Marktanteil von etwas über fünf Prozent gesprochen.

Als Nebenprodukt hatte die Firma Ende der 80er Jahre verschiedene chemische Elemente entdeckt, die zur Herstellung der für die Aids-Behandlung wichtigen Protease Hemmer dienen konnten. Das aus diesen Bestandteilen entwickelte Medikament Caludin Trans II hatte sich nicht durchsetzen können. Die mit der Unterdrückung des Aids-Virus verbundenen Nebenwirkungen waren zu gravierend gewesen. Das von New-Pharmaceutics mit hohen Kosten entwickelte Hemmer Medikament verursachte bei der Mehrheit der Versuchspersonen eine lebensgefährliche Blutarmut. Die Aids-Viren wurden zwar vernichtet, mit ihnen jedoch zu viele weiße Blutkörperchen.

Der Konzern zog in der Folge das Medikament aus der klinischen Erprobung zurück. Er wollte sich künftig auf seine bewährten Gebiete konzentrieren. Die anderen Firmen waren froh, einen Konkurrenten weniger zu haben, und vereinbarten die Abnahme einzelner chemischer Komponenten des Protease Hemmers. Hier entwickelten sich New-Pharmaceutics bald zum entscheidenden Zulieferer der großen Multis in den USA und Europa, und verhalfen den partizipierenden Multis, die den Markt der Aids-Therapie beherrschten, zum Erfolg. Im Gegenzug verpflichteten sich diese Firmen, einige Konkurrenzprodukte im Rheuma- und Alzheimerbereich vom Markt zu nehmen. Einige nationale Kartellbehörden sprachen von unerlaubten Absprachen. Die öffentliche Kontroverse versandete jedoch bald.

Seit dieser Zusammenarbeit mit den noch größeren Multis diesseits und jenseits des Atlantiks tauchten in der internationalen Finanzpresse immer wieder Gerüchte und Analysen auf, die von einer drohenden Übernahme von New-Pharmaceutics durch die Konkurrenz sprachen. Mit einem Kauf hätten sich die Abnehmer wichtige Patentrechte sichern können, gerade auch im Bereich der zunehmend wichtiger werdenden Virologie, und sich einige in der Produkt-Pipeline verborgene neue Medikamente in den Zukunftsmärkten Alzheimer und Malaria unter den Nagel reißen können.

Erik verstand Huberts Zukunftssorge um sein Unternehmen nach diesen Erkenntnissen besser als je zuvor. Er widmete sich daraufhin eingehend dem Studium der mit den anderen Konzernen geschlossenen Zusammenarbeitsvereinbarungen. Er hoffte, eine Lücke zu finden, die es New-Pharmaceutics erlauben würde, in Indien ein für die Entwicklungsländer erschwingliches Aids-Medikament herzustellen. Die Lücke fand sich nicht. Er musste einen anderen Weg finden, um Ada zu unterstützen.

Bald reiste Erik ein zweites Mal nach Indien. Er besuchte in Huberts Auftrag die indische Tochterfirma von New-Pharmaceutics in New Delhi. Mit Huberts Generalvollmacht konnte Erik erwirken, dass Adas Klinik ab sofort gratis mit allen notwendigen Medikamenten beliefert wurde. Die Aids-Medikamente besorgte das Tochterunternehmen von den Firmen, denen sie die Einzelelemente zur Herstellung lieferte. Martin B. Trodder, der englischstämmige Generaldirektor, war leicht zu gewinnen gewesen. Er verstand die Unterstützung von Adas Kinderklinik als interessantes Charity-Projekt, das dem Ansehen von New-Pharmaceutics India nur nützen konnte. Seit Wochen stand seine Firma nämlich im ständigen Kreuzfeuer der lokalen Presse.

Per Zufall war herausgekommen, dass eine im Süden New Delhis gelegene Fabrik des Unternehmens ihre giftigen Abwässer ohne Kläranlage direkt in den benachbarten Fluss leitete, aus dem sich ein Teil der Bevölkerung mit Trinkwasser versorgte. New-Pharmaceutics India zahlte der Stadtverwaltung und der Regionalregierung ein Bußgeld in siebenstelliger Höhe, die Bestechungsgelder zur Verhinderung weiterer Untersuchungen nicht eingerechnet. Ein öffentlicher Prozess wurde verhindert. Ein Jahr später lobten die Gesundheitsbehörden die von New-Pharmaceutics errichtete Kläranlage als eine der modernsten in ganz Indien aus. Bei der Einweihung war sogar der Umweltminister der Provinzregierung anwesend.

Die Proteste armer Slumbewohner vor den Fabriktoren rissen dennoch nicht ab. Sie verlangten finanzielle Entschädigungen für die Familien, deren Mitglieder an unerklärlichen schweren Magen-Darm-Entzündungen erkrankt waren. Einige dieser bedauernswerten Menschen litten zusätzlich an starken Lähmungen, Sinnesstörungen und unheilbaren Allergien. Oft waren die

Krankheitssymptome derart schwer, dass die betroffenen Menschen ihre Arbeit aufgeben mussten.

New-Pharmaceutics zahlten weder die ärztlichen Behandlungen noch den Erwerbsausfall, aus Sorge, dass jede Zahlung als Schuldeingeständnis hätte verstanden werden können. Die Gesundheitsbehörden verneinten einen nachweisbaren Zusammenhang mit dem verseuchten Flusswasser. Sie verwiesen die Wortführer der Demonstrationen auf den Gerichtsweg. Dabei wussten sie genau, dass den Menschen die Geldmittel für die Anwälte und Anwältinnen fehlten.

Am Telefon klang Ada erfreut über die Bereitschaft von New-Pharmaceutics India, sie mit den notwendigen Medikamenten zu versorgen. Erik traf Ada am nächsten Tag zum Abendessen im Hilton und überreichte ihr die schriftliche Zusicherung. Diese war unkündbar und vorerst einmal auf zwanzig Jahre befristet. Erik war überrascht von Adas Reaktion. Von Dankbarkeit war nichts zu spüren:

»Ich nehme das Angebot zwar an, bin aber nicht glücklich darüber, da es doch lediglich aus Marketingüberlegungen resultiert. New-Pharmaceutics India sind korrupt wie die ganze Pharmamafia. Sie retten ein paar wenige, herzige unschuldige Kinder, um an einem anderen Ort andere schmutzige unwerte Menschen krepieren zu lassen. Es geht um den Profit. Nicht um mehr, nicht um weniger.«

Ada war laut geworden. Die Gäste an den anderen Tischen schauten zu ihr und Erik hinüber.

Eriks Plädoyer fiel nicht so laut aus wie Adas Verteidigung. Er sprach mit dem ihm eigenen rhetorischen Talent mit fester und gleichzeitig leiser Stimme: »Du hast Recht, was die Beweggründe von New-Pharmaceutics India angeht. Aber mit diesem Angebot kannst du Leben retten oder wenigstens Leiden erträglich machen, einige Leben wieder lebenswert werden lassen, Eltern ihre Kinder mit neuen Chancen zurückgeben, Leben retten, nicht alle Leben Indiens, nicht alle Leben der Welt, aber die Leben deiner Kinder und Jugendlichen. Ohne dich, ohne deine Möglichkeiten werden sie sterben, an Aids, an Tuberkulose, an schweren Magen- und Darmgeschwüren, an Infektionen jeder Art. Vermeidbares Leiden.«

»Welche Garantien habe ich denn, dass New-Pharmaceutics India ihr Versprechen nicht zurückziehen, wenn mein Vater gestorben ist? Den Gerichten und Behörden traue ich nicht, wenn es hart auf hart geht.«

Dieses Argument hatte etwas für sich. Die Sache mit den in den Fluss geleiteten Abwässern war ein nur allzu überzeugendes Beispiel für gewisse Praktiken von Justiz und Umweltschutz in Indien. Keine vertrauensbildenden Erfahrungen.

Erik suchte Rat bei Dr. Irfan Pathar, einem befreundeten indischen Anwalt, der wie er Mitglied der Internationalen Juristenkommission war. Diese weltweite Organisation von freiberuflichen Anwältinnen und Anwälten, Richterinnen und Richtern versuchte, den Prinzipien des Rechtsstaates überall, vor allem in den Ländern der Dritten Welt, zum Durchbruch zu verhelfen. Erik hatte für die Kommission 1993 einen Prozess gegen einen Oppositionspolitiker in Lettland beobachtet. Dr. Irfan Pathar, einer der renommiertesten Strafverteidiger Indiens, war neben Erik der zweite Prozessbeobachter gewesen. Irfan meinte, dass eine Summe von 100 Millionen Dollar genügen sollte, um den Betrieb der Kinderklinik auch ohne direkte Unterstützung des Pharma-Unternehmens eine gewisse Zeit weiter führen zu können. New-Pharmaceutics India sollten diese Summe in eine Stiftung, in einen Ada-Müller-Children-Funds, einbringen. Solange die Medikamentenlieferungen regelmäßig eingingen, könnten die erklecklichen Zinserträge für andere notwendige Anschaffungen wie neues Mobiliar, Röntgenapparate und Ähnliches verwendet werden. Erik gefiel die Idee mit der Stiftung – warum war er nicht selber darauf gekommen? –, aber er wusste nicht, wie er diesen Vorschlag realisieren sollte.

Martin B. Trodder lachte Erik aus, als dieser mit dem Ansinnen des Ada-Müller-Children-Funds an ihn herantrat. »Haben Sie das Verständnis für die reale Welt verloren? 100 Millionen Dollar sind ein Viertel des voraussichtlichen Nettojahresgewinnes von New-Pharmaceutics India. Die Aktionäre würden einen solchen Schritt nicht verstehen. Sie wollen eine anständige Dividende für ihr eingesetztes Risikokapital erhalten. Wohltätigkeit ist nicht unser Geschäft. Höchstens Mittel zum Zweck.« Trodders Lachen dröhnte durch das große Büro.

»Ich verfüge über eine Generalvollmacht Hubert Müller-Blancharts!«

»Basel ist weit weg. Wir sind eine selbstständige Tochter von New-Pharmaceutics. Basels Arm vermag hier viel, aber nicht alles. Jedenfalls nicht so einfach. 100 Millionen Dollar! Solche Geschäfte kann nur der Verwaltungsrat in Basel entscheiden, nicht der Präsident allein. Hervé Conzelmann, der Vizepräsident, denkt bestimmt anders in solchen Fragen als der schon ein wenig altmodische Präsident. Mit Conzelmann als hoffentlich baldigem Nachfolger wird sich diese rückständige Geschäftspolitik zum Glück ändern. Moderne Methoden werden Einzug halten. Die Aktionäre wollen Cash sehen und wir vom Management auch.«

Die Erfolgsprämien! Erik schossen Verwünschungen zum modernen Management durch den Kopf. Er sagte nichts. *Kia tuupato. Pass auf*, dachte er bei sich. Er entschuldigte sich bei Trodder und suchte die Toilette auf. Ein großer Deckenventilator drehte sich langsam, spendete einen frischen Luftzug und gab ein angenehm monotones Geräusch von sich. Erik ließ sich Zeit. Er vermisste Michael. Michaels Liebe war sein Lebenselixier, sein Halt und Orientierungspunkt. Er erinnerte sich an die Zeit in Dunedin…

Erik hatte Michael 1989 einen Monat nach seiner Ankunft in Neuseeland kennen gelernt. Die deutsch-dänische Rasmuss-Stiftung zur Förderung des internationalen Privatrechts hatte ihm ein Forschungsjahr an der Universität von Dunedin finanziert. Michaels Studium ging dem Ende zu.

Erik hielt Vorlesungen und hatte genügend Zeit, seine Habilitation zu vollenden. Der Titel der aufwendigen Arbeit, die ihm den Weg zu einer Professur ebnen sollte, war ziemlich lang geraten:

Die Rolle privater Stiftungen in Europa und in Australien zum Erhalt großer Familienunternehmungen. Systematische Darstellung der Prinzipien, der rechtlichen Instrumente im Licht der nationalen Gesetze und der internationalen Praxis.

Michael machte sich immer wieder über die langfädige Umschreibung des Themas lustig: »Liebenswürdig, tiefsinnig, etwas umständlich, bestrebt, die Wirklichkeit genau abzubilden, so sind sie halt die Professoren der Jurisprudenz.«

»Ich bin kein Professor.«

»Aber bald bist du Privatdozent, das ist genauso gut wie ein Professorentitel.«

In solchen Momenten war Michael nur mit einem Kuss zum Schweigen zu bringen. Erik liebte die weichen Lippen Michaels, die Zunge, die sanft die seine suchte. Die Wärme des geliebten Körpers gab ihm Kraft und vermittelte tiefe Sicherheit.

Damals war Michael der wichtigste Mensch in Eriks Leben geworden. Darüber hinaus ein unbestechlicher Berater. Er las auf Wunsch seines Freundes dessen wissenschaftliche Texte durch. Erik fand, dass sie dadurch an Lesbarkeit gewannen. Michael wurde aber auch zu Eriks Beschützer. Der Europäer musste schmerzlich lernen, dass auch Neuseeland kein Paradies auf Erden war. Die jungen Liebenden wurden zweimal von hässlicher antischwuler Gewalt bedroht.

Der erste Vorfall ereignete sich an der Universität. Die schwule Studentenvereinigung hatte Erik um einen Gefallen gebeten. Er sollte im Rahmen einer außeruniversitären Veranstaltungsreihe die rechtliche Stellung schwuler Menschen in den europäischen Ländern mit jenen in Neuseeland vergleichen. Er kam dieser Bitte, erfüllt von seiner jungen Liebe zu Michael, nach. Dieser erklärte sich spontan ebenfalls bereit mitzuwirken. Die Veranstaltung wurde in den Lokalzeitungen öffentlich angekündigt. Erik stellte die Situation schwuler Menschen in den Niederlanden, in Dänemark, Schweden, Deutschland und der Schweiz dar. Ein schwuler Student und eine lesbische Studentin skizzierten die Verhältnisse in Neuseeland. Michael sprach über sein Schwulsein als Maori.

Die Veranstaltung war sein persönliches Coming-out. Vorher hatten nur wenige Freunde von seiner Homosexualität gewusst. Erik und Michael waren als Freundespaar angekündigt worden: der weiße ausländische Gastdozent und der drei Jahre jüngere Medizinstudent, ein Maori. Für die einen stellte dies einen Tabubruch dar, für die anderen einen Ansporn, zu ihrem Sein zu stehen. Eine kleine Meute der Invercargill Students Association, alles weiße Studenten, fing nach dem Beginn der Podiumsdiskussion an zu randalieren. Die neuseeländischen Schwulen hatten von ihrem Traum zu sprechen begonnen, offen mit ihren Partnern leben zu können, von der Gesellschaft als gleichwertig akzeptiert zu werden und schließlich gleiche

Rechte zu erhalten. Sie wollten heiraten, ihre Partner beerben können und im Beruf nicht diskriminiert werden.

Einer von Michaels Kommilitonen stürmte auf das Podium und beschimpfte die Teilnehmenden als *bloody fagots*, als *elende Schwule*. Er baute sich vor Michael auf und schrie ihm ins Gesicht, wie enttäuscht er von ihm sei. Er hätte sich mit ihm als Schwarzen vorurteilslos eingelassen. Er fühle sich hintergangen. Es ekle ihn, dass er mit einem Schwanzlutscher zusammen wochenlang gepaukt habe. Ein schwuler Maori sei die Kumulation der Perversion. Sicher habe Michael die ganze Zeit nur an seinen schönen Heteroschwanz gedacht. Der Mann griff sich an die Hose. Er hoffe nur, dass Michael weder Kinderarzt noch Urologe würde. Kinder und hilflose kranke Männer müssten geschützt werden vor den abartigen Fantasien von Schwulis wie Michael und seines gestelzten Freundes aus dem verweichlichten Europa.

Erik wurde weiß, er wollte etwas sagen. Seine Stimme versagte jedoch. Er wurde von heftiger Wut ergriffen und wollte aufstehen. Michael hielt ihn zurück: »Kia tuupato! Pass auf! Es lohnt sich nicht. Wir wollen uns nicht prügeln. Er würde die Schlägerei gewinnen. Er ist Studenten-Boxmeister des letzten Jahres. Wir wollen ihm diesen Triumph nicht gönnen. Wir werden ihn auch ohne Gewalt los. Wir sind in der Überzahl.«

Schließlich gelang es den schwulen und lesbischen Studierenden, die Rüpel aus dem Saal zu drängen. Diese waren zum Glück klar in der Minderheit. In der Presse wurde kurz über den Zwischenfall berichtet. Der Kommentator verurteilte die gezeigte Aggression, bekundete aber Verständnis für die angesichts der aufkommenden Aids-Seuche überforderte Jugend. Europa und Neuseeland seien zwei Paar Schuhe.

Michael und Erik wurden in den Berichten namentlich erwähnt. Es sei bestimmt lobenswert, dass sie zu ihrer sexuellen Identität stünden, aber vielleicht sei dieses Bekenntnis doch etwas zu öffentlich gewesen. Der Kampf um die Gleichberechtigung gleichgeschlechtlicher Menschen habe etwas Sektiererisches an sich, merkte der Autor am Schluss seines Artikels maliziös an, gerade in der toleranten Gesellschaft Neuseelands, die traditionsgemäß Menschen aus allen Kulturen aufnehme.

In der Presse der Studierenden wurde diese Berichterstattung kontrovers diskutiert. Der Rektor bezog in einem Interview Stellung zugunsten einer bedingungslosen Offenheit den Menschen gegenüber, ungeachtet ihrer sexuellen Orientierung. Dies wiederum entfachte eine Welle von Leserbriefen in der Lokalpresse, die sich in etwa zwei gleich große Lager teilte. Es wurde viel Wut über Schwule geäußert. Die Rede war vom Schutz der Kinder, von Verführung zur Homosexualität, von Aids als Strafe Gottes für die herumvögelnden Perversen, während sich engagierte Voten für Respekt und Gleichbehandlung anders denkender und handelnder Menschen einsetzten: Was die Menschen in ihren Betten machten, sei Privatsache, Homosexualität sei kein selbst gewähltes Schicksal, auch keine Krankheit.

Das zweite Ereignis geschah wenige Tage danach: Am Anzac Day, Ende Januar, dem Tag der australischen und neuseeländischen Helden des Ersten Weltkrieges, zog ein Dutzend schwarz gekleideter Maoris vor das Haus, in dem Erik und Michel wohnten. Sie fuchtelten mit Transparenten herum und imitierten einen Kriegstanz. Die Demonstranten gehörten offensichtlich einer christlichen Sekte an. Die Transparente und die skandierten Sprüche waren eindeutig:

Genug ist genug! Wir wollen keine Schwulenheirat in Aotearoa. Neuseeland darf nicht von den dekadenten Viren Europas und Amerikas infiziert werden. Gott hat die Ehe Mann und Frau vorbehalten. Sex unter Männern ist eklig. Sodomie ist Sünde. Lasst die Finger von unseren Söhnen. Aids ist Gottes Strafe. Genug ist genug!

Michael erkannte zwei bekannte Gesichter aus dem Studenten-Fitnessclub, den er regelmäßig besuchte. Die Maoris waren betrunken. Michael rief die Polizei an. Der Beamte am Telefon zeigte wenig Verständnis für den Anrufenden. Ein Streifenwagen würde vorbei geschickt, sobald andere wichtigere Dinge erledigt seien. Wenn sie jedes Mal wegen ein paar besoffener Maoris ausrückten, wären sie den ganzen Tag unterwegs, meinte der Polizist grinsend. Michael sah, wie in den Nachbarhäusern die Vorhänge zugezogen wurden.

Der im Garten gedeckte Tisch wurde von den Maoris umgestoßen, die Teller zertrümmert, die Esswaren zertrampelt, die Bierflaschen grölend geleert. Wieder war es Michael, der Erik vom Impuls, den Angreifern entgegen zu treten, abhielt: »Kia tuupato! Pass auf! Sie wollen uns provozieren, aus dem Haus locken und dann verprügeln. Wir müssen geduldig sein. Sie sind betrunken. Sie werden weiter saufen, bis sie stockbesoffen sind. Dann können wir uns davon machen, wenn die Polizei immer noch nicht aufgetaucht ist.«

Michael rief die Polizei ein zweites Mal an. Er und Erik zogen sich auf den Dachboden zurück, beobachteten die gespenstige Szenerie und verhielten sich still. Sie zeigten sich der Meute des aggressiven Mobs nicht. Nach über einer Stunde erschien die Polizei endlich und führte die Demonstrierenden ab. Der Einsatzleiter wollte keinen Rapport des Vorfalls aufnehmen. Es sei doch nichts passiert. Ein paar betrunkene Maoris rechtfertigten diesen Aufwand nicht. Die Besoffenen kämen in die Ausnüchterungszelle und würden eine Verwarnung wegen öffentlicher Ruhestörung erhalten. Er empfehle ihnen beiden, zukünftig weniger provokativ aufzutreten.

Erik besann sich auf das folgende Gespräch, hier in Indien, und kehrte moralisch gestärkt in den Besprechungsraum zurück. Er erweckte den Anschein, Trodder aufmerksam zuzuhören.

Dieser hörte sich gern reden und schwärmte von den Gesetzen des Marktes: »Sehen Sie, es ist doch allein der Markt, der Gerechtigkeit für alle bringen kann. Arbeitsplätze werden von der Wirtschaft geschaffen, nicht von den Gutmenschen in Politik und Justiz. Oder etwa nicht? Selbstverständlich geht dabei dies und jenes schief. Das bedaure ich. Selbstverständlich habe ich Mitleid mit jenen Menschen, die wegen der verseuchten Abwässer Schaden genommen haben. Kann ich etwas dafür, dass sie zum falschen Zeitpunkt am falschen Ort das falsche Wasser getrunken haben? Wollen Sie vielleicht mich oder meine Firma für die Slums verantwortlich machen? Oder dafür, dass die Slums keine Wasserversorgung besitzen und die Menschen sich ihr Wasser direkt aus dem Fluss holen. Bin ich oder ist New-Pharmaceutics schuld am Elend dieser Welt?«

»Nein, Sie sind nicht für das ganze Elend dieser Welt verantwortlich. Aber Sie befinden sich doch in einer unendlich viel stärkeren Position als diese armen Menschen, die gegen Sie gar keine Chance haben. Sie sind reich.« Dass Trodders und New Pharmaceutics' Reichtum ohne die Armut und

Schwäche der anderen gar nicht möglich gewesen wäre, sprach Erik nicht aus.

»Soll ich oder meine Firma für die große Armut in diesem Land verantwortlich sein? Das Gegenteil ist der Fall: Unsere Fabriken haben vielen Menschen Arbeit verschafft. Gewiss die Löhne sind tief, aber dies ist doch immerhin besser als gar kein Einkommen. Ich mag das Gerede von fairen Anstellungsbedingungen schon gar nicht mehr hören. Was heißt fair oder gerecht? Ich finde es gerechter, wenn die Menschen überhaupt Arbeit haben.«

»Ist Gerechtigkeit nicht auch eine Frage der Würde? Eine faire Entlohnung nicht auch ein Ausdruck des Respekts dem Schwächeren gegenüber? Dem Schwächeren gegenüber, dessen billige Arbeitskraft der Stärkere braucht, um Gewinn zu erwirtschaften. Für seine eigene Tasche, für die Kapitalgeber. All das unter dem Deckmantel der sozialen Gerechtigkeit?«

Trodder unterbrach Erik: »Soziale Gerechtigkeit ist doch nur ein Geschwätz, eine mit irgendwelchem Inhalt zu füllende Floskel linker Politik: Ausdruck der modernen Neidkultur. Der Neid der Leistungsschwachen auf die Leistungsträger dieser globalisierten Welt schadet dem Aufschwung, zum Glück ist er aber nur in den Ländern des Westens zu finden. Hier in Indien ist man uns dankbar für unsere Investitionen! Das Schicksal einzelner bedauernswerter Menschen muss sich den Zielen des Wohlstandes unterordnen. Es braucht entsprechende Prinzipientreue, um Verletzungen der Freiheit des Marktes zu verhindern. Diese fehlt leider manchen Politikern, die nur an ihre Wiederwahl denken und falsche Entscheidungen fällen.«

Wie so mancher Manager glaubte Trodder an die Wirksamkeit ökonomischer Prinzipien – oder vielmehr, an das was, er darunter verstanden hatte – und war entsprechend verblendet. Er interessierte sich nicht dafür, dass in Demokratien Hungersnöte, Epidemien und andere Katastrophen weniger häufig vorkommen oder mindestens schneller bewältigt werden als in autokratisch oder diktatorisch regierten Ländern. Gerade in Indien bildete sich diese Tatsache in den unterschiedlich regierten Gliedstaaten beispielhaft ab, wie unlängst ein prominenter Wissenschaftler untersucht und nachgewiesen hatte. Trodder merkte nicht, wie Erik ihn musterte und sich mit

Genugtuung seine Schwachstellen merkte. Er würde Trodders Eitelkeit und Gier zu nutzen wissen.

Am nächsten Tag suchte Erik ihn erneut auf. Zuerst verwickelte er den redelustigen Manager in ein Gespräch über die großartigen Perspektiven der Pharmaindustrie in aufstrebenden Ländern wie Indien. Trodder überbot sich mit Wachstumsprognosen, Visionen, Gewinnperspektiven. Der Engländer rechnete damit, nach dem Tod Müller-Blancharts in die Zentrale berufen zu werden. Hervé Conzelmann hätte ihm versprochen, dass er einer der Kronprinzen für die Funktion des CFO sei.

»CFO, Chief Financial Officer, Finanzchef, das klingt gut.« Trodder strahlte.

Mit sanfter, aber bestimmter Stimme kam Erik nach einer halben Stunde auf sein gestriges Anliegen zurück. Der Inhalt der Besprechung wiederholte sich. Die Ablehnung Trodders war nicht weniger klar als die abschätzigen Äußerungen zu Hubert Müller-Blancharts veraltetem Führungsstil am Vortag. Die Lobhudeleien zu seinem Nachfolger Hervé Conzelmann waren ebenso eindeutig und in keiner Art und Weise interpretationsbedürftig. Im Lift, hinunter in das Getümmel der Großstadt, schaltete Erik das Tonband ab. Er hörte sich einzelne Sequenzen an. Die Tonqualität war gut.

»Japanische Wertarbeit«, sagte er zur Putzfrau, die im 17. Stockwerk in den Lift stieg und ihn fragend ansah. Die Frau verstand kein Deutsch. Sie sah verlegen zur Seite.

Hubert würde im Originalton hören, was einer seiner höchsten Manager über ihn dachte. Zudem würden Conzelmanns Machenschaften ein weiteres Mal sichtbar beziehungsweise hörbar werden. Erik flog zuversichtlich in die Schweiz zurück.

Nach vier Monaten reiste er im Sommer 1997 mit neuen Weisungen des Verwaltungsrates nach New Delhi. Trodder wurde in die Zentrale abberufen. Er übernahm eine untergeordnete Position in der Steuerabteilung. Mit 58 Jahren würde er in drei Jahren frühzeitig pensioniert werden. Conzelmann hatte ihn in der Konfrontation mit Hubert fallen gelassen. Getreu den Prinzipien des Markt-Dschungels.

Ada war außer sich vor Freude über die ihrem Spital nun bald zur Verfügung stehenden Mittel. Die Zukunft war gesichert. Als Erik sich mit ihr und den beiden Tibetern zum Abschiedsessen einfand, steckte Ada ihm ein Couvert zu, in dem sich ihr notariell beglaubigter Erbverzicht befand. Erik verriet ihr nicht, dass in der Schweiz bereits eine Urkunde mit dem gleichen Inhalt vorlag und als eine der Grundlagen für die Schaffung der großen Müller-Soder-Stiftung diente.

Im Spätherbst 1997 fand in New Delhis Hilton Hotel eine feierliche Zeremonie statt. Es regnete in Strömen. Die Luft war außerordentlich feucht. Erik schätzte die Klimaanlage des modernen, aber sterilen Hotelkomplexes. Er vermied es, auf die Straße zu gehen. Er besuchte die Kinderklinik nicht. Dem Elend, das er dort antreffen würde, wollte er entgehen. Er ertrug den Kontrast zwischen der Feier mit den Schönen und Reichen der Stadt, dem reichlich fließenden Champagner, den leckeren Appetithäppchen und der Realität in der Klinik, mit dem stummen Leiden, dem alltäglichen Sterben, nicht gut. Mit Ada stand er in regelmäßigem telefonischem Kontakt. Seit seinem letzten Besuch Ende Juni waren 14 Kinder und Jugendliche gestorben. Ihre Betten blieben nie länger als 24 Stunden leer.

Hervé Conzelmann überreichte Ada im Beisein des indischen Gesundheitsministers die Gründungsurkunde des Ada-Müller-Children-Funds. Dr. Irfan Pathar wurde zum treuhänderischen Geschäftsführer ernannt. Hubert, der sich neuen Bestrahlungen unterziehen musste, nahm an der Feier nicht teil. Er war Erik dankbar, unendlich dankbar. Dieser musste Hubert jedes Detail der Feier beschreiben. Über Adas Pläne zum Ausbau der Klinik freute sich der alte Mann besonders. Erik breitete die Baupläne für den Einbau einer kleinen Intensivpflegestation auf dem weißen Spitalduvet aus.

»Wäre doch Claus hier.«

Erik erhielt ein Honorar so hoch, wie er noch keines in seinem Leben erhalten hatte.

»Wissen Sie, lieber Erik, in meiner Liga zählen wir die Millionen in Hundertern und nicht mehr einzeln. Genießen Sie die Millionen. Ich wünschte, ich hätte einen Sohn wie Sie.«

Erik ergriff die rechte Hand des Kranken, auf dessen Stirn sich Schweißtropfen zeigten.

»Einen Sohn«, murmelte der Milliardär. Er schlief ein. Er atmete laut. Plötzlich schreckte er auf: »Ich danke Ihnen.«

Erik schloss die Tür des Spitalzimmers.

Nun musste Erik nur noch dem verbliebenen Sohn Georges für den Erbverzicht gewinnen. Der Schlüssel, Georges Soder dazu zu bringen, auf das von seiner Mutter Claire zu erwartende Erbe zu verzichten, lag in seiner Spielsucht. In den letzten Jahren hatte sich Georges' Vermögen deswegen bereits sehr reduziert. Seine Oldtimersammlung mit zwei Ferraris, einem alten Maybach aus den 30er Jahren, einem wunderschönen Mercedes Silberpfeil aus dem Jahr 1939 und anderen alten Rennwagen hatte Georges sich nach und nach versilbern lassen. Ebenso hatte er Mehrfamilienhäuser in Kleinbasel und ein großes Geschäftshaus in Basels Zentrum verkauft.

Georges suchte nach so viel Anerkennung, wie sie ihm niemand geben konnte. Er spendierte in den Kasinos Freirunden für die gesamte Belegschaft und die Mitspieler. Wenn er das mitgebrachte Geld verspielt hatte, lud er die Gewinner zu sich ein, zu einem Abendessen oder zum Frühstück. Er organisierte Frauen, die seinen Freunden und Kumpanen zur Verfügung standen. Die Bordelle schätzten ihn als großzügigen Kunden. Er beanspruchte keinen Sex für sich. Der Kick des Spiels genügte ihm, zog ihn in seinen Bann.

Immer mehr. Mehr. Gewinnen. Verlieren. Gewinnen. Gewinnen. Mehr. Gewinnen. Anerkennung. Liebe.

Georges' Frau Claudia verließ ihn, nachdem sie ihn lange Jahre vergeblich angefleht hatte, sich in eine Spielsucht-Therapie zu begeben. Er versprach stets das, was seine Frau von ihm wünschte. Er küsste sie, weinte, gelobte Besserung. Ebenso leicht, wie er sie gemacht hatte, vergaß Georges seine Versprechungen wieder. Die Sucht bestimmte sein Leben. Nichts war schöner als der Kick am Spieltisch in Monaco oder in San Remo, auf der Pferderennbahn in England, bei den Hunderennen in Irland.

Mehr, mehr. Gewinnen. Gewinnen. Mehr. Noch mehr.

Claudia ließ sich nach sechs Jahren Ehe scheiden. Kein Kampf. Die Abfindung war hoch. Georges war traurig. Nach dem Scheidungsprozess flog er sofort nach Adelaide zur Eröffnung des renovierten Spielkasinos. Die nachfolgenden Freundinnen blieben nie länger als ein paar Wochen an seiner

Seite. Er war großzügig mit Geschenken, aber zu keinen sichtbaren Gefühlen fähig.

Georges spendete viel. Jede Bettlerin, jeder Bettler konnte sich seiner Großzügigkeit sicher sein. Kellnerinnen und Kellner ebenso. Die Überweisungen an die lokalen und nationalen Hilfswerke waren bemerkenswert. Das Kunstmuseum erhielt jedes Jahr einen stattlichen Betrag zum Erwerb eines teuren Werks. Auch andere Museen erfreuten sich an den Schenkungen von Geld und Kunstwerken. Georges liebte es, seinen Namen in den Jahresberichten der Hilfswerke und Museen an vorderster Stelle zu sehen.

Wo liegt die Grenze zwischen Sehnsucht nach Liebe und Befriedigung von Eitelkeit? Fragte sich Erik. Er hoffte, warten zu können, bis sich die Dinge in seinem Sinn weiter entwickelten. Er würde dem Schicksal vielleicht den einen oder anderen Schubser geben müssen. Aber nicht mehr. An die Geschichte mit Pierre dachte Erik nicht gern zurück. Zum Glück brauchte das Schicksal in Georges' Fall keine Unterstützung. Georges Soder unterzeichnete wenige Wochen nach der Bestattung seines Bruders eine von Erik vorbereite schriftliche Verzichtserklärung auf das zu erwartende Erbteil seiner betagten Mutter. Die Beurkundung des Erbvertrags nahm ein renommierter Basler Anwalt, der Claire sehr verbunden war, vor. Vom Besprechungszimmer der Kanzlei aus war das in rotem Baustein erstellte, hoch über dem Rhein thronende Basler Münster in voller Größe zu sehen. Die opulent mit vielen edlen Hölzern ausgestattete Anwaltspraxis gab den passenden Rahmen für den Akt der Beurkundung ab.

Claire schluchzte laut, die würdige Umgebung gab ihr Halt, sie fühlte sich sicher; sie war gerührt über die Einsicht ihres Sohnes, zum Erhalt von New-Pharmaceutics beizutragen: Das Lebenswerk ihres geliebten Mannes und ihres Bruders war damit auf Jahre hinaus gesichert. Claire hatte Pierres Tod noch nicht überwunden. Sein Bekenntnis, er habe es in Kauf genommen, seine damalige Freundin mit dem HI-Virus anzustecken, beschäftigte sie sehr. Jede Nacht weckten sie Albträume. Der Tod hatte in ihrer Umgebung sein unerbittliches Regime errichtet: Nach Mann und Sohn würde sie bald auch ihren Bruder Hubert verlieren.

Nach dem Abschluss der kurzen Unterschriftszeremonie überreichte Erik Georges Soder einen vom Bankhaus Bodmer und Bodmer ausgestellten

Scheck von 187,5 Millionen Franken als vereinbarte Entschädigung für den Erbverzicht. Für Georges, den verwöhnten Industriellenerben, war nebst dem erheblichen Betrag für seine Zustimmung entscheidend gewesen, dass die Stiftung den Namen Müller-Soder-Stiftung erhalten sollte. Ursprünglich hatte Erik Müller-Blanchart-Stiftung oder schlicht Müller-Stiftung vorgesehen. Claire war mit dem neuen Namen ebenfalls sehr einverstanden gewesen: »Dies hätte meinem Christophe gefallen. So werden sich auch die zukünftigen Generationen an die Soderfamilie erinnern.«

So wird etwas von mir noch lange weiter bestehen, sagte sich Georges.

»Ich liebe dich.« Claire schloss ihren Sohn in die Arme.

»Mama!«

An der Medienkonferenz zur Schaffung der Stiftung wurde Georges Soder eine Hauptrolle zugeteilt. Er durfte die beiden Stifterfamilien Müller-Blanchart und Soder-Müller repräsentieren. Er tat dies mit großer Lust. In den Zeitungen des Folgetages erschien er auf den Titelseiten der Lokalpresse und in den Wirtschaftsberichten der internationalen Medien. Am nächsten Tag flog er nach Ascot. Sein favorisiertes Pferd stürzte auf der Zielgeraden und wurde Letzter, nachdem es während drei Runden geführt hatte. Georges verlor eine Million englische Pfund.

Erik war zufrieden mit sich und seiner Arbeit. Die Stiftung konnte errichtet werden. Es wurde ein Stiftungsrat eingesetzt, der aus alten Weggefährten des Industriellen, Führungskräften gemeinnütziger Unternehmen sowie prominenten Forschern und Forscherinnen bestand, die sich der nachhaltigen Sicherung der Natur verschrieben hatten. Als Vertreter der Stifterfamilien wurden Georges und Erik in den Stiftungsrat gewählt. Zum Präsidenten wurde Dr. Andrea Brancacci auserkoren. Er war Professor für nachhaltige Entwicklung des international renommierten Nachhaltigkeitsinstituts in Bergamo und seit Jahren mit Hubert freundschaftlich verbunden.

Erik präzisierte den Stiftungszweck im Stiftungsreglement so, dass der Spielraum eines rein gewinnorientierten Managements klar eingeschränkt wurde. Huberts Konkurrenten in der Firma, die auf seine Nachfolge spekuliert hatten, kündigten in der Folge von sich aus. Hervé Conzelmann als Letzter.

1999 verkaufte Georges Soder seinen 15 Prozent Anteil an die Stiftung, die damit nun über 72 Prozent der New-Pharmaceutics Aktien verfügte. Als Claire 2002 verstarb, vermachte sie ihren 15 Prozent-Anteil, den sie von ihrem verunglückten Sohn Pierre geerbt hatte, ebenfalls der Stiftung. Diese verfügte damit über 87 Prozent aller Unternehmensaktien. Sie war so zur reichsten Stiftung der Schweiz geworden.

Erik kam ein Maori-Sprichwort in den Sinn:

Iti noa ana, he pito mata – Mit etwas Sorgfalt entspringt aus einer kleinen Kumara-Kartoffel eine ganze Ernte.

Erik schmunzelte. *Aus einer kleinen Süßkartoffel kann mit Liebe und Sorgfalt wirklich etwas Großes entstehen.*

Er hatte schon bei der ersten Begegnung mit Hubert instinktiv geahnt, dass er aus ihrer Beziehung etwas Bedeutungsvolles würde erschaffen können. Nun war er Millionär und Michael Chefarzt und Klinikdirektor. Hubert hatte dafür mit seiner Hilfe allen Erbschleichern und Epigonen ein Schnippchen geschlagen. Die Zukunft von New-Pharmaceutics war gesichert.

Salzmanns Begierde

Thomas Salzmann hatte vor einer Viertelstunde das Videogerät gestartet. Ludmilla saß rittlings auf dem schnaufenden Mann. Sie spürte, wie sich der Mann unter ihr immer schneller zu bewegen begann. Gleichzeitig streichelte er ihr über den Rücken, fasste ihr an die Brüste und massierte sie mit abwechselnd sanftem und starkem Druck. Sie wusste, er liebte es, wenn sie dazu leicht stöhnte, was sie nun – ganz die erfahrene Fachfrau – konzentriert tat.

»Thomas, ich mag es, dich so stark in mir zu spüren. Deine geballte Männlichkeit, deine Kraft, dein Stolz.«

Thomas schloss die Augen. Ludmillas Worte und der Ton des Videos genügten ihm, um sich mit den Szenen eins zu fühlen. Er fickte eine schöne junge Frau. Sie ordnete sich voll seinen Wünschen unter. Nach dem Sex würde sie verschwinden. Mit einem Couvert gefüllt mit einigen Hunderternoten. Beide zufrieden. Er befriedigt. Keine Verpflichtungen.

Thomas sah Alex vor sich. Er spürte ihre sanfte Haut, ihren prickelnden Rhythmus. Er war ganz tief in ihrem dunkelsten Innern. Mit einem lauten Stöhnen entlud sich Thomas in Ludmilla, die mit heftigem Zucken einen Orgasmus anzeigte. »Alex!« Salzmann war gleichzeitig mit Hannes gekommen. Er stoppte das Video.

Thomas wusste in diesem Augenblick noch nicht, dass ihn ein Freund aus dem Jachtclub mit üblen Machenschaften in schlimmste finanzielle Probleme gebracht hatte. Die aufschlussreichen Bankauszüge hatten das Informatikcenter seiner Bank soeben verlassen. Er wusste somit noch nicht, dass Ludmillas oder anderer junger Damen Dienste für ihn bald unerschwinglich sein würden.

Ludmilla küsste Thomas zum Abschied auf die Wange. Auf der Straße schüttelte sie lächelnd den Kopf und stieg in die bereitstehende, große Limousine. Andreas, der Fahrer, schloss die Türe und fuhr los.

»Andreas, was hältst du von Männern mittleren Alters, die zum Sex ein Amateurvideo sehen müssen?«

»Um einen hoch zu kriegen? Das ist doch bei unseren Kunden nichts Außergewöhnliches.«

»Nein, um erfüllten Sex zu erleben. Um glücklich zu sein.«

»Hat der Typ sonst noch etwas Besonderes von dir verlangt?«

»Nichts Neues. Ich musste wie jedes Mal die junge Frau im Video nachspielen, jede Stellung, jede Bewegung imitieren. Ohne die Handschellen, ohne den mitspielenden jungen Mann.«

Andreas gab keine Antwort. Er hatte angehalten und gewährte einem Fußgänger den Vortritt.

»Vielleicht verlangt er doch noch einmal nach einem jungen Mitspieler. Dann bringe ich dich ins Spiel.« Ludmilla lachte, Andreas grinste.

Thomas duschte sich lange. Er genoss es, das warme Wasser über seinen entspannten Körper rinnen zu spüren. Die Erinnerungen an den realen Sex mit Ludmilla und den Sex mit Alex im Kopf erregten ihn. Sein Schwanz wurde steinhart und verlangte nach erneuter Erleichterung, die ihm sein Herr gewährte: »Hannes, du weißt gar nicht, was für Freuden du mir bereitest!«

Eriks Logbuch: Vor ein paar Wochen

Das Radio weckte Erik mit Musik aus den 60er Jahren. Die romantischen Melodien und einfachen Texte ließen ihn ohne Mühe weiter schlummern. Der Radiomoderator wünschte seiner Zuhörerschaft »einen wunderschönen ersten Montag im Juni« und kündigte als nächste »zauberhafte Interpretin« Caterina Valente an. Erik wurde schlagartig wieder wach. Caterina Valente sang *Ein Schiff wird kommen*. Wie hatte er als Kind diesen Schlager geliebt! Freiheit. Sehnsucht. Ferne Länder. Der Enge des Zuhauses entrinnen. Drei Minuten lang. Wehmütig erinnerte sich Erik an weit zurückliegende Gefühle, damals in der Narzissenstraße 42, vor der leuchtenden Apparatur des Radios der Marke Saba.

Die Sehnsüchte des kleinen Jungen waren zurück. Die Tante seines besten Schulfreundes war Privatsekretärin der berühmten Sängerin. So war auch er irgendwie mit Caterina Valente bekannt. Aber mehr noch als für den Star jener Zeit interessierte sich Erik für seinen Freund. Er liebte Tobias. Dieser war so anders als er. So frei. Er war der einzige der fünften Klasse, der eine Freundin hatte. Paula hieß sie. Ein groß gewachsenes Mädchen. Braunes langes gelocktes Haar, gut ausgebildete Brüste. Anders als die anderen Mädchen. Frech zum Lehrer, in der Schule schlecht. Aber frei: Tobias und Paula küssten sich auf dem Schulplatz. In der Klasse hatten alle gemunkelt, dass die Beiden *es* miteinander trieben. Paula blieb am Ende des fünften Schuljahres sitzen und musste die Klasse wiederholen. Tobias war ein schöner Junge: weiße Haut, braune Augen und dunkelbraunes, leicht gewelltes Haar. Damals wusste Erik noch nicht, was *schwul sein* bedeutete. Tobias war ein Freund, der ihn verstand. Einmal im Keller der Narzissenstraße 42 hatte Erik ihn, den Stärkeren an die Wand gedrückt, sein Hemd und das des anderen Jungen hochgezogen und den Bauch an dem des Freundes gerieben. Tobias hatte sich nicht gewehrt.

Nach Caterina Valente trällerte Conny Froboess von *zwei kleinen Italienern*. Süße, einlullende Belanglosigkeit. Erik wechselte irritiert den Sender. Englische und amerikanische Musik aus den 80er und 90er Jahren füllte nun die Wohnung mit ihren Gesängen und Rhythmen: Boy George, David Bowie, Frankie Goes To Hollywood, Jon Bon Jovi und Elton. Diese Musik passte als Einstimmung irgendwie besser zu seiner Muse, der Schriftstellerei, der er sich nach dem Frühstück widmen wollte.

Eriks erstes Kinderbuch war vor einem Jahr im Dröllerer Verlag erschienen: *Bären weinen nicht*. Ein kleiner Bär hatte seine Mutter verloren und fand sie mit der Hilfe der Tiere des Waldes wieder. Das Buch war über dreitausend Mal verkauft worden. Für ein Kinderbuch eine stolze Anzahl von Exemplaren. Außer Michael und dem Verlag wusste niemand, wer sich hinter dem Pseudonym Sebastian Sanders verbarg. Der Verlag hatte Erik geraten, einen Künstlernamen zu wählen, der etwas exotisch klänge, aber nicht allzu fremd wirkte. Viele der erfolgreichen Kinderbuchautoren stammten aus Großbritannien und verkauften sich im deutschsprachigen Raum ausgesprochen gut. Auch für eine spätere Übersetzung ins Englische wäre ein englisch klingender Name höchst geeignet. Mit der Wahl eines Pseudonyms für das Schreiben von Kinderbüchern wollte Erik vermeiden, dass sein Renommee als Jurist und wissenschaftlicher Autor Schaden nahm. In der juristischen Fakultät war das Verständnis darüber, was sich gehört und was nicht, ziemlich rigide.

Erik begann an der Geschichte weiter zu schreiben, die er vor einer Woche begonnen hatte. Sie trug als Titel den Namen seiner zwei jungen Helden: Bodo und Lado.

Als Papa Bär spät am Abend von der Arbeit nach Hause kam, wurde er richtig wütend. Bodo musste seinem Vater genau erklären, warum er nicht rechtzeitig vom Schwarzeiben-Wald zurückgekommen war, wo er mit Lado gespielt hatte.

»Du hast im Schwarzeiben-Wald gespielt?« Bodos Papa knurrte so laut, dass auch die Tiere außerhalb der Höhle ängstlich verstummten. »Da gehst du nie mehr hin! Dort ist es für kleine Bären viel zu gefährlich.«

Papa Bär war so laut geworden, dass sich Bodo nicht mehr getraute zu fragen, warum es denn im Schwarzeiben-Wald für kleine Bären so gefährlich sei. Kleinlaut trollte er sich in sein gut riechendes Heubett.

Bodo hörte seinen Vater in der Küche noch lange Zeit schimpfen: »Der Umgang mit diesen Wurstbrot-Fressern tut Bodo nicht gut. Die Sorglosigkeit der Fleischfresser ist im ganzen Wald bekannt. Sie kennen keine Gefahr, und die Jäger jenseits des Waldes erwischen immer wieder einen von ihnen.«

Am nächsten Morgen war Bodo während des Frühstücks ganz ruhig. Die Wut seines Vaters hallte noch in seinen Ohren nach. »Fleischfresser! Wurstbrot-Fresser!«

Es stimmte, Lado hatte gestern seine Wurstbrote mit Inbrunst verschlungen, aber auch er hatte sein Honigbrot mit großer Lust genossen.

»Mama, warum sind Wurstbrot-Fresser schlimme Tiere?«

»Das verstehst du noch nicht. Nimm dich vor ihnen in acht! Spiel mit den anderen Bären. Der Lado ist kein Umgang für dich.«

»Aber er ist doch mein Freund! Wir spielen gern miteinander. Wir streiten uns nicht. Seine Mama ist auch lieb mit mir. Sie hat extra für mich Honig gekauft.«

»Halt dich von ihnen fern! Es sind Fremde.«

Bodo sah ein, dass jede Diskussion aussichtslos sein würde, und sagte nichts mehr. In der Waldlichtung wartete Lado, der Tiger, bereits ungeduldig auf den kleinen Bären: »Guten Morgen, Bodo. Was wollen wir spielen?«

Das Klingeln des Telefons unterbrach Eriks Schreiben. Es war die Dekanatssekretärin der juristischen Fakultät. Sie wollte mit Erik einen Besprechungstermin vereinbaren. Es ging um den Stundenplan des kommenden Semesters. Von Mauser, dem Dekan, hielt Erik nicht viel, seine Sekretärin jedoch schätzte er sehr. Sie war eine hilfsbereite und freundliche Frau. Mauser war ein aufgeblasener Mann, der auf seinen Professorentitel sehr stolz war, obgleich seine Lehr- und Forschungstätigkeit dazu eigentlich keine Grundlage bot. Erik stellte sich vor, wie Mauser über ihn schnödete: »Sieh an, der feinfühlige Erik versucht sich mit Kinderliteratur. Vielleicht ein Ressort, von dem er tatsächlich etwas versteht. So entgeht er der Mühe, wieder einmal etwas über die korrekte Anwendung des Stiftungsrechts zu veröffentlichen. Nach seiner Habilitation ist ihm die Luft ausgegangen. Seine Vorlesung ist bei den Studierenden doch nur deshalb so beliebt, weil er nichts von ihnen verlangt. Mit seinem Stil schmeichelt er sich bei den Lernenden ein. Es sind leicht verdiente Punkte, die sie sich bei ihm holen können. Ein begabter Schwätzer. Ein Blender. Wissenschaftlich schwach. Die Publikationsliste ist so armselig kurz.«

Mauser und einige seiner Kollegen hatten Erik nie verziehen, dass er, ohne irgendeine der bekannten Seilschaften zu nutzen, den Aufstieg in den Olymp der ehrenwerten juristischen Fakultät geschafft hatte. Er hatte die Habilitation ohne vorherige Kontaktnahme mit einem der ordentlichen Professoren verfasst. Mauser hatte es nicht verwunden, dass die anerkannte deutsch-dänische Rasmuss-Stiftung zur Förderung des internationalen Privatrechts dem Nobody ein Forschungsjahr an der University of Central Otago in Dunedin finanziert hatte. Dieses Jahr bildete die Grundlage für die Habilitation. Eine ausländische Stiftung bezahlte einem Schweizer eine Habilitation zu einem europäischen Thema! Unglaublich, dass sie dies ohne Anfrage bei einem der Lehrstühle getan hatte. Mauser hätte gern seinen Oberassistenten nach Dunedin geschickt.

Angst und Schrecken

Erik saß im Café gegenüber der Universität. Die Besprechung mit dem Dekan zum Stundenplan des neuen Semesters war in seinem Sinn verlaufen. Die ungeliebte Montagmorgen-Vorlesung würde auf Donnerstagabend verlegt werden. Ein Semester mit Vorlesungen am frühen Morgen hatte Erik gereicht. Er war kein Morgenmensch und zu Tagesbeginn eher schlechter als überschäumend guter Laune. Mauser war ausgesprochen freundlich gewesen und hatte versprochen, alle von Erik geäußerten Wünsche zu realisieren: »Wissen Sie, lieber Kollege, Privatdozenten mit einer Lehrverpflichtung von einer bis drei Wochenstunden pro Semester, räumen wir üblicherweise nicht diese Wahlmöglichkeiten ein. Die ordentlichen und außerordentlichen Professoren genießen von Haus aus Priorität. Bei Ihnen mache ich aber gern eine Ausnahme. Bei Ihnen, unserem Vertrauensmann der Rasmuss-Stiftung!«

Erik hatte zu Mausers Erklärungen nur genickt, lautlos brüllend vor Lachen. *So also lief der Hase*! Der Dekan befand sich zurzeit gerade in schwierigen Verhandlungen zur Finanzierung einer Stiftungsprofessur. Erik hatte ihn bereits bei der Gesuchstellung unterstützt und beim Geschäftsführer der Stiftung ein erstes gutes Wort für die Fakultät eingelegt.

Erik genoss den starken Cappuccino. Er freute sich auf das baldige Wiedersehen mit Michael. Er erwartete ihn um zwölf Uhr zu Hause. Sein Freund würde erst morgen Nachmittag wieder in die Klinik zurückkehren, sodass sie einen ganzen Tag zusammen verbringen könnten. In der letzten Zeit eine seltene Kostbarkeit. Beide arbeiteten zu viel. *Michael, Little Bear*. Erik vertiefte sich in die auf dem Tisch liegende Tageszeitung.

»Darf ich Sie stören und ich mich zu Ihnen setzen?«

Erik legte die Zeitung auf den Tisch zurück und wandte sich dem Fragenden zu: »Kennen wir uns?«

Er blickte dem groß gewachsenen Mann in die Augen. Ein eher grobschlächtiges Gesicht, schwarze Haare, sehr weiße, fast bleiche Haut. Ein Mann in seinem Alter. Er hatte schöne, gepflegte Hände, die nicht zur übrigen Erscheinung passten. Der Fremde war nicht sauber rasiert: Einzelne lange Haare unten am Kinn und hinten an den Wangen dokumentierten dies.

Erik vermutete, dass sich der Mann elektrisch rasierte. Ihm erging das manchmal ebenso.

Der Unbekannte setzte sich. Er legte den beigefarbenen Trenchcoat über die Lehne eines Stuhles und strich ihn mit der flachen Hand glatt: »Wir kennen uns seit Jahren, auch wenn wir uns noch nie persönlich begegnet sind. Seit 1996.« Der Mann bestellte einen doppelten Espresso.

Erik war von einem Moment auf den anderen hoch konzentriert. Er rückte etwas vom Tisch weg.

»1996?«

»Ein bedeutsames Jahr für viele Menschen in dieser Stadt!«

Der Fremde grinste. Erik atmete tief ein. Er dachte über die Ereignisse jenes für ihn wirklich bedeutsamen Jahres nach –

Wo war sein Gesprächspartner einzuordnen? Bei Hubert Müller-Blanchart und seinen New-Pharmaceutics? Bei Reitzel und seiner UDV?

»Nehmen Sie es mir nicht übel, wenn ich mit Ihnen etwas spiele! Ich verstehe Ihren bösen Blick. Sie ziehen es vor, selber die Menschen wie Schachfiguren einzusetzen, abzuservieren.«

Erik schwieg. Es galt, Zeit zu gewinnen. Zeit, um sich zu sammeln, um die Taktik festzulegen. Er rief nach der Bedienung mit dem Wunsch, seinen Cappuccino zu bezahlen.

»Ich an Ihrer Stelle würde noch ein bisschen bleiben; ich bestelle Ihnen noch einen Cappuccino.« Der Mann lächelte ihn an: »Keine Angst, ich will Ihnen nicht an die Wäsche. Ich bin nicht schwul, aber auch kein Schwulenhasser. Was die Menschen in ihren Betten treiben, geht niemanden außer ihnen selber etwas an, nicht wahr? Ich habe nichts gegen Schwule. Es sind Menschen wie andere auch. Sogar studierte Leute können homosexuell sein. Schwule können berühmt sein. Oder Juristen? Man sieht es manchen Schwulen gar nicht an, dass sie auf Männer stehen. Sich ficken lassen. Obwohl ich das unappetitlich finde. Männerhaut auf Männerhaut!«

Erik hasste es, wenn Schwule auf ihre Sexualität reduziert wurden: »Zum Glück sind die Zeiten vorbei, in denen Homosexuelle verbrannt wurden«, entfuhr es ihm.

»Obwohl es auch in unserer Zeit der eine oder andere verdient hätte! Ich bin bei Kapitalverbrechen, also bei Mord oder Sexualverbrechen, für die Todesstrafe.«

»Ich denke, für dieses Gedankengut bin ich nicht der richtige Gesprächspartner. Gehen Sie zu einer Veranstaltung der UDV. In wenigen Wochen ist der Wahltermin für die Erneuerung der Stadtregierung.«

»Mit reellen Chancen für die UDV, einen zweiten Sitz im Stadtrat zu erobern! Seriöse Regierungsarbeit zahlt sich eben aus. Vor acht Jahren ist der erste UDV-Mann seit über 20 Jahren in die Stadtregierung gewählt worden. Als Vorsteher des Sicherheits- und Erziehungsdepartements hat Hannes Reitzel gute Arbeit geleistet. Er versteht und spricht die Sprache des Volkes. Nun kandidiert er mit guten Chancen für das Stadtpräsidium. 2000 hat die UDV ihre Sitzzahl im Parlament verdoppelt. Die Prognosen stehen gut, dass sie dies nun noch einmal tun kann. Mit rund einem Drittel der Parlamentssitze wird sie den echten bürgerlichen Anliegen endlich das notwendige Gehör verschaffen.«

Diese Vorstellung passte Erik gar nicht: »Kommen Sie zur Sache! Für UDV-Wahlpropaganda ist mir der Morgen zu schade.«

Eriks Mobiltelefon begann zu läuten. An der Nummer erkannte er seine Schwester: »Guten Morgen, Liv.«

»Hallo, Erik. Gut, dass ich dich erwische. Ich brauche deine Hilfe. Ich habe vor einer halben Stunde völlig überraschend einen Anruf von Sigrid Nilstam erhalten. Sie ist für eine Nacht in der Stadt. Ich würde sie gern wieder sehen, alte Erinnerungen auffrischen und mit ihr um die Häuser ziehen. Aber das geht nur, wenn ich kurzfristig einen Babysitter für Marco finde. Davide kann das nicht übernehmen. Er ist gestern für drei Tage nach Montreux zu einem Seminar gereist. Könntest du nicht einspringen? Marco zu Bett bringen, ihm eine Geschichte erzählen und ihn hüten, bis ich wieder zurückkomme? Du würdest mir einen riesigen Gefallen erweisen.«

»Liv, du rufst zu einem ungünstigen Zeitpunkt an. Kann ich dich in einer Stunde erreichen?«

»Marco freut sich schon sehr. Als er nur deinen Namen hörte, war er schon außer sich.« Liv kannte Eriks schwache Stelle, seine Zuneigung für den

Kleinen. »Du weißt, Sigrid ist meine Freundin aus der Zeit, als ich ein Jahr in Malmö bei unseren Großeltern lebte.«

»Liv, kann ich dich nicht in einer Stunde anrufen?« Erik wirkte gereizt.

Sie ging darauf nicht ein: »Ich soll Sigrid noch vor der Mittagszeit zurückrufen, weil sie sich mit ihren Geschäftspartnern zum Essen treffen will.«

»Liv, bitte.«

»Ich merke, ich störe dich bei etwas.«

»Ja, das tust du.«

»Entschuldige.«

»Macht nichts!«

»Ich liebe dich, Bruderherz. Hoffentlich klappt es mit dem Babysitting! Ich zähle auf dich. Ciao.«

Erik sah, wie ihn sein unbekannter Gesprächspartner aufmerksam anblickte: »Ihre Schwester Liv? Eine attraktive junge Mutter!«

Der Fremde kannte also seine Schwester: Seine Sorge wuchs.

»Ich finde es schön, wie Sie sich um ihre Schwester und ihre Familie kümmern. Es ist zweifellos wichtig, dass sich Kinder guter Verhältnisse erfreuen können, des richtigen Umgangs, der besten Freunde. Eines gut gewählten Krippenplatzes. Der kleine Marco hat es gut.«

»Was wollen Sie von mir?«

»Das werde ich Ihnen zum gegebenen Zeitpunkt sagen. Nicht jetzt! Zum richtigen Zeitpunkt. Heute ging es mir darum, Ihnen nach den vielen Jahren endlich einmal in die Augen zu schauen, nicht in das kranke Gehirn. In die Augen.« Der Fremde lachte.

»Ich verstehe den Witz nicht.«

»Ich bin auch nicht zum Scherzen aufgelegt. Ich bin todernst. Todernst. Wie ein ehrenhafter Jurist. Oder wie ein fleißiger Beamter. Oder wie ein seriöser Chefarzt an der St. Barbara Klinik. Todernst. Nicht immer. Aber, wenn es wichtig ist, so wie jetzt. Oder wie damals im Jahr 1996.«

Erik schaute sein Gegenüber fragend an.

»Ich werde mich wieder bei Ihnen melden.«

Der Fremde zog seine Geldbörse hervor, bezahlte die Rechnung und verließ das Lokal. Eriks Puls ging hoch. Er merkte, wie er schwitzte. Er zog das Jackett aus und bestellte einen weiteren Cappuccino, dazu ein Stück des üppigen Schokoladenkuchens, für den das Café berühmt war. Er atmete tief ein und zählte leise bis zwanzig, wie er es im Militärdienst gelernt hatte.

Jetzt nicht sofort handeln. Nichts übereilen. In den Generalstabskursen hatte er geübt, unter Druck Ruhe zu bewahren und trotz Übermüdung oder herrschendem Chaos zielgerichtet vorzugehen. Er atmete erneut tief ein.

Ich bin im Moment auf der schwächeren Seite. Ich muss mir zuerst einen verlässlichen Überblick verschaffen, bevor ich irgendeinen Schritt unternehme. Es besteht eine Verbindung zum Jahr 1996. Zu wem? Zur Geschichte mit Reitzel? Zu den Zwillingen? Zur Geschichte mit Hubert? Oder zu den Abenteuern mit den widerlichen Soder-Brüdern? Besteht ein Zusammenhang mit Rumänien? Nein, Rumänien war 1997. Ich kann keinen dieser Aspekte ausschließen. Wenigstens nicht im Augenblick. Allein aufgrund der Andeutungen kann ich keine Schlüsse ziehen. Wer ist der Unbekannte? Er scheint ein Mann mit viel Geduld zu sein. Offensichtlich hat er seit 1996 auf diesen Augenblick gewartet. Neun Jahre. Und das bestimmt nicht ohne Grund. Er hat offensichtlich den richtigen Zeitpunkt abgewartet. Ein Mensch, der mit Bedacht handelt, der sich nicht vom Affekt, seinen Gefühlen beherrschen lässt. Das macht ihn gefährlich. Gefährlicher als einen Menschen, der seinen Gefühlen freien Lauf lässt oder der von Gier und Trieb gesteuert wird.

Eriks Gedanken spulten im Stakkato ab:

Wo bin ich frei in meinen Entscheidungen? Wo bin ich gebunden? Ich muss abwarten, bis sich der Fremde wieder meldet. Erst dann werde ich meinen Handlungsspielraum bestimmen können. Nicht vorher! Es gibt immer einen Handlungsspielraum. Der Ausweg aus einer Falle eröffnet sich selten von Anfang an. Ich hasse die Ungewissheit. Der Kopf rät zu Geduld, zu Vorsicht. Meinen Bauch beunruhigt, dass der Gegner meine Verhältnisse so gut kennt. Michael, Liv, Marco, mein Schwulsein. Was weiß er von meinen geheimen Unternehmungen? Scheiße. Scheiße.

Die Besitzerin des Cafés brachte Erik den Cappuccino und den Schokoladenkuchen. Der Kaffee schmeckte ihm nicht. Es kam ihm vor, als ob die

Angst den Geschmack des Kaffees neutralisiert hätte. Die Vorstellung, dass Angst einen Geschmack haben könnte, schauderte Erik. Er drückte das Kuchenstück mit wenigen Bissen herunter. Er fühlte sich schlecht. Angst. Enge. Ersticken. Panik – Gefühle, die er so noch nie empfunden hatte.

Er suchte nach Ablenkung, rief Liv an und sagte ihr zu, das Babysitting ab 16: 00 Uhr zu übernehmen. Michael war enttäuscht darüber, dass sie den Abend nicht zusammen verbringen würden. Als Wiedergutmachung schlug Erik ein gemeinsames Mittagessen im Da Cesare vor. Michael war einverstanden.

Die beiden sicherten sich den einzigen noch freien Tisch des Restaurants. Erik erzählte Michael nichts von der beunruhigenden Begegnung. Beide genossen als Vorspeise Caponata siciliana, Auberginen nach sizilianischer Art: fein gewürfelt, mit Zwiebeln, Kapern, grünen Oliven, Stangensellerie und Tomaten angemacht, mit Pfeffer und Salz gewürzt, in Olivenöl kurz angebraten und danach auf tiefem Feuer etwa eine Viertelstunde geköchelt. Das Gemüse wurde lauwarm serviert. Wie immer, adrett auf einem großen weißen Teller angerichtet. Mit einem Glas des weißen Hausweins schmeckte das Ganze vorzüglich. Normalerweise.

Heute meckerte Erik über das zu grob gewürfelte Gemüse, die zu wenig angebratenen Zwiebeln, den zu warmen Wein, über die Wasserflecken auf dem Besteck. Seine Gedanken kreisten unaufhörlich um den Fremden und dessen bedrohliches Verhalten. Er wusste nicht, wie er sich auf die angedeuteten Gefahren vorbereiten sollte. *Du musst warten. Du hast schon so manche Probleme gemeistert. Du bist klug, clever, listig, wenn nötig*, sprach Erik sich Mut zu. Michael merkte, dass seinem Partner etwas über die Leber gelaufen war, und sprach ihn darauf an.

»Mit meiner Leber ist alles in Ordnung«, knurrte dieser.

Michael antwortete nicht. Er spürte, dass es besser war, nicht weiter nach den Gründen von Eriks schlechter Laune zu forschen. Michael wählte als Hauptgang Kalbsteak mit Morcheln.

Das Mittagessen dauerte anderthalb Stunden. Am Schluss fühlte sich Erik entspannt und müde. Er flüsterte Michael zu: »Du bist meine Rettung. Mein ruhender Pool. Bitte verzeih meine miese Laune. Du kannst gar nichts dafür. Leider kann ich nicht darüber reden: Berufsgeheimnis.«

»Ja, diese Anwälte«, lächelte Michael: »Mein Tiger.«

»Blue Tiger, bitte«, fiel Erik ihm ins Wort. Er lachte und klopfte sich stolz auf die Brust: »Die seltene Spezies der blauen Tiger. Es gibt sie nur hier.« Er fühlte sich wohl in Michaels Gegenwart. Sein Partner tat ihm gut: »Meine sichere Homebase! Ich liebe dich.« Er küsste seinen Freund sanft auf die Wange.

Michael wurde nachdenklich und begann von Alice zu erzählen. Er ging auf die Stimmungsschwankungen der alten Frau ein, ihren Zorn, ihre Freude, die sich innerhalb von Sekundenbruchteilen ablösten. »Es ist ein Sterben bei lebendigem Leibe. Der Geist stirbt unaufhaltsam weg. Die Gefühle bleiben zurück, einsam ohne den Partner Vernunft. Hilflos dem Leben ausgesetzt.«

Erik hörte zu, wenigstens erweckte er den Anschein. Der geheimnisvolle Fremde hatte sich in seinem Kopf eingenistet. Er beherrschte Eriks Gedanken. Er kämpfte gegen die vom Unbekannten gesäte Angst an. Er versuchte, Michael konzentriert zuzuhören.

Dieser hatte Tränen in den Augen und flüsterte: »Auch wenn ich schon viele Menschen habe sterben sehen, Alices Alzheimer Krankheit geht mir nah. Ich habe sie lieb gewonnen. Wie eine Mutter.«

Erik griff nach Michaels Hand: »Michael. Little Bear. Mein kleiner Bär.« Schweigend spazierten die Beiden nach Hause, in Gedanken verloren. Gequält.

Erik zog sich in sein Zimmer zurück und hörte eine Einspielung von Benjamin Brittens Oper Billy Bud aus dem Jahr 1961. Der engelhaft schöne Matrose Billy Bud wird vom verschlagenen Offizier Claggart zu Unrecht der Meuterei bezichtigt. Billy tötet Claggart bei der Gegenüberstellung im Affekt und wird hingerichtet. Die Geschichte verfolgt den Kapitän des Schiffs, der das Todesurteil gefällt hat. Immer wieder denkt der alte Kapitän Vere an den Jungen zurück. Billy verzeiht ihm vor der Vollstreckung des Todesurteils. Der ewige Kampf zwischen Gut und Böse endet in einer versöhnlichen Stimmung.

Herman Melville hatte in seiner Erzählung Veres Liebe zu Billy Bud lediglich angedeutet. Vielleicht war sich Melville des eigenen Schwulseins nicht bewusst gewesen? Erik erinnerte sich nur schwach an die berühmte Erzählung des Amerikaners. Er hatte sie in seiner Gymnasialzeit gelesen und das war nun doch schon eine Zeit her! Vor kurzem hatte Erik im Feuilletonteil seiner Tageszeitung eine Kritik zu einer kürzlich erschienenen Biografie über den amerikanischen Nationaldichter gelesen. Die homoerotischen Momente in seiner grandiosen Prosa hätten sich der öffentlichen Kritik erst nach dem Aufkommen der Psychotherapie erschlossen.

Die Musik des schwulen englischen Komponisten passte zu Eriks Stimmung. Er legte sich aufs Bett und fiel in einen leichten Schlaf, in den sich die Musik Benjamin Brittens immer wieder einmischte. Und aus dem sie ebenso regelmäßig mit leiseren, feineren Tönen entschwand. Erik hatte an seinem CD-Spieler die Wiederholungstaste gedrückt. So war es zum zweiten Mal der erste Akt, in dessen Musik sich die Melodie des Mobiltelefons drängte und Erik aus dem Schlaf riss. Er war sofort hellwach, als er die Stimme des Unbekannten vernahm.

»Ich habe heute Morgen gelogen: Ich hasse Schwule und fühle mich dabei im Recht. Politische Korrektheit hin oder her. Ich bin ein Mensch mit etwas altmodischen Wertvorstellungen. Ich bin katholisch. Ich verachte Homos. Trotzdem gebe ich mich mit Ihnen ab. Meine Haltungen sind beständig. Wer mich kennt, schätzt mich als verlässlichen Partner. Es ist gut, mich zum Freund zu haben. Nicht gut, zu meinen Feinden zu zählen.«

Langsam lief der Fremde warm: »Ich sagte mir, meld dich doch noch einmal bei dem armen Schwein; es hat bestimmt Angst, nachdem es das Schlachthaus mit seinen toten Kumpanen gesehen, sein Meister ihm die Auslage mit den frischen Koteletts gezeigt hat. Mit anderen Worten: Ich will Sie von der unangenehmen Ungewissheit darüber befreien, was ich von Ihnen will und was nicht – Sie wenigstens ein bisschen von diesem nagenden, quälenden Gefühl der Verunsicherung befreien. Die Gefahr ist plötzlich da, du weiß aber nicht, woher sie kommt, wann sie zuschlagen wird. Du suchst fieberhaft nach einem Fluchtweg, landest aber immer wieder in einer Sackgasse oder der Rückweg wird dir von bissigen Rottweilern versperrt. Die Konstellation des klassischen Albtraums. Schweine werden gemästet und dann geschlachtet. Das ist ihr Schicksal. Ein faires Schicksal. Alles hat seinen Preis. Früher oder später müssen die Rechnungen beglichen werden. Heute verrate ich noch nicht in allen Details, welchen Gefallen Sie mir erweisen können. Ich deute nur an: Ich kenne den Reichtum, den Sie sich in den letzten Jahren zugelegt haben. Auf wundersame Weise. Das schöne Haus nicht einmal eingerechnet. Ich will zu Geld kommen. Zu viel Geld, das Sie mir geben werden. Aber wie soll ich Ihnen klar machen, dass ich es ernst meine, dass ich nicht zum Scherzen aufgelegt bin. Wie erreiche ich, dass ich von Ihnen als erstzunehmender Partner wahrgenommen werde? Einen, den man lieber nicht hereinzulegen versucht?«

»Hereinzulegen? Ich habe Sie nie hereingelegt. Wir sind uns noch nie begegnet.«

»Ich will, dass Sie die Lage richtig beurteilen. Sie kennen mich nicht, noch nicht. Sie können mich nicht einschätzen. Ich dagegen kenne Sie. Sehr gut sogar. Das ist eigentlich unfair, nicht wahr?«

Der Unbekannte lachte. Erik lief es kalt den Rücken hinunter: »Da befinden Sie sich in guter Gesellschaft. Schon die Jesuiten haben die Devise, nach welcher der Zweck die Mittel heiligt, gepflegt.«

Der Fremde nahm Eriks spöttische Äußerung auf: »Dass Sie gebildet sind, weiß ich. Ich bin es auch. Wortspielereien haben durchaus ihren Reiz. Ich frage mich zum Beispiel, wie sich wohl ein Erpresser fühlen mag, wenn er selber einmal erpresst wird. Was fühlt ein Mörder im Moment seiner Hinrichtung? Wie wird ein Manipulator reagieren, wenn er selber zum Gegenstand einer Manipulation wird. Mit Angst? Mit Schrecken? Mit Panik? Besonnen die eigenen Möglichkeiten auslotend? Sorgsam die eigenen Chancen, intuitiv Stärken und Schwächen abwägend? Auf Rettung hoffend, auf Gerechtigkeit zählend? Zu Gott betend? Sich an die große Liebe erinnernd?«

»Glauben Sie wirklich, mich mit Ihrem schwulstigen Sprachstil beeindrucken zu können? Kommen Sie zur Sache!« Erik konnte seinen wachsenden Unmut nicht verbergen.

»Missfällt Ihnen mein Pathos? Meine rednerische Gewalt? Mein emotionaler Appell? Meine erhabene Leidenschaft? Wenn zwei das Gleiche tun, ist es offensichtlich nicht das Gleiche. Ich erinnere mich, dass Sie im Sommer 1996 ein ganz ähnliches Pathos gebraucht haben, als Sie meinen Freund erpresst haben. Mit freundlichen Worten. Er hat mir Ihr gemeinsames Telefongespräch in allen Details geschildert. Der hochnäsige Ton in Ihrer Stimme, die gestelzten Redewendungen, die höhnische Nettigkeit. Die Erpressung des wehrlosen Hannes Reitzel haben Sie damals sehr raffiniert eingefädelt. Mit unendlich viel mehr Raffinesse, als ich unser heutiges

Zusammentreffen arrangiert habe. Das Video hat meinem Freund seine größte Schwäche gnadenlos vor Augen geführt, die Schwäche des triebhaften Menschen entlarvt, seine Verletzlichkeit unerbittlich aufgezeigt. Geschickt haben Sie dann in Ihrem Telefonat mit Anspielungen und Andeutungen die gesäte Angst geschürt. Meinen Freund mit perfid sanften Drohungen gelähmt. Hannes war Ihnen ausgeliefert. Zum Glück konnte ich ihm bei der Erfüllung Ihrer erpresserischen Forderungen helfen.«

Erik war geschockt. Er und die Zwillinge waren die einzigen Menschen, die vom Video wussten – außer Hannes Reitzel natürlich.

»Ich war bei Hannes, als Sie das zweite Mal anriefen. Ich habe mir Ihre Stimme gemerkt. In der vagen Hoffnung, Sie eines Tages daran wieder zu erkennen. Diese Hoffnung erfüllte sich nicht. Das Schicksal hat mir auf andere Weise geholfen. Wie, erzähle ich Ihnen vielleicht später einmal. Seither bin ich Ihnen wie ein Schatten treu geblieben. Ich habe Sie aufmerksam beobachtet, Sie und Ihre Unternehmungen aus der Ferne begleitet. Staunend, angewidert. Aber lassen wir das Moralisieren! Das passt vielleicht zu einem Sebastian Sanders, Ihrem geheimen alten Ego, zu seinen Kindergeschichten, aber doch nicht zu einem Rechtsgelehrten wie Ihnen. Ich will meine Ernsthaftigkeit in einem militärischen Bild ausdrücken: Die Artillerie eröffnet das Feuer aus der Ferne. Die Truppen überschreiten die Grenze noch nicht. Trotzdem herrscht zweifellos Krieg. Wann die Infanterie ins feindliche Land vorstößt, ist eine taktische Frage. Den Zeitpunkt des Angriffs anzukünden, wäre für den Angreifer genauso unklug, wie alle seine Kriegsziele von Anfang an offen zu legen. Einem Schweizer Offizier brauche ich dies bestimmt nicht näher zu erläutern, nicht wahr? Ich kenne Ihre Stärken. Ich meine damit nicht nur das Stiftungsrecht, obwohl Sie dafür über die Landesgrenzen hinaus berühmt geworden sind. Ich zähle dazu ebenso Ihr Einstehen für soziale Gerechtigkeit: Ein Ausdruck davon sind die zahlreichen Ehrenämter und Ihre rege Spendentätigkeit, für die Sie an den Weihnachtsessen und Jubiläumsfeiern öffentlich gelobt werden. Stärken sind aber oft nur die andere Seite der Medaille: die Rückseite der Schwächen. Ihre Schwachstelle ist Ihr *großes* Herz. Ihnen fehlt jene Skrupellosigkeit, die mich auszeichnet. Falls Sie meine Wünsche nicht erfüllen werden, wird es – wie Sie es sicher ahnen – böse ausgehen. Ich bin jedoch bei der Wahl der Waffen nicht so zimperlich wie Sie. Ich drohe nicht mit der Veröffentlichung irgendwelcher Videos oder Tonbandaufnahmen. Ich halte mich nicht mit Halbheiten auf. Menschenrechte bedeuten mir übrigens auch nichts. Soziale Gerechtigkeit ebenso wenig: Ich engagiere mich nicht für aidskranke Kinder, weder in Indien noch in Rumänien. Stiftungsratsmandate in Spitälern interessieren mich persönlich noch weniger. Schon gar nicht, wenn sie nur Anerkennung und kein Geld einbringen. Mitleid ist kein Zeichen von Stärke. Schwache leiden, sie haben es nicht anders verdient. Die Starken gehen ihren Weg, überleben. Die andern halt nicht. Darwin hat es im 19. Jahrhundert ausführlich erklärt. Die Evolutionstheorie ist schon etwas Faszinierendes, nicht wahr? Die Schwachen verdienen kein Mitleid.«

»Warum verhöhnen Sie mich?«

»Ich verhöhne Sie nicht. Ich versuche nur, Sie zu überzeugen, warum es empfehlenswert ist, meinen Wünschen zu entsprechen.«

»Nach dem Pathos nun also die Logik.«

»Sie werden für die Menschen, die Sie lieben, bestimmt alles tun. Die stimmigen logischen Argumente hierfür werde ich zu einem späteren Zeitpunkt enthüllen müssen, da ich Sie heute anscheinend nicht genügend überzeugen kann. Wenigstens nicht mit Worten.

Ich bin mir sicher, dass es am Schluss die richtige Mischung zwischen Pathos und Logik ist, die überzeugt. Eine Beweisführung ohne eine gewisse Leidenschaft und Feierlichkeit ist wie eine Suppe ohne Salz. Einem Anwalt muss ich das wohl nicht näher erklären. Genießen Sie heute Abend die unbeschwerte Zeit mit dem kleinen Marco. Zuvor vielleicht den Kaffee mit dem süßen Michael, dem ach so beliebten Arzt und Helfer. Dem Wohltäter der Alten und Schwachen. Ich werde mich bald melden.«

Der Fremde unterbrach die Telefonverbindung. Erik war übel.

Marco empfing Erik mit freudigem Kreischen und dem Tanz eines kleinen irrwitzigen Derwischs. Er tanzte in seinen Unterhosen mit dem Delfinmotiv um den sehnlich erwarteten Besucher herum: »Erik, Erik, Erik.« Liv hatte ihm soeben die Windeln gewechselt. Nach der ersten Tanzeinlage erhielt der Pate einen feuchten lauten Kuss. Marco behielt den Schnuller im Mund, was das Ganze für ihn effizient abkürzte: Nuckeln und Küssen in einem. Hinzu kam noch das atemlose Erzählen von den herrlichen Abenteuern, die ihnen heute Abend bevorstünden. Es würde Spaghetti geben. Dann: »Video schauen«. Liv hatte den Film mit dem blauen Elefanten bereitgelegt.

Der Dreijährige zeigte auf Eriks Jacke und dann auf die Garderobe: »Aufhängen!« Sogleich zog Marco die Hausschuhe in orangener Farbe und in der Form von Fischen aus dem Schuhgestell und stellte sie vor seinen Onkel ab. Erik zog sie an.

Marco beobachtete ihn aufmerksam: »Fischis.«

»Ja, Fische.« Erik hatte stets Zeit für Marco. Spielen. Wärme. Sicherheit. Glück. Freude. Große Freude.

Und Michael? Wenn er nicht dabei war, galt die erste Frage dem Abwesenden: »Wo ist Michael?«

Marco liebte Erik. Erik liebte Marco. Marco liebte Michael. Michael liebte Marco. Große Freude. Liebe. Erik und Michael liebten sich.

Nachdem sie die in der Mikrowelle gewärmten Spaghetti gegessen hatten, setzte sich Erik mit dem Kleinen vor den großen Fernsehbildschirm: Der blaue Elefant verließ weinend den Zoo. Das Leben in Gefangenschaft war ihm zu langweilig geworden. Er baute sich aus großen Holzstämmen ein Floß und segelte damit über den Ozean. Auf dem Meer hatte er zahlreiche Abenteuer zu bestehen. Er musste die hungrigen Haie besiegen, die solchen Appetit auf ihn hatten. Er erschreckte die Haie mit einem großen Wasserstrahl, den er mit seinem Rüssel den gefürchteten Räubern unerwartet entgegen schleuderte, diese glaubten, auf einen fürchterlichen Drachen getroffen zu sein und suchten das Weite. Lange währte der so gewonnene Friede nicht. Ein riesiger schwarzer Tintenfisch versuchte den Elefanten vom Floß in die Tiefe des Meeres zu ziehen. Der blaue Elefant schlug verzweifelt um sich. Er konnte nicht gut schwimmen. Die Kräfte begannen ihn zu verlassen. Der gewaltige Tintenfisch zog ihn immer tiefer in das Wasser hinunter. Es wurde mit jedem Meter dunkler. Die Sonnenstrahlen fanden keinen Weg mehr in das Dunkel der Tiefen des Meeres. Der Tintenfisch freute sich. Die Beute würde ihm bald ganz allein gehören. Seine goldgelben Augen leuchteten durch das Dunkel. Sie blitzten freudig in Richtung des Elefanten, der sich in seinen Armen wand. In letzter Minute schwammen drei wunderschöne weiße Delfine hinzu und befreiten den erschöpften Elefanten aus der Umklammerung des Ungeheuers der tiefsten Meerestiefen. Die Delfine begleiteten das Floß bis zum Reiseziel des blauen Elefanten auf die Insel Lankawi. Vier Freunde hatten sich gefunden. Am Schluss der Geschichte sangen sie zusammen ein lustiges Lied. Marco kannte den Refrain und sang ihn aufgeregt mit: »Vier Freunde sind wir, verschieden, aber geborgen. Vier Freunde sind wir.«

Erik gingen die Worte des bedrohlichen Unbekannten nicht aus dem Kopf: »Genießen Sie heute Abend die unbeschwerte Zeit mit dem kleinen Marco.«

Das Video bekam Erik wie in Trance mit. Zum Glück fesselte die Geschichte Marco derart, dass es ihm zu seinem Wohlsein genügte, seinen Onkel während des Videos neben sich zu wissen. Gebannt verfolgte er die Geschichte, obwohl er sie schon mehrmals gesehen hatte. Hie und da wiederholte er einen ihn besonders ansprechenden Teil der Geschichte oder blickte in Eriks Richtung. Mit Ende des Films war es Zeit, ins Bett zu gehen. Marco ließ sich bereitwillig den Pyjama überziehen. Er wusste, zum Ritual würde das Erzählen einer Geschichte gehören.

Erik und Marco setzten sich vor das Kinderbett. Marco legte Bubu, seinen Schlafhasen, neben sich, hielt eines der langen Ohren fest in der linken Hand, mit der anderen blätterte er im Buch, das er seinem Onkel, mit der unmissverständlichen Bitte, ihm daraus eine Geschichte vorzulesen, gebracht hatte. Erik tat es gern. Er schmückte die Geschichte wie immer aus, ergänzte die Abenteuer des kleinen Riesen mit Details, die er spontan erfand. Marco liebte seinen Onkel. Er liebte seine Stimme, das Rollen seiner Augen, mit dem er den Abenteuern des kleinen Riesen Leben und Stimmung einhauchte.

»Mehr!«

Erik ging zur nächsten Geschichte über, bis Marco schließlich einschlief. Erik hob ihn sacht auf und legte ihn zu den vielen Stofftieren ins Bett. Bubu neben den kleinen Mann. »Zwei Freunde sind wir, verschieden, aber geborgen.« Erik summte die gleichen Sätze viele Male, bis er Marco laut und tief atmen hörte. Dieser umklammerte Bubu fest mit einer Hand. Er atmete ruhig. Tief ein und aus. Ein und aus.

So ein kleiner Mensch und so viel Atem. So viel Leben. Erik küsste den Kleinen auf die Stirn und schloss leise die Tür des Kinderzimmers. Er setzte sich in der Stube in den großen Lehnsessel, schaltete den Fernseher an und zappte durch die Programme. Er regulierte die Lautstärke so, dass er die kurzen Dialoge gerade noch knapp verstand. Die bunten Werbespots langweilten ihn. Auf den verschiedenen Sendern waren zum Teil die gleichen Spots zu sehen:

Das Paradies des immer währenden Kapitalismus. Exklusive Parfums für Frauen, herbe Düfte für Männer. Hübsche, junge Körper, cooles Gehabe, sexy Stimmung, doofe Sprüche. Putzmittel für Bad und WC: Innovatives Putzen für die porentiefe Sauberkeit, die Sauberkeit, wie wir sie uns alle schon lange gewünscht haben. Teure, schnittige Autos für junge Männer, die zwar zeugungsfähig aussahen, aber mit ehrlicher Arbeit sich einen solchen Wagen nie und nimmer leisten könnten. Fade Fertigmahlzeiten für berufstätige Manager und ihre treu sorgenden Ehefrauen, opulente Festmahlzeiten: besonders auch zur Bewirtung der unerwartet zum Besuch auftauchenden Schwiegermütter geeignet. Gesunder Orangensaft für Großmütter und ihre Enkel, frisch gepresst, Frische in Tausenden von identischen Flaschen, die Orangen schwebten direkt vom Baum in die Flaschen; Schokolade für brave Lausbuben, Reizwäsche für böse Mädchen. Katzenfutter auf einem Tablett mit Teller und Platzteller serviert.

Nach etwa zehn Minuten stieß Erik auf einen Kriminalfilm, der erst vor wenigen Minuten begonnen hatte. Polizisten durchsuchten ein Waldstück, in dem ein ermordetes Mädchen gefunden worden war. Die Ermittler hatten den Leichnam mit einer dunklen Decke verhüllt. Ein Fuß schaute darunter hervor. Die Kommissarin schimpfte mit dem Dorfpolizisten, der durch sein ungeschicktes Herumtrampeln Spuren verwischt hatte. Er zuckte verlegen mit den Schultern. Der Krimi spielte in Schweden. In der nächsten Szene teilten zwei Polizisten in Uniform den Eltern des toten Mädchens dessen Ermordung mit. Die Mutter schrie laut auf, stieß den Ehemann, der sie in seine Arme nehmen wollte, von sich weg und rannte zurück in das Haus.

»Bei Ihnen lege ich den Hauptfokus auf die Menschen, die Sie lieben. Die überzeugenden logischen Argumente werde ich zu einem späteren Zeitpunkt enthüllen. Ich bin mir sicher, dass es am Schluss die richtige Mischung zwischen Pathos und Logik ist, die überzeugt.«

Liv stellte den Fernseher ab. Erik wachte aus seinem Albtraum auf. Er hatte Angst. Kalte Angst. Er hielt seinen Kopf unter den warmen Wasserstrahl des Waschbeckens. Langsam kehrten die Lebenskräfte zurück. Er berichtete Liv kurz vom erfolgreichen Babysitting, sie erzählte von ihrem lustigen Abend mit Sigrid. Danach verabschiedeten sie sich. Erik nahm nicht die Tram, sondern marschierte durch die Stadt nach Hause.

Dort angekommen setzte er sich an den Computer und korrigierte am Manuskript mit den Abenteuern von Bodo und Lado herum. Das Resultat befriedigte ihn nicht. Die neuen Sätze waren nicht besser als die ersetzten. Neue Pointen fielen ihm nicht ein. Bodo und Lado kamen nicht über die Waldlichtung hinaus. Was würden die beiden Freunde im Schwarzeiben-Wald erleben? Der Autor wusste nicht weiter. Erik brach seine Versuche ab. Er fühlte sich müde. Er schenkte sich ein kleines Glas Gammel Dansk ein: Der dänische Bitter mit dem Geschmack von Lakritze wärmte sanft und löste in seinem Hals ein leichtes Kratzen aus.

Gammel Dansk. Alter Däne, der Name passte zu seinem Zustand. Er fühlte sich alt. Ziemlich alt. Ein alter Erik.

Er legte sich ins Bett. Der Alkohol entspannte ihn etwas, sodass er gegen drei Uhr morgens einschlief.

Erik schreckte aus dem Schlaf auf: »Was ist?«

»Ich bin' s. Guten Morgen. Ich muss zur Arbeit. Schlaf ruhig weiter. Es ist erst sieben Uhr.«

Michael und Erik küssten sich. Durch die Ritzen der Rollläden drang Licht. Feines Licht des Morgens, nicht die grelle Sonne des Sommernachmittags. Erik drehte sich auf die Seite. Er fühlte sich gar nicht ausgeruht, wie gerädert. *Vier Stunden Schlaf sind nicht genug. Nicht mehr in meinem Alter. Schließlich bin ich schon über 40!* Er fühlte sich missmutig. Benommen. Schwach.

Die Erinnerungen an den gestrigen Tag tauchten unaufhaltsam aus dem Dunkel des Schlafs, des Unterbewussten, auf. Schwer. Drohend.

»Genießen Sie die Zeit, solange Sie es noch können.«

Jedes Sträuben des langsam Erwachenden war zwecklos.

»Genießen Sie die Zeit mit dem kleinen Marco.«

Erik fühlte sich hilflos, ausgeliefert. Bleiern drängten sich die Worte des Fremden in sein Bewusstsein zurück. Sie wiederholten sich immer wieder: »Genießen Sie die Zeit mit Ihren Lieben. Solange Sie noch können.«

Er drehte sich von einer Seite auf die andere. Der Schlaf kam nicht zurück. Kein versöhnendes Schlummern.

»Ich kenne Sie gut. Seit 1996.«

Kia tuupato. Erik atmete tief ein, drehte sich auf den Rücken, die Arme neben den Körper gelegt, und schloss die Augen. Erneut atmete er tief ein. »Ich bin ganz ruhig. Ganz ruhig. Schwer. Schwer. Ich bin ganz ruhig. Schwer. Ich bin ganz ruhig. Warm… « Die Formeln des autogenen Trainings brachten die erhoffte Beruhigung nicht. Der rechte Arm wurde weder schwer noch warm: Das autogene Training funktionierte nicht. Erik suchte die Weichheit der Bettdecke, fand sie aber nicht. Das Bettzeug wirkte schlaff, unfreundlich.

»Ich kenne Sie gut. Seit 1996.«

Er schleppte sich ins Badezimmer und ließ das warme Wasser des Duschstrahls lange über seine Haut und über den Kopf fließen. Auf das Rasieren verzichtete er. Der Zweitagebart würde zu seiner Stimmung passen. Der starke Kaffee sollte helfen, das Schweregefühl aus den Gliedern zu vertreiben und das Kopfweh zu verdrängen. Die Tageszeitung lenkte ihn nicht ab. Erik fand keinen der Artikel spannend und beendete die Lektüre keines einzigen. Das Telefon läutete.

»Erik, hier ist Alex.«

»Guten Morgen, Alex.« er war beunruhigt. Ihre Stimme wirkte fremd. »Wie kommt es, dass du schon so früh anrufst?«

Sie antwortete nicht.

»Alex?«

»Benjamin ist tot«, schrie es Erik aus dem Telefonhörer entgegen. Alex weinte.

»Benjamin!«, Eriks Stimme versagte beinahe ihren Dienst. »Was ist passiert?« Er fühlte, wie Tränen seine Augen füllten. Alex schluchzte laut.

»Was ist mit ihm passiert?« Er suchte nach weiteren passenden Worten. Angst und Beklemmung ergriffen Besitz von ihm: *Benjamin ist tot. Der Fremde?* Erik war speiübel.

Alex schien sich wieder einigermaßen zu fangen: »Gestern haben wir noch zusammen zu Mittag gegessen. Im Urner Hof. Wir haben Backhendl und Wiener Schnitzel gegessen. Und gelacht. Gelacht. Wir haben über die alten Zeiten gequatscht. Auch über dich. Benjamin war so lebendig wie immer. Er hat mir von seiner neuen Liebe erzählt, von einer gemeinsamen Zukunft geträumt. Wir haben so laut gelacht, dass uns eine alte Dame vom Nebentisch böse angezischt und unflätig beschimpft hat.«

Alex sprach ohne Unterbrechung weiter: »Weißt du, wie Benjamin darauf reagiert hat? Er hat eine Blume aus unserer Tischvase gezupft, sich vor die verblüffte alte Schachtel hingekniet und sie theatralisch um Verzeihung gebeten. Sie solle der Jugend ihre Lebensfreude doch nachsehen, ihm und seiner charmanten Begleitung vergeben. Zu verzeihen sei eine Geste der wahrhaft großen Menschen. Die Blume hat er der Dame neben ihr Besteck gelegt. Als die verstummte Frau ihr Maul wieder geschlossen hatte, saß Benjamin bereits wieder an unserem Tisch. Süß, die reine Unschuld. Er hat alle angelächelt. Von den Nachbartischen haben die Leute applaudiert. Die Frau schaute verlegen, sagte nichts mehr und hat nur noch böse mit den Augen gefunkelt.«

»Wie ist Benjamin gestorben?«

»Es ist heute spät in der Nacht passiert. Im S-Bahnbahnhof. Benjamin ist von der S 9 überfahren worden. Die Polizei behauptet, die Umstände seien unklar. Sie deuteten entweder auf einen Unfall oder Selbstmord hin. Es gäbe leider bisher keine Zeugen, die den Vorfall mitbekommen haben. Außer dem Lokomotivführer, der Benjamin zwar auf den Bahnschienen liegen sah, ihn aber trotz einer Schnellbremsung überfuhr. Sie haben Benjamins Identität anhand der Dokumente in seiner unversehrten Brieftasche festgestellt und mich angerufen.«

»Sind die Behörden sicher, dass es sich bei dem Toten um Benjamin handelt?«

»Angeblich ist eine Hälfte seines Führerscheines heil geblieben. Ich soll heute Nachmittag auf dem gerichtsmedizinischen Institut erscheinen und

Benjamin identifizieren. Der Polizist hat mir geraten, nicht alleine zu kommen. Der Anblick der Überreste von Selbstmördern sei schwer zu ertragen. Begleitest du mich? Ich fürchte mich vor dem, was mich im Institut erwarten wird.«

»Ich kann auch nicht an einen Selbstmord glauben! Natürlich werde ich dich begleiten.«

Der Besuch im gerichtsmedizinischen Institut ließ keine Zweifel offen. Benjamin war tot. Erik würde die Bilder im weiß gekachelten Raum mit dem Chromstahltisch und den Überresten des toten Freundes nie mehr vergessen. Der Leichnam war mit einem weißen Tuch bedeckt. Der Arzt hob es behutsam auf seiner Seite an. Alex und Erik konnten nichts vom Leichnam sehen. Der Arzt ließ das Tuch auf die sterblichen Überreste zurückfallen. Er erklärte den beiden Besuchern, er würde ihnen zuerst die ganz gebliebenen Körperteile zeigen. Nur so viele, bis der Tote eindeutig identifiziert sei. Er würde mit der Hand beginnen: »Die linke Hand, mit einem dünnen goldenen Wappenring am Ringfinger.«

Am kleinsten Finger fehlte das letzte Glied. Die Wunde war mit einer Gaze abgedeckt. »Erkennen Sie den Ring?«

Alex klammerte sich an Erik. Ihre Finger krallten sich in den Unterarm des Freundes. »Es ist die Hand meines Bruders. Sehen Sie die feinen Härchen auf den unteren Fingergliedern? Es ist der Ring meines Bruders. Ein Geschenk unserer Mutter. Haben Sie nach der Gravur gesehen? Rarotonga 1972? Unsere Mutter hat den Ring von unserem Vater erhalten.«

Der Arzt legte die Hand unter das Tuch zurück und zog den Ring ab: »Rarotonga 1972.«

»Kann ich noch ein letztes Mal das Gesicht meines Bruders sehen?«

»Ich kann Ihnen kein Gesicht des Toten zeigen.«

Alex zuckte zusammen.

»Es gibt kein Gesicht mehr.«

Sie klammerte sich an Erik. Der Griff schmerzte. Der Arzt schaute auf: »Es gibt kein Stück des Kopfes, das größer ist als eine Fingerkuppe. Ich empfehle Ihnen, einen Sarg ohne Sichtfenster zu nehmen und diesen bei der Aufbahrung in der Totenkapelle geschlossen zu lassen.«

Der Arzt wandte sich von den Beiden ab. Er ging zu einem Waschbecken im Nebenraum und wusch sich die Hände. Dabei sprach er aus, was er von Bahn-Selbstmördern hielt. Leise, mehr zu sich selber als zu den Trauernden nebenan, führte er aus: »Die Toten aus den Bahnhöfen sehen immer schrecklich aus. Sogar für mich als Pathologen schwer zu ertragende Fälle. Menschen in Bits und Bytes: Fleisch, Gehirn, Hautfetzen, Knochen. Ich beneide die Polizisten und Bahnangestellten nicht um ihre Aufgabe, die Toten von den Geleisen zu kratzen, die Fleischreste und das Blut zusammen zu räumen. Es gibt rücksichtsvollere Arten der Selbsttötung. Ich bin diesen Anblick gewohnt. Die Angehörigen weniger. Mir macht das nichts aus. Tot ist tot.«

Erik und Alex hörten ihn nicht. »Warum kann die Zeit nicht wie ein Videoband zurückgespult werden?« Erik fühlte sich leer, verlassen. Er fand weder für sich noch für Alex tröstende Worte. Benjamin lag keine drei Meter von ihnen auf einem Chromstahltisch. Unter einem weißen Tuch. Tot. Nackt. Ein Mensch, nur noch in der Erinnerung erkennbar. Tot. Unfassbar.

Die Stimme des Arztes im Nebenraum war kaum zu hören. Was er sagte, war unverständlich. Nicht für sie bestimmt. Die Beiden interessierten sich auch nicht dafür. »Benjamin. Lieber Benjamin.« Erik hielt Alex fest in seinen Armen. Beide weinten.

Der Arzt führte sie aus dem Pathologieraum. Stumm schüttelten sie die Hände. Der Arzt wusste nicht mehr, ob er wirklich immun gegen die Schrecknisse des Todes war. Er schloss die Türe zum Pathologieraum und machte sich an den Bericht für die Untersuchungsbehörde. Für ihn war der Fall mit der Identifizierung des Toten abgeschlossen.

Bereits am nächsten Tag wurde Benjamins Leiche von der Untersuchungsbehörde für die Bestattung freigegeben. Der Termin der Beerdigung wurde auf den Donnerstagvormittag, also drei Tage später festgelegt.

Alex als nächste Angehörige hatte sich die Kremierung ihres Bruders gewünscht. Das Krematorium war in diesen Tagen ziemlich ausgebucht.

»Viele ältere Menschen überleben die besonders heißen Sommertage nicht«, hatte der Mitarbeitende des Bestattungsamtes achselzuckend angemerkt.

Erik half Alex bei der Organisation der Beerdigung. Die Behördengänge, die zahlreichen Kleinigkeiten, lenkten beide ab. Gleichwohl kämpften sie immer wieder mit den Tränen. Dann erzählten sie einander von Benjamin, was sie mit ihm erlebt, was sie an ihm geschätzt hatten. Sein Lächeln, sein Humor waren ein Geschenk, an das sie sich gern erinnern würden. Alex zeigte Erik die letzten Fotos ihres Bruders, die sie während eines kurz zurückliegenden Ausflugs nach Barcelona aufgenommen hatten: Benjamin, Alex und eine von Mirós skurrilen Figuren. Benjamin vor einem Haus des genialen Architekten Gaudi. Einmal mit, einmal ohne Sonnenbrille. Die Geschwister mitten auf der berühmten Prachtstraße Ramblas. Benjamin mit der Zeitung El Pais in den Händen. Benjamin in rotem T-Shirt und hellblauen Jeans vor dem weißen Gebäude, dem Museum der zeitgenössischen Kunst, den Clown spielend. Den Latin Lover mimend. Benjamin mit bunten Shorts am Strand, das weiße Badtuch die Bräune seiner feinen Haut betonend. *Sexy Beinbehaarung*, schoss es Erik durch den Kopf. *Ein junger Mensch voller Leben, voller Freude.*

Erik erzählte Alex nichts vom bedrohlichen Fremden. Er konnte nicht an den Selbstmord seines Freundes glauben. Der Untersuchungsrichter hatte auf seine telefonische Nachfrage zu den Umständen der Untersuchung gereizt reagiert: »Zweifeln Sie an meiner Kompetenz als Fachmann? Oder daran, dass die Polizei ordentlich ermittelt hat?«

Als Erik hervorhob, Anwalt der einzigen Verwandten des Verstorbenen in der Schweiz zu sein, wurde der Beamte zugänglicher. Erik vereinbarte mit ihm einen Termin für Samstag, zwei Tage nach der Beerdigung.

Der Versuch Benjamins und Alex' Mutter aufzustöbern, gestaltete sich schwierig. Sie lebte irgendwo in Neuseeland und war seit dem letzten Kontakt mit ihren Kindern vor einigen Jahren mehrmals umgezogen. Die Zeitverschiebung erschwerte das Ganze. Alex war auch in dieser Hinsicht froh über Eriks Hilfe. Offensichtlich hatte sie Angst vor dem Kontakt mit der Mutter. Erik fragte nicht nach dem Grund. Die Mutter war nicht auffindbar.

Das Verfassen der Todesanzeige, die in beiden Tageszeitungen der Stadt erscheinen sollte, und das Schreiben der Trauerkarten beanspruchten einen ganzen Tag. Erik verwarf den Text mehrere Male, bis er und Alex endlich mit der kurzen Würdigung des Verstorbenen und der Einladung zur Beerdigung zufrieden waren. Auf das Tragen von Trauerkleidung sollte verzichtet werden und anstelle von Blumen sollten Spenden an die Aidshilfe gehen. Alex stellte mit Eriks Hilfe einen kurzen prägnanten Lebenslauf ihres Bruders zusammen, den der Priester nach der Predigt verlas.

Der Gottesdienst fand in einer kleinen Kapelle statt. Vom angrenzenden Friedhof, der an einem Hang unter dem Stadtberg lag, genossen die ankommenden Trauernden eine wunderbare Sicht auf die Ortschaft. Die schwachen Sonnenstrahlen tauchten die Stadt in ein zauberhaftes milchiges Licht. Alex und Erik standen vor dem Eingang der Kapelle und begrüßten die Trauergäste persönlich. Michael stand hinter ihnen. Erik war froh, seinen Partner in diesem schweren Augenblick so nah zu wissen. Sicherheit. Ruhe. Little Bear.

Die Kapelle war voller Menschen, die Benjamin gekannt und gemocht hatten. Erik fragte sich, ob Benjamins unbekannter neuer Freund, den er Alex gegenüber erwähnt hatte, auch unter ihnen weilte. In Benjamins Adressbuch hatten sie keinen Hinweis auf seine neue Liebe gefunden. Vielleicht war die Anschrift irgendwo in einer Freemail-Ablage im Internet gespeichert. Alex und Erik hatten herausgefunden, dass Benjamin wohl mehrere Freemail-Adressen besaß, kannten aber seine Kennwörter nicht.

Alex, Erik und Michael saßen in der ersten Reihe der Kapelle. Die Holzurne mit Benjamins Asche war vor dem kleinen Altar aufgebahrt. Alex hatte das Tischchen mit einem Bouquet weißer Rosen geschmückt. Für die musikalische Begleitung des Gottesdienstes hatte Erik Richard Trondfeld gewonnen. Der über 70-jährige Pianist spielte Musik von Benjamins Lieblingskomponisten Frédéric Chopin. Erik hatte die Stücke ausgewählt. Vor der Predigt rührten die Variationen des jungen Chopin zu Mozarts berühmtem Duett aus der Oper Don Giovanni manchen der Anwesenden zu Tränen: *La ci darem la mano. Dort reichen wir uns die Hände.*

»Reich mir die Hand, mein Leben«, nahm der Priester die Ansprache Don Giovannis an seine Geliebte auf. »Benjamin war die Freude vieler Menschen. Ein Freund, der für immer von uns gegangen ist. Ich habe den jungen Mann nicht gekannt. Ich weiß nichts von seinen Träumen. Nichts von seinen Hoffnungen. Die Schilderungen seiner Schwester und seines Freundes haben mir das Bild eines aufgeweckten, lebenslustigen Mannes vermittelt. Ich weiß nicht, ob Benjamin ein gläubiger Mensch gewesen ist. Auch nicht, ob er an ein Leben nach dem Tod geglaubt hat. Der Tod ist aus meiner christlicher Sicht nicht das Ende: Ob Sie, liebe Trauernde, diesen Glauben teilen oder nicht, ist in diesem Augenblick nicht wichtig. Ich bin mir aber sicher, dass Benjamin in ihrer Erinnerung weiter leben wird. Tief in Ihren Seelen bleiben Sie mit der Seele des Verstorbenen verbunden. In Ihrem Innern finden Sie Benjamins Zuneigung als Teil Ihrer Liebe am Leben. Das Leben sucht seinen Weg, unaufhaltsam, getragen von Zuversicht und Kraft.«

Reich mir die Hand, mein Leben. Erik konnte sich nicht auf die Worte des Priesters konzentrieren. Die Musik von *La ci darem la mano* rührte ihn zutiefst. Michael ergriff Eriks Hand und streichelte sie. Dieser erlebte den Rest des Gottesdienstes wie in Trance mit. Bilder seiner ersten Begegnung mit Benjamin in Auckland tauchten auf. Es war vor zwölf Jahren gewesen. In der Eastside-Sauna. Benjamin war gerade erst 20 Jahre alt geworden.

Trondfeld spielte einige von Chopins Préludes. Den feierlichen Schluss nach dem Segen bildete das Regentropfen-Prélude. Alex, Erik und Michael ergriffen nach dem letzten Ton je eine der Rosen und schritten langsam aus dem Gotteshaus. Die Trauergäste folgten ihnen zum Grab, das mit einem Meer von weißen Rosen geschmückt war. Nach der kurzen Zeremonie warfen die Trauernden die Blumen in die kleine Grube, in die die Urne versenkt worden war.

Die rund 50 geladenen Gäste versammelten sich im Restaurant Au Terroir. Alex hatte Erik die Wahl des Menus überlassen. Zum Start gab es eine hausgemachte Geflügelterrine, begleitet von einem Château Guiraud, 1er Cru, 1989. Erik hatte Benjamin diesen Sauternes an seinem letzten Geburtstag serviert. Er hatte danach von diesem süßen Tropfen geschwärmt wie von einer neuen Liebe. Erik und Michael nahmen Alex in ihre Mitte. »Benjamin liebte Terrinen mit viel Baguette. Er aß vom Weißbrot stets so viel, dass er oft gar keinen rechten Appetit mehr auf den Hauptgang hatte.«

»Ich erinnere mich gut«, antwortete Erik, »Benjamin hätte in einem Gourmettempel am liebsten immer nur Gänseleber ausgewählt und sonst nichts.«

Die Wirtin unterbrach das Gespräch. Erik würde von einem Herrn erwartet. Es sei dringend. An der Bar wurde Erik vom Unbekannten begrüßt. Er hatte ihn nach den ersten Worten an der Stimme erkannt und bemerkte schockiert, dass der Fremde einen schwarzen Anzug mit einer weißen Rose am Revers trug: »Ich spreche Ihnen meine Anteilnahme aus. Der Schmerz über den Verlust eines guten Freundes wiegt schwer.«

»Sie hier? Was wollen Sie?« unterbrach Erik den Widerling.

»Warum so barsch?« Der Fremde lächelte und kam schnell zur Sache: »Ich will – wie bereits am Telefon vor ein paar Tagen angekündigt – zuerst einmal, dass Sie merken, dass ich ein ernsthafter Gesprächspartner bin. Dann will ich, dass Sie mir mit viel Geld unter die Arme greifen.«

Erik war schwindlig: »Wie viel Geld wollen Sie erpressen?«

»Sie bezeichnen mich als Erpresser? Sie, der dieses Metier so gut beherrscht. Erinnern Sie sich an den Sommer 1996! An den armen Reitzel! 15 Millionen Franken. Keinen Rappen weniger.«

»Sind Sie von Sinnen? Unmöglich! Ich bin nicht so reich.« Erik war wütend: »Und wofür überhaupt? Was ist Ihre Gegenleistung?«

»Ihre Lieben überleben.«

»Meine Lieben?«

»Benjamin hat nicht überlebt.«

»Benjamin ist verunglückt, noch keine Woche tot – und Sie nutzen seinen Tod aus. Er wurde nicht ermordet. Es war ein Unfall.«

»Ihre Schwester, Ihr Neffe Marco, Ihr Michael werden überleben. Soll ich die Liste noch weiterführen? Aber Ihre Lieben überleben nur, wenn Sie zahlen.«

»Es ist widerlich, wie Sie aus dem traurigen Schicksal des armen Benjamin versuchen Kapital zu schlagen. Sein Tod passt offensichtlich ideal in Ihr Erpressungskonzept. O.k., Sie wissen um die Geschichte mit Reitzel. Was gibt Ihnen das in die Hand? Was können Sie beweisen? Das Video zeigt einen heutigen Stadtrat, vielleicht baldigen Stadtpräsidenten, beim außerehelichen Sex mit zwei jungen Menschen. Keine Zeichen von Gewalt! Sogar Safer Sex. Vorbildlich! Schwuler Sex wird vielleicht einige Moralapostel schockieren, ist aber nicht strafbar. Auch nicht für verheiratete UDV-Politiker. Einer der beiden jungen Menschen ist jetzt tot. Wenn es damals eine Erpressung gegeben hat, wie wollen Sie sie beweisen?«

»Ich will und muss nichts beweisen. Wenigstens nicht Ihnen gegenüber. Logik genügt mir. Vor einigen Tagen habe ich Ihnen vorausgesagt, dass logische Argumente Sie überzeugen werden. Nun: Benjamin ist tot. Einer der Menschen, die Sie lieben. Die anderen leben. Noch. Habe ich Ihnen am Telefon nicht geraten, die Zeit mit den Menschen, die Sie lieben, auszukosten? Solange Ihnen noch Zeit dafür bleibt. Dieser Rat war eine unmissverständliche Warnung.«

»Eine Drohung! Ich habe sie nicht überhören können.«

»Sie gilt immer noch.«

Der Unbekannte leerte sein Glas. Whisky, wie Erik wegen der goldgelben Farbe der Flüssigkeit vermutete.

»Ist Benjamins Tod ein Zufall, wie Sie es mir weismachen wollen? Oder nicht, wie ich es behaupte?«

»Haben Sie Benjamin getötet? Wie haben Sie es gemacht?«

»Sehen Sie, es ist die Logik, für die Sie empfänglich sind. Sie versuchen abzuschätzen, was an meinen Aussagen dran ist. Jedenfalls teile ich Ihre Überzeugung, dass Benjamin keinen Selbstmord begangen hat. Es war kein Suizid. Mehr dazu verrate ich Ihnen später. Jetzt will ich die Trauerfeier nicht länger stören. Ich werde mich wieder bei Ihnen melden. Mit logischen Argumenten.«

»Warum haben Sie Benjamin umgebracht? Oder umbringen lassen?«

»Der Jurist sucht nach den Motiven! Daraus hoffen Sie Schlüsse zu meiner Person ziehen zu können. Es ist die Logik! Ihr Werkzeug! Hoch konzentriert, jedes Pathos auf die Seite geschoben. Gefahr droht. Sie versuchen, klar zu sehen.«

Erik musste dem Fremden Recht geben. Wie konnte er seinen Worten trauen? Er musste mehr wissen.

»Nicht mehr heute.«

»Sie spielen mit mir. Ich durchschaue die Regeln des Spiels nicht.« Eriks Stimme war leise geworden.

»Ich verabschiede mich.« Der Unbekannte verschwand.

Kurz bevor der Hauptgang aufgetragen wurde, kehrte Erik an seinen Tisch zurück. Er schwitzte. Es war ihm heiß und kalt zugleich. Marco kroch unter dem Tisch zwischen den Beinen der Gäste herum. Der Kleine lachte und quietschte bei jeder Bewegung der vielen Beine. Er zupfte an den Hosenstößen der Männer, strich über das feine Gewebe der Strumpfhosen der Damen. Die Schuhbänder faszinierten ihn besonders. Wenn sie nicht zu fest angezogen waren, öffnete er sie. Die Reaktionen der Betroffenen belustigten ihn: die Hände, die unter dem Tisch ins Leere griffen, den giggelnden Rabauken verfehlten. Ob absichtlich oder gewollt, spielte keine Rolle. Die Schreie, die Rufe des Protests, der Kampf darum, die Schuhe anzubehalten. Sogar Alex lachte. Erik dachte: *Das Leben geht weiter.* Die Lebensfreude seines Neffen berührte, tröstete ihn und die anderen Menschen.

Er zog Marco unter dem Tisch hervor, drückte den sich spielerisch windenden und sträubenden fest an sich. Die Wärme des kleinen Körpers, der Duft nach Marco, nahmen ihn ein. *Leben. Schönes Leben.* Beide setzten sich am Ende des Speisesaals auf den Boden. Erik lehnte sich an die Wand und nahm den Buben zwischen seine Beine. Dieser tat es ihm mit dem Stoffhasen Bubu gleich: Bubu war Marcos Marco. Der Junge war glücklich. Das Leben ist schön: »Ich mag dich.«

»Ich dich auch.«

Erik erzählte Marco die Geschichte von Bodo und Lado. Bis zum glücklichen Ende, das er noch nicht geschrieben hatte. Nun entwickelte sich die Geschichte wie von alleine. Bodo und Lado waren trotz der Warnungen ihrer Eltern in den Schwarzeiben-Wald gegangen. Bodo liebte es, mit seinem neuen Freund verstecken zu spielen. Dann geschah etwas Schreckliches. Beim Herumtollen fiel der kleine Bär in eine tiefe Grube. Ohne fremde Hilfe würde er nicht mehr herausfinden. Er weinte bitterlich. Lado versprach ihm, sofort Hilfe zu holen. Zum Trost warf er seinem Freund ein Töpfchen mit Honig in die Fallgrube hinunter, das ihm seine Mutter für seinen Freund als Geschenk mitgegeben hatte. Er hätte es ihm eigentlich erst später in der Mittagspause geben wollen. »Schleck doch ab und zu ein bisschen Honig. Das wird dir Kraft geben und soll dich an unsere Freundschaft erinnern. Ich renn jetzt los und hole Hilfe.«

»Armer Bär«, seufzte Marco.

Erik strich ihm über die Haare: »Aber er hat einen guten Freund. Lado, der kleine Tiger, wird Hilfe holen.«

»Tiger. Ich mag Tiger.«

Erik erzählte Marco den guten Ausgang des Abenteuers: Lado rannte durch den dunklen Wald, als wenn der Teufel hinter ihm her gewesen wäre. Er achtete nicht auf Äste und Dornen. Sie zerzausten sein Fell und rissen ihm kleine Wunden. Sein Freund brauchte Hilfe. Er schwebte in großer Gefahr. Er wusste nicht, was seinen Freund bedrohte, aber er ahnte, dass es etwas sehr Böses war. Außer Atem berichtete er zu Hause seinen Eltern vom Unglück. Mama und Papa Tiger wussten, dass die Menschen, die hinter dem Schwarzeiben-Wald wohnten, Bären und andere Tiere jagten. Sie bauten Gruben. Wenn Tiere hineinfielen, töteten sie sie. Aus den Pelzen der Tiere fertigten sie warme Mäntel und das Fleisch aßen sie. Die Menschen waren für die Tiere eine große Gefahr. Sie besaßen Gewehre. Über den Schwarzeiben-Wald wagten sich die Menschen nur selten hinaus. Sie fürchteten die Tiger. Mama und Papa Tiger machten sich mit ihrem Sprössling sofort auf den Weg. Lado hoffte, dass er die Grube wieder finden würde. Er strengte sich sehr an. Der Wald kam ihm so dunkel vor wie nie zuvor. Bodo freute sich riesig, als er seinen Freund oben am Rand der Fallgrube entdeckte.

Erik stimmte es froh, dass er nun das gute Ende der Geschichte gefunden hatte. Er ließ sie mit einem riesigen Fest der Tiger- und Bären-Sippen enden.

Nach der Rettung des kleinen Bodo kamen die Bären- und Tiger-Familien zu einem großen Fest zusammen. Die einen aßen Honigbrote, die andern Wurstbrote. Von den Lachsbroten aßen sowohl Tiger als auch Bären mit Genuss. So kam es, dass die doch recht unterschiedlichen Familien Freunde wurden, die einander respektierten und achteten. Mutter Bär hatte den skeptischen Mitgliedern ihrer Familie erklärt, dass auch fremde Tiere ein Recht hätten, in ihrem Wald zu leben. Früher seien alle Bewohner dieses Waldes einmal Fremde gewesen und aus den verschiedensten Gründen in den Wald eingewandert.

»Erik liebt Kinder«, sagte Alex zu Michael. Sie beobachteten, wie sich Onkel und Neffe offensichtlich blendend unterhielten. Marco winkte ihnen zu. »Kinder lassen einen Schmerz und Trauer vergessen. Ihre Offenheit, ihre Zuneigung tun wohl. Leben wächst heran, während anderes Leben vergeht.«

Marco war eingeschlafen. Er lag in Eriks Armen wie in einem Nest. Er bettete ihn sorgfältig auf den Boden, wobei seine Jacke dem Buben als Kopfkissen diente. Erik bewegte die eingeschlafenen Beine und lief langsam vor Marco auf und ab. Mit einem Kribbeln kehrte Gefühl in seine Gliedmaßen zurück. Alex kam auf ihn zu.

»Benjamins Tod war kein Selbstmord. Er wurde ermordet«, brach es aus Erik heraus. Alex konnte nicht fassen, was er ihr an den Kopf warf und schaute ihn ungläubig an. Er umarmte sie und flüsterte ihr eindringlich ins Ohr: »Pass auf dich auf.«

Alex löste sich aus der Umklammerung: »Was soll dieser Ausbruch? Ich passe immer auf mich auf. An den Selbstmord vermag auch ich nicht zu glauben, das weißt du. Bis jetzt dachte ich, es sei ein Unfall gewesen. Wie kommst du auf Mord?«

»Pass auf dich auf! Bitte.«

»Beruhige dich. Ich passe auf mich auf. Benjamins Tod geht uns allen an die Substanz. Sorg dich nicht um mich. Ich sehe, dass du aufgewühlt bist. Du und Benjamin, ihr wart euch sehr nah, wie Brüder.« Alex seufzte. Ein Hauch von einem Lächeln huschte über ihr trauriges Gesicht: »Wie auch immer. Ich weiß nicht genau, in welchem Verhältnis ihr zueinander gestanden habt, aber ich bin mir bewusst, dass es eine besondere Beziehung gewesen ist. Eine Beziehung mit viel Zuneigung und Liebe.«

Alex zog Erik zu sich heran und nahm ihn in ihre Arme. Sie drückten einander fest. Erik wurde von Tränen übermannt. Alex deutete sie als Zeichen der Trauer, als Zeichen des Schmerzes über den Verlust eines geliebten Menschen: »Wie es der Priester formuliert hat, so sehe ich es auch. Solange wir uns an die toten Menschen erinnern, leben sie in unseren Gefühlen, in unseren Seelen weiter. Wir werden Benjamin nicht vergessen.«

Erik hörte nicht zu. Die drohenden Worte des Unbekannten hatten sich in seinem Kopf eingenistet. Er hatte Angst; er sorgte sich um den Schutz der ihm liebsten Menschen. Marco war aufgewacht. Er zog an seinem Hosenbein. »Erik!« Der Kleine drehte sich auf die Seite und stand auf. »Mama!« Er hatte Liv, seine Mutter, entdeckt und hüpfte ihr kreischend in die offenen Arme.

Alex gingen die Warnungen des Freundes nicht aus dem Kopf. Sie passten so gar nicht zu Erik, auch nicht zu einer Beerdigung. »Warum soll ich besonders auf mich aufpassen? Warum machst du dir Sorgen?«

»Ich mache mir Sorgen…«, begann Erik seine Antwort und unterbrach den Satz. Er wusste nicht, ob gegenüber Alex und den anderen Offenheit oder Zurückhaltung die bessere Strategie war. »Ich mache mir Sorgen um dich, ich habe Angst um dich, um Michael, um Liv, um Marco.«

Alex bemerkte, wie die Tränen in Eriks Augen zurückkehrten. »Angst?« Alex nahm ihn in die Arme. Sie streichelte über sein Haar. »Weine nur, Erik. Es tut gut, den Tränen freien Lauf zu lassen.«

Erik entschied sich für eine Strategie der Offenheit. »Ich werde dich in eine schlimme Geschichte einweihen, wenn du mir versprichst, sie für dich zu behalten. Auch gegenüber Michael. Gegenüber allen.« Alex versprach es ihm. Sie setzte sich neben ihn auf den Boden. Er erzählte ihr die ganze Geschichte mit dem unheimlichen Fremden. »Er kennt mich, uns seit 1996. Offensichtlich ein Freund oder Bekannter Reitzels.«

»Du nimmst ihm ab, dass er Benjamin umgebracht hat?«

»Ja. Ich kann mir immer noch nicht vorstellen, dass sich Benjamin selber umgebracht hat. Was hätte sein Motiv sein können? War es ein Unfall? Diese Möglichkeit besteht selbstverständlich. Und dass der Fremde sie sich einfach zu nutzen macht, um mich für seine Forderung gefügig zu machen. Mich erschreckt aber die Möglichkeit, dass der Fremde Benjamin ermordet hat, nur um mir Angst einzujagen, ebenso.«

»Die Polizei geht von einem Selbstmord aus. Es gäbe Zeugen.«

»Ich werde mich mit dem Untersuchungsrichter unterhalten. Als dein Anwalt kann ich Einsicht in die Akten verlangen. Ich habe mich schon bei ihm angemeldet. Für übermorgen. Mich interessieren die Personalien der Zeugen. Vielleicht lässt sich eine Beziehung zum Fremden herstellen, um ihn dadurch zu entlarven?« Erik seufzte: »Die Identität des Fremden werde ich bestimmt herausfinden. Ich weiß lediglich noch nicht, wann und wie. Er wird sich zu erkennen geben müssen. Spätestens dann, wenn es um die Übergabe des Geldes geht. Diese 15 Millionen Franken werde ich nicht auf ein anonymes Konto überweisen. Ich will ihm bei der Übergabe in die Augen schauen, und ihn danach jagen, das Geld zurückholen und die Wahrheit ans Licht bringen.«

»Der Fremde muss ein Bekannter oder Freund Reitzels sein. Ich werde ihn fragen.«

»Du willst Reitzel fragen?«

»Auch ich werde dir ein Geheimnis verraten. Ich habe den Kontakt mit Reitzel seit dem Sommer 96 nicht abgebrochen. Wir sehen uns seit jener *berühmten* Nacht regelmäßig. Nicht häufig, aber regelmäßig. Alle zwei bis drei Monate: Sex pur. Privat ist Hannes ein anständiger Kerl. Er liebt seine Frau, kümmert sich um seine Kinder. Sobald er als UDV-Mann auftritt, ist er leider nicht wieder zu erkennen. Ich bin das Salz seines Lebens, seines Liebeslebens. Und er ist es für mich gleichermaßen. Das Alte Badhotel wurde zu unserem *Liebesnest*. Zimmer 312. Neun Jahre dauert diese *Amour fou* nun schon, und wir empfinden immer noch die gleiche Lust. Vielleicht weil wir uns regelmäßig, aber doch nicht zu häufig sehen.« Alex seufzte. »Der Sex mit Hannes ist geil. Kava oder andere Hilfsmittel brauchen wir keine dafür«, grinste sie. »Es ist eine rein erotische Beziehung. Jenseits aller Regeln. Außerhalb jeder Konvention. Unerklärlich. Wir ziehen uns an wie die Sonne und der Mond. Der Mann und die Frau!«

Erik war sprachlos. Er zuckte mit den Achseln.

»Warum soll ich denn keine Geheimnisse haben? Weil ich eine Frau bin?«

»Natürlich nicht. Aber du und ein Politiker der Unabhängigen Demokratischen Volkspartei im gleichen Bett. Was für eine Vorstellung! Buchstäblich im gleichen Lotterbett!«

»Benjamin und du, ihr habt auch eure Geheimnisse gehabt. Ihr habt mir nie verraten, wie und wo ihr euch kennen gelernt habt. Ich bin mir ziemlich sicher, es war in Auckland. Mein Bruder hat nie auch nur angedeutet, warum und wie eure Beziehung in der Schweiz weitergegangen ist. Ich weiß nicht, wie Benjamin in deine Beziehung mit Michael passte. Liebe kennt keine Regeln. Sie ist, was sie ist. Sie lässt sich nicht beherrschen. Nicht zähmen. So oder ähnlich hat es ein berühmter Dichter einmal formuliert. Ich bin mir bewusst, dass ich eurer Vertrautheit meinen Schweizer Pass verdanke, deinem Geld die teure Ausbildung an der Eidgenössischen Technischen Hochschule. An einer der besten Universitäten der Welt! Benjamin hast du die Ausbildung zum Schauspieler finanziert; eine erste Hauptrolle am Stadttheater vermittelt. Ich bin dir dankbar für all das. Am meisten für deine Liebe. Ich mag dich wie einen Bruder, du bist mein bester Freund. Aber sogar einem besten Freund verrate ich nicht jedes Detail meines Lebens, schon gar nicht meines Liebesleben, meines Innersten. Jedenfalls nicht ohne Not. Jetzt bist du eingeweiht. Behalt es bitte für dich.«

»Akzeptiert. Du hast Recht.«

»Ich werde mit Hannes sprechen.«

»Das ist gut so. Wir lassen uns unser Glück nicht zerstören. Wenn Benjamin umgebracht worden ist, werden wir es herausfinden und für die Bestrafung des Täters sorgen.« Erik fühlte sich erleichtert, dass er dem unheimlichen Fremden nicht mehr allein gegenüberstand. Er konnte auf einen guten Ausgang der Geschichte hoffen.

Auf der Spur

Hannes' und Alex' Privatleben waren zwischen ihnen all die Jahre kein Gesprächsthema gewesen. Hannes hatte hin und wieder von seinen Kindern erzählt und ein oder zwei Male von seiner Frau. Alex hatte nur ein einziges Mal von ihrer Familie erzählt. Es war Benjamins Tod gewesen, der sie bei Hannes in einen Weinkrampf ausbrechen ließ. Er hatte, wie sie, nicht an einen Selbstmord Benjamins glauben können und die verzweifelte Frau den ganzen Abend in seinen Armen gehalten, bis sie eingeschlafen war.

Alex und Hannes hatten in den vergangenen Jahren nie über ihren ersten Abend im Sommer 1996 gesprochen. Nun nach dem Gespräch mit Erik auf der Beerdigung sprach Alex ihren Liebhaber auf ihr erstes Zusammentreffen an. Hannes reagierte positiver, als sie befürchtet hatte: »Ich mag dich. Ich hege keinen Groll, weder gegen Benjamin, noch gegen Erik, die ich nur einmal in meinem Leben gesehen habe. Jene Episode ist Geschichte. Nicht mehr, nicht weniger. Nicht vergessen, aber erledigt. Das Positive: Ohne jenen *Vorfall* wäre unsere gemeinsame Geschichte gar nicht möglich gewesen. Vorfall in Anführungs- und Schlusszeichen. Benjamin war eine Episode, mehr nicht. Die Voraussetzung für das spätere gute Gelingen. Das Negative: Schwule finde ich immer noch nicht anziehend, wenn ich auch den Sex mit deinem Bruder durchaus als lustvoll empfunden habe. Ich stehe offenbar auf das, was die Bütler-Geschwister ausmacht.«

Alex kniff Hannes in die Seite: »Butler, bitte!«

»In deinem Schweizer Pass steht Bütler, oder etwa nicht?« Hannes zog ihren Kopf nah zu sich heran und küsste die sich Sträubende heftig: »Das mit der Lust am Sex mit deinem Bruder werde ich öffentlich nie zugeben.« Hannes lachte: »Exotisch, aber nicht für den Alltag.«

»Halt dich mit jedem Kommentar zurück. Genug gescherzt«, Alex wurde ernst: »Ich muss mit dir etwas Schreckliches besprechen. Etwas, das auch uns beide betrifft. Benjamins Tod war nicht nur kein Selbstmord, sondern auch kein Unfall. Es war Mord. Ich habe Angst. Um uns. Um meine Freunde.«

Sie begann Hannes mit Tränen in den Augen die neuesten Entwicklungen zu erzählen. Sie berichtete ihm davon, dass Erik bedroht und seit Benjamins

Tod erpresst wurde. Hannes hörte aufmerksam zu. Er erkundigte sich detailliert nach dem Erpresser und wollte alles über ihn wissen, das Aussehen, die Stimme, die Gestik.

»Ich vermute, beim *unheimlichen* Fremden handelt es sich um meinen langjährigen Freund Thomas Salzmann. Er hat mir seinerzeit bei der schwierigsten Forderung deines Freundes Erik geholfen und bei der Fremdenpolizei für die Ausstellung eurer Pässe gesorgt. Er verfügte über die notwendigen Beziehungen und hatte keine Hemmungen, diese auch zu nutzen. Thomas hat viel für die Partei getan. Leider ist unsere Freundschaft vor einem Jahr in die Brüche gegangen.«

»In die Brüche gegangen?«

Hannes begann einen langen, detaillierten Bericht. Alex unterbrach ihren Liebhaber nur selten mit Bemerkungen oder Fragen. Hannes war sich nicht sicher, was sie von seiner Erzählung mitbekam. »Wie auch immer…«, er fasste alles in einem Satz zusammen: »Salzmann ist also von einem Freund aus dem Jachtclub um viel Geld betrogen worden.« Dann fuhr er fort: »Am Abend, als die Freundschaft entzweibrach, bat mich Thomas um Hilfe, die ich ihm nicht gewähren konnte: Er verlangte von mir als politischem Chef der Stadtpolizei, ihm Einsicht in die Akten der gegen seinen miesen Jachtclub-Kumpanen ermittelnden Polizeiabteilung zu verschaffen. Er erhoffte sich daraus Hinweise auf den Verbleib des Betrügers. Er war geradezu besessen von der Idee, dass sein Geld irgendwo noch vorhanden sei. Er kenne Leute, die ein effizienteres Inkasso durchführten als die offiziellen Behörden.

Ich hatte Angst, für meinen besten Freund meine Stellung derart weitgehend auszunützen oder gar zu missbrauchen, wie es die Presse wohl nennen würde. Thomas redete auf mich ein, erinnerte mich an seine früheren Hilfeleistungen. Er hätte für mich viel getan, was ihn durchaus auch Kopf und Kragen hätte kosten können. Damit hatte er Recht. Ich konnte trotzdem nicht über meinen Schatten springen und verweigerte ihm diese Art der Unterstützung. Thomas verhöhnte mich als Schwächling, als Feigling. Ich versuchte ihm meine delikate Lage als Politiker im Schaukasten der Öffentlichkeit darzustellen. Angreifbar und verletzlich. Thomas zeigte kein Verständnis für meine Argumente. Er kippte an jenem Abend auf meine

Rechnung einen Whisky nach dem andern hinunter. Der Alkohol ließ ihn jedoch weder einsichtiger noch versöhnlicher werden.

Ich bot ihm an, mit der Bank zu sprechen, um sie vielleicht zu einer Lockerung ihrer harten Position zu bewegen. Dies lehnte Thomas ab. Er wolle dem *Jachtclub-Gauner* sein Geld abjagen, nicht mehr, nicht weniger. Es sei nicht der Rechtsweg, es seien nicht Verhandlungen mit der Bank, die ihm helfen könnten. Die Mafia scheiße doch auch auf den Rechtsweg, wenn sie Geld eintreibe. Finger würden abgehackt, Betonfüße verteilt, und Verräter, Zahlungsunwillige oder ihre Angehörigen so zur Raison gebracht. Er wisse, wie er zu solcher Unterstützung kommen könnte. Aber ohne Erfolg versprechende Anhaltspunkte oder Geld sei diese *ehrenwerte* Hilfe nicht zu kriegen. Er müsse einfach wissen, wohin die letzten Spuren des Verschwundenen führten. Es gäbe immer Anhaltspunkte.

Ich versuchte, Thomas darzustellen, dass seine aktuelle Situation zwar unerfreulich, aber nicht hoffnungslos sei. In einigen Jahren würde er seine Verluste wieder wettgemacht haben. Seine Firma floriere doch. Er hätte in den vergangenen Jahren wohl viel mehr verdient, als ich mir für mich selber je erhoffen dürfe. Aber Thomas war mit keinem Argument von seiner Position abzubringen. Er hörte nicht zu. Er stand wie neben sich.

Als der Barkeeper keinen Macallan mehr servieren konnte und Thomas mit einem Cardhu vorlieb nehmen musste, flippte er vollends aus. Meine Versuche, ihn zu beruhigen, bewirkten das Gegenteil. Er warf mir Verrat an den gemeinsamen Werten vor. Am Schwur von Craigellachie, damals in unserer Jugend, 1982. Dass der Macallan an diesem Abend ausgegangen sei, sei ein Symbol für das Scheitern unserer Freundschaft. Sie sei offensichtlich zu schwach, ohne Tiefe, bleich, ohne Abgang wie der Cardhu. Harmlos und unverbindlich. Wie anders sei es doch früher gewesen, als wir füreinander eingestanden hätten. Unvernünftig, manchmal, aber stets voller Kraft, Energie, mit Freude am Leben, Erotik in der Luft, eben wie ein Macallan.«

Hannes schnaufte tief durch. Alex drückte seine Hand. Sie spürte, dass der Bruch mit Thomas Salzmann ihm immer noch schwer zu schaffen machte.

»Schließlich drohte er mir: Wenn unsere Freundschaft vorbei sei, könne er auch anders. Wenn mir unsere alten Werte nichts mehr bedeuteten, gäbe es für ihn kein Halten mehr: Er hätte immer noch mein Video von 1996 mit meiner delikaten Sexeskapade. Ich wolle doch Stadtpräsident werden. Da mache es sich doch schlecht, wenn ein solches Video in der Öffentlichkeit auftauche. Mit der Politik sei dann wohl generell Schluss. Thomas war außer sich. Ich warf ihm an den Kopf, dass ich nicht erpressbar sei. Er solle das Video doch veröffentlichen. Ich würde zu meinem Fehltritt stehen. Ein UDV-Politiker mit Ecken und Kanten. Aber einer, der sich nicht erpressen lässt. Meine Frau würde mir in der Öffentlichkeit bestimmt verzeihen. Vielleicht würde ich nicht als Stadtpräsident gewählt, für eine Wiederwahl als Stadtrat reichte es aber bestimmt allemal. Wir brüllten uns am Schluss jenes Gesprächs nur noch an und gingen im Streit auseinander.«

Alex hörte der minutiösen Schilderung gebannt zu. Was hatte das alles mit ihr, Benjamin oder Erik zu tun? Hannes schien ebenfalls ratlos zu sein: »Warum wird Erik von ihm erpresst? Von mir kann er kein Geld erpressen. Wenigstens nicht so viel. Er kennt meine finanziellen Verhältnisse. Mein Haus ist zwar einiges wert, aber mit hohen Hypotheken belehnt. Warum fordert Salzmann sage und schreibe 15 Millionen Franken? Eine unvorstellbar hohe Summe! Warum nicht zwei oder drei Millionen? Solche Beträge sind schon für entführte Industrielle oder deren Kinder verlangt worden. Ist Erik so reich? Die Drohungen mit Gewalt an Leib und Leben von Menschen, die Erik nahe stehen, kann ich aus der Sicht eines Erpressers nachvollziehen. Er will, dass man sich so fürchtet, dass man nicht anders kann, als bezahlen. Warum aber Benjamin bereits vor der ersten Forderung töten? Diese Art von skrupelloser Brutalität verstehe ich nicht.«

Alex begann zu weinen: »Benjamin hat Salzmann doch nichts getan. Er hat nie jemandem etwas Böses angetan. Weder absichtlich, noch aus Nachlässigkeit. Er war ein guter Mensch, voller Liebe, voller Freude am Leben.«

An diesem Abend sprachen Hannes und Alex nicht mehr über Salzmann. Sie sprachen überhaupt nicht mehr viel. Die Trauer über den Tod des geliebten Bruders ließ keine Zärtlichkeiten zu. Hannes deckte Alex zu, als sie gegen ein Uhr morgens endlich eingeschlafen war. Er küsste sie sanft auf die Stirn. Er selber blieb noch lange wach liegen.

Salzmanns Bitternis

Thomas Salzmann sah durch das Fenster auf die belebte nächtliche Silhouette Nizzas. Die gelben Lichter der Häuser schienen mit den bunten Farben der Leuchtreklamen zu wetteifern, wer von ihnen die Nacht wohl lebhafter verschönern könne. Die Texte der Reklamen waren nicht lesbar. Von der Corniche war der Lärm des nie enden wollenden Autoverkehrs zu hören. Salzmann war zufrieden. Er hatte sich einen Jonny Walker eingeschenkt. Ab und zu nippte er am Glas. Der CD-Player spielte Musik der Comedian Harmonists. Die beschwingten Tenöre sangen vom Leichtsinn, der das Leben erst lebenswert macht. Salzmann nickte ein.

Als er aufwachte, waren alle Lichter erloschen. »Nizza schläft«, seufzte er, »dabei schläft dieses charmante Luder doch nie«. Vom nahen Kirchturm schlug die Glocke viermal kurz einen hohen und dreimal lang einen tief Ton an: »Schon drei Uhr früh.« Die Realität holte Salzmann ein. Es waren die Glocken der Kirche St. Martin, die in die Welt der Corniche einbrachen. Es wurde ihm schmerzhaft bewusst, dass er sich nicht in Nizza befand. Er schaltete den Filmprojektor aus, schob die Leinwand zur Seite und öffnete das Fenster. Die frische Luft war angenehm kühl. Er atmete tief ein: »Heute werde ich den letzten Schritt tun, um an mein Geld zu kommen. Wenn dieser Erik und seine Brut nicht spuren, werden sie mit einem weiteren Verlust rechnen müssen.« Ein Hauch von einem Grinsen huschte über Salzmanns Gesicht. »Dass mich Hannes im Stich gelassen hat, finde ich das Letzte. Aber zum Glück brauche ich ihn nicht. Diesen Emporkömmling. Ohne mich wäre er nichts!«

Das Telefon läutete: »Salzmann.«

»Hallo, hier ist Kristijan.«

»Kristijan?«

Salzmann spürte, wie sich in seiner Bauchgegend ein mulmiges Gefühl breitmachte. »Kristijan?«

»Ja, hier ist Kristijan!«

»Ich habe Ihnen doch gesagt, dass Sie mich nicht anrufen sollen. Jede Kontaktaufnahme nur nach dem vereinbarten Prozedere über Jonny vom

Ultra-Club.« Salzmann wurde lauter: »Jeder unnötige Kontakt ist zu vermeiden! Am Telefon sollen Sie keine Namen nennen, außer den von Jonny und ihren Eigenen.«

»Das weiß ich. Ich habe nur meinen Vornamen genannt. Der Kontakt ist dringend. Es handelt sich um einen Notfall. Ich muss Sie sehen.«

Salzmann war beunruhigt. Er konnte sich nicht vorstellen, um was für einen Notfall es sich handelte. Es hatten sich keine Komplikationen eingestellt. Jedenfalls waren ihm keine bekannt. Der Untersuchungsrichter hatte alle weiter gehenden Aktivitäten eingestellt. Benjamins Tod galt als Selbstmord.

Salzmann fuhr seinen Gesprächspartner gereizt an: »Wissen Sie eigentlich, wie spät es ist?«

»Ja.«

Salzmann wollte Zeit gewinnen, während er fieberhaft nach den Gründen für den Anruf suchte, und wiederholte noch einmal: »Jede Kontaktaufnahme muss von mir ausgehen. Nie von Ihnen. Und stets nur über Jonny. Ich bestimme den Zeitpunkt, den Ort eines Treffens. Sie handeln allein nach meinen Anweisungen. Keine Eigeninitiative! Keine Kapriolen! Alles andere ist zu gefährlich.«

»Ich muss Sie sehen!« setzte Kristijan in nicht akzentfreiem Deutsch an.

Salzmann unterbrach ihn erneut barsch: »Ich weiß noch nicht, ob ich Sie wieder brauche.«

»Dessen bin ich mir bewusst. Das hat mir Jonny schon erklärt, als er mich zum zweiten Mal in die Stadt bestellt hat. Aber es kann doch sein, dass ich für Sie noch einmal in Aktion treten muss? Ich erhoffe es mir sehr. Ich warte – wie abgemacht – ihre Weisungen ab und werde erst abreisen, wenn mir Jonny mitteilt, dass Sie meine Dienste nicht mehr benötigen. Es geht um eine andere Sache.«

Salzmann war verunsichert: »Haben Sie das Geld nicht bekommen?«

»Das Geld ist angekommen. 40.000 Franken, wie vereinbart. Korrekt.«

»Also, was ist los?«

»Ich muss Sie sehen. Sofort.«

»Warum?« Salzmann wurde wütend. Das Geschäft, für das er Kristijan bezahlt hatte, war erledigt. Erfolgreich. Jeder Kontakt stellte ein zusätzliches Risiko dar, das das Ganze hätte auffliegen lassen können.

»Ich will Sie sehen.«

Mit einem Knack wurde die Verbindung unterbrochen. Salzmann fragte sich, ob Kristijan das Geld am Münzautomat ausgegangen war. Der Whisky schmeckte ihm nicht mehr. Kristijan rief nicht mehr an. Salzmann schlief nur mit Mühe ein und wachte immer wieder auf.

Er schlief bis sechs Uhr. Vor dem Rasieren und Duschen goss er sich einen Tee auf. Der Earl Grey schmeckte bitter. Er stellte die Tasse nach dem ersten Schluck auf die Tischplatte zurück und griff zum Telefon.

»Erik Hort.«

Salzmann antwortete nicht und legte auf.

Michael war wach geworden und in Eriks Zimmer gekommen. Er wirkte etwas verschlafen, die Haare standen wild in alle Richtungen. Das Telefon hatte ihn geweckt: »Wer war es?«

»Ich weiß es nicht. Er oder sie hat, ohne einen Piepston von sich zu geben, wieder aufgehängt.« Erik strich Michael sanft über das weiße T-Shirt, dann glitten seine Hände darunter und liebkosten die weiche, feine Haut, streichelten die wenigen drahtigen Haare. Michael drückte sich an ihn und griff Erik an den Hintern. Sie küssten sich. Das Telefon läutete von neuem.

»Erik Hort.«

»Hier bin ich.«

Erik erkannte die Stimme des Erpressers sofort.

Salzmann gluckste: »Ich, jemand, den Sie nicht gut kennen. Jemand, den Sie nicht mögen. Jemand, dem Sie trotzdem gehorchen?«

Erik setzte sich auf den Bettrand. Michael legte sich neben ihn.

»Haben Sie das Geld parat? Versuchen Sie nicht, mir auszuweichen. Ich werde Ihnen keinen Aufschub gewähren. Basta! Wenn Sie heute nicht bezahlen, wissen Sie ja, was Sie erwarten wird. Ich sage Ihnen aber nicht, wen es nach Benjamin als Nächsten oder Nächste treffen wird.«

Erik aktivierte die Aufnahmefunktion des Telefons. Mindestens 10 Minuten würde er mitschneiden können.

Salzmann kicherte: »Der süße Benjamin. Schwul, aber süß. Seine Schwester steht ihm in Sachen Schönheit in nichts nach. Auch nicht an Verderbtheit. Reitzels kleines Feierabendluder! Seine Kongressmöse! Vielleicht ist sie mein –, wie man es wohl professionell ausdrückt – nächstes Zielobjekt. Ein Zwilling allein ist doch irgendwie einer zu viel. Vielleicht brauchen Sie ja noch eine Steigerung: nach beiden Zwillingen dann der liebe Michael oder der unschuldige Marco. Ich habe mich noch nicht entschieden. Meine Entscheidung wird auch von Ihrem Verhalten abhängen.«

Erik bekam eine Gänsehaut. Er verließ das Schlafzimmer. Michael schaute ihm nach und vermutete hinter dem Anrufer einen verzweifelten Klienten. Das geschah hin und wieder, zu allen möglichen Tageszeiten. Er machte es sich auf Eriks Bett bequem und schaltete das Radio an.

Erik fühlte sich herausgefordert: »Sie mögen wohl keine Schwulen? Ein Schwulenhasser!«

»Ich hasse Sie nicht.« Salzmann hustete. »Auch nicht die Schwulen im Allgemeinen. Keine Angst. Aber mögen tue ich die Schwulen auch nicht besonders, Sie auch nicht. Aber Sie sind für mich ganz nützlich. Sie werden mir meine Pensionierung finanzieren. So gesehen mag ich Sie sogar irgendwie.« Salzmann wiederholte leise: »Irgendwie.«

»Ich werde Ihnen das Geld heute Abend übergeben.«

»Erst am Abend? Das ist mir zu spät. Die Übergabe muss heute Nachmittag stattfinden.«

»Das geht nicht. Ich habe mit der Bank vereinbart, dass sie mir das Geld bis heute Abend zum Geschäftsschluss bereitstellt. Ich will zudem die 15 Millionen Franken in bar, die für Menschen wie mich keine alltägliche Summe ist, sicher von der Bank an den Übergabeort bringen. Das bedarf einiger Vorkehrungen, zumal ich ja auch die Polizei nicht einschalten darf.«

»Ja, die Welt ist unsicher geworden. Das wäre wirklich dumm für Sie, wenn Sie unterwegs um das Geld erleichtert würden.«

Salzmann schien sich zu amüsieren, was Erik nervte. Er sprach sehr leise weiter, so wie er es immer tat, wenn er wütend und entschlossen war, eine

Sache in die Hand zu nehmen: »Den Übergabeort bestimme ich. Ich will Sie vor und nach der Übergabe beobachten können. Außerdem will ich Ihnen in die Augen schauen, wenn ich Ihnen das Geld übergebe.«

»Einverstanden. Sehen wir uns in die Augen!« Salzmann lachte: »Sie kommen allein. Allein! Die Übergabe findet heute statt! Nicht morgen, nicht übermorgen! Heute, Freitagabend!«

Erik willigte ein.

»Wo wollen Sie mir das Geld übergeben?«

»Ich werde Ihnen den Treffpunkt telefonisch bekannt geben. Wie kann ich Sie erreichen?«

»Halten Sie mich für blöd? Ich werde Ihnen doch nicht meine Festnetznummer mitteilen.«

»Geben Sie mir die Nummer einer Telefonkabine, eines Mobiltelefons oder die einer Hotellobby, eines Restaurants! Ich bestehe darauf. Geben Sie mir bis heute Mittag irgendeine Nummer, unter der ich Sie erreichen kann.«

Erik wartete die Reaktion des Erpressers nicht ab und legte auf.

Das Gespräch war zwar in seinem Sinn ausgegangen, aber es kamen ihm erste Zweifel. Er wusste nicht, wie er die Geldübergabe in letzter Minute doch noch verhindern, den Unbekannten loswerden und so die Gefahr von sich und den Seinen abwenden konnte. Was, wenn ihm das nicht gelänge? Wie sollte er ihn nach der Übergabe verfolgen, im Auge behalten und ihm zum geeigneten Zeitpunkt das Geld wieder abnehmen? Wie ihm die Wahrheit über Benjamins Tod entlocken?

Unter der wärmenden Dusche entspannte sich Erik ein wenig. Er hatte Zeit gewonnen. Einige Stunden. Einige Stunden. Doch nicht mehr. Nun erhoffte er sich nützliche Informationen aus der Akteneinsicht beim Untersuchungsrichter, mit dem er einen Termin für halb neun vereinbart hatte.

Der Untersuchungsrichter nahm Eriks Visitenkarte entgegen: »Dr. Erik Hort. Was verschafft uns die Ehre? Ich habe in der letzten Ausgabe des juristischen Magazins Ihren Artikel zu den internationalen Verwicklungen des Erb- und Stiftungsrechts gelesen. Man hätte meinen können, Sie hätten mehr Erfahrungen mit strafrechtlichen als mit privatrechtlichen Aspekten.«

Erik ging auf diese Schmeichelei nicht ein, sondern erklärte, dass er die Interessenvertretung Alexandra Bütlers, der Zwillingsschwester des Verstorbenen, wahrnähme. Der Untersuchungsrichter verlangte keine schriftliche Vollmacht, bevor er Erik erlaubte, die Untersuchungsakten durchzusehen. Er begnügte sich mit der Zusicherung, dass Erik die Vollmacht in den nächsten Tagen nachreichen würde.

Erik fand in den Akten keine Hinweise auf eine gewaltsame Einwirkung, die zum Tod Benjamins geführt hatte. Die Aussage des Zugführers war ausführlich protokolliert. Benjamin lag wenige Meter nach dem Tunnelende auf dem Gleis des unterirdischen Bahnhofs und wurde vom Zug überrollt. Die weiteren Ermittlungen hatten ergeben, dass sich vor dem Vorfall eine Gruppe junger Männer und eine Frau mittleren Alters auf dem Bahnsteig befunden hatten. Diese war als einzige Zeugin des Vorfalls befragt worden. Die jungen Männer waren beim Erscheinen der Polizei bereits verschwunden gewesen. Die 45-jährige Zeugin, Madeleine Strickmann, hatte nicht gesehen, dass Benjamin auf das Gleis gesprungen war. Erik notierte sich die Adresse der Zeugin.

Madeleine Strickmann öffnete die Tür. Erik war froh, die Zeugin gleich beim ersten Versuch anzutreffen, und stellte sich vor. Überraschenderweise gab die Frau ohne Umschweife Auskunft. Die elegante Erscheinung des Anwalts imponierte ihr offensichtlich. Madeleine Strickmann bestätigte die Aussage des Zugführers. Sie hätte sich auf der Heimreise vom Besuch bei einer Freundin befunden und es nur mit Müh' und Not wenige Minuten vor Abfahrt des letzten Zuges noch auf den richtigen Bahnsteig geschafft. Sie hätte sich ein wenig unwohl gefühlt, so leer, wie der Perron gewesen sei. Zum Glück sei dann ein sympathischer junger Mann aufgetaucht. Ihr freundlich zunickend sei er zum anderen Ende des Bahnsteigs geschlendert. Dort hätte er seine Aktentasche auf einer Bank abgestellt und sei langsam auf und ab spaziert. Kurz vor der Einfahrt des Zuges wären vier oder fünf weitere jüngere Männer laut lachend auf dem Bahnsteig erschienen.

Madeleine Strickmann konnte die Männer nicht näher beschreiben, hielt sie aber von den aufgeschnappten Sprachfetzen her für Osteuropäer. Sie wären ziemlich angeheitert gewesen, hätten herumgealbert und einander herumgeschubst. Dann hätten sie Benjamin in ihr Spiel einbezogen, ihn eingekreist. Benjamin hätte gelacht, mitgespielt und zurückgeschubst. Ob er nur gute Miene zum bösen Spiel gemacht, oder die Osteuropäer gekannt hätte, konnte die Zeugin – auch im Nachhinein – nicht beurteilen. Sie meinte zu Erik, dass sie solche Situationen mit lauten, vermutlich aggressiven Leuten immer ein bisschen beunruhigten. Sie vermochte sich ebenfalls nicht daran zu erinnern, wie lange sie die Männer neben Benjamin gesehen hatte. Sie hätte sich von den Männern abgewandt und auf einem der aufgehängten Bildschirme einen Beitrag zur englischen Königsfamilie verfolgt. Erst als der Zug mit laut quietschenden Bremsen zum Stehen kam, der Lokomotivführer aus dem Führerstand stürzte, auf das Bahntrassee starrte und auf dem Perron zusammenbrach, hätte sie erkannt, dass etwas passiert sei. Madeleine Strickmann beschrieb Erik, wie sie sich um den Zugführer gekümmert, dieser ihr den Unfall bruchstückhaft geschildert und sie mit ihrem Mobiltelefon die Polizei alarmiert hatte.

Die Aussagen der Frau brachten Erik nicht weiter. Auf seine eindringliche Nachfrage hin konnte und wollte sie nicht bestätigen, dass Benjamin auf das Gleis gestoßen worden war. Nach einem Kaffee verabschiedete sich Erik. Er fühlte sich schlecht. Es war bereits gegen elf Uhr morgens. Die Zeit verrann. Wer würde das nächste Opfer des Wahnsinnigen sein? Erik hatte Angst. Um Michael, um Liv, um Alex, um alle, die er liebte.

Zu Hause fand er zwei Nachrichten auf seinem Anrufbeantworter vor. Nachricht: 10:21 Uhr. Es war der Erpresser, der Erik die Telefonnummer der Lobby des Alten Badhotels nannte. Er würde dort unter dem Namen Dr. Peter Schmied-Glück über den Concierge von 14:00 bis 15:00 Uhr telefonisch erreichbar sein. Mit einem Glucksen – oder war es ein Grinsen? – schloss er: »Ich werde keine Minute länger warten.«

Erik fühlte sich so hilflos wie schon lange nicht mehr.

Nachricht: 11:34 Uhr. Es war Alex. Sie hätte nun herausgefunden, wer der Erpresser sei. Sofort rief Erik bei ihr an. Sie erzählte von ihrer Aussprache mit Hannes und den neuen Erkenntnissen. Der Name Salzmann sagte Erik nichts. Alex versprach, gleich bei ihm vorbei zu schauen.

Das Telefonat mit Alex hatte Erik nicht wirklich beruhigt. Er kannte Thomas Salzmann nicht. Nicht einmal dem Namen nach. Eine kurze Recherche im Internet bestätigte ihm, dass es sich bei Salzmann um den Erpresser handelte. Die Fotos waren eindeutig. Erik konnte sich nicht erinnern, ihn vor der Erpressung jemals getroffen zu haben. Aus den Einträgen im Internet ergab sich, dass Salzmann sich eines ausgezeichneten Rufs als Marketing-Profi erfreute. 1998 hatte er den renommierten Malte-Husman-Preis für Marketing gewonnen. 2000 war er von den Berufskolleginnen und –kollegen zum Marketingleader des Jahres gewählt worden. In einigen Presseartikeln wurde er für seine erfolgreichen Kampagnen bei Wahlen und Abstimmungen gelobt.

Salzmann hatte nicht nur für die UDV gewirkt, wie Erik erstaunt feststellte. Die Grünfortschrittlichen zählten offensichtlich ebenfalls zu seinen zufriedenen Klienten. Die Parteivorsitzende und Parteigründerin zeigte sich in einem Interview im Berner Bundesblatt voll des Lobes über den Marketingfachmann. Auf dessen UDV-Verbundenheit angesprochen, gab sie sich entrüstet: Politische Gesinnung und Haltung seien das eine, fachliche Unterstützung sei das andere. Mehr war den von den Suchmaschinen ausgespuckten Ergebnissen nicht zu entnehmen. Außer ein paar wenigen Beiträgen zu Salzmanns früheren Aktivitäten für die UDV. Das Ganze schien ohne Belang für die aktuelle Bedrohung zu sein.

Alex, die gegen 12:00 Uhr bei Erik eintraf, sagten die aus dem Internet heruntergeladenen Bilder nichts. Sie hätte Salzmann nie zusammen mit ihrem Liebhaber gesehen. Als sie den ersten Schluck des von Erik angebotenen Espressos genossen hatte, lief es ihr plötzlich eiskalt den Rücken herunter. Auf einen Schlag wusste sie, wo und wann sie Salzmann schon einmal über den Weg gelaufen war: »Ich bin diesem Schuft ausgerechnet an jenem Abend begegnet, als meine *Amour fou* mit Hannes begann. Hannes war in Salzmanns Begleitung in der Casa Bar erschienen. Vielleicht hat alles so begonnen?«

»Das ist möglich. Spielt es eine Rolle? Der Typ hat uns jedenfalls schon lange beobachtet. Und jetzt hat er zugeschlagen und will abkassieren.«

Alex atmete hörbar ein und aus: »Erik, was machen wir? Ich habe Angst.«

»Angst habe ich auch. Aber dank Hannes' Hinweis auf Salzmann hat die Gefahr ein Gesicht bekommen. Sie ist zwar nicht gebannt, aber identifiziert. Ein bekannter Gegner ist mir tausendmal lieber als ein unbekannter geheimnisvoller Feind, der auch einer meiner Bekannten oder Freunde sein könnte. Die Chinesen haben ein Sprichwort, das sagt: *Süß Lächeln und ohne Bedauern mit dem Dolch töten.* Diese schwierige Variante kann nun ausgeschlossen werden. Der Erpresser ist enttarnt. Entlarvt. Er hat ein Gesicht, ein Leben, eine Geschichte und Schwachstellen. So können wir wenigstens versuchen, Strategien zu entwickeln. Das Einzige, was mich wirklich beunruhigt, ist die kurze Zeit, die uns bis zum Ablauf des Ultimatums bleibt.« Erik seufzte tief: »Im Telefonbuch ist seine Adresse nicht vermerkt. Weißt du, wo Salzmann wohnt?«

»Nein«, antwortete Alex leise. Sie verließ die Küche. Erik hörte, wie sie in der Toilette verschwand.

Wut und Verzweiflung mischten sich in seinem Bauch zu einer unheiligen Allianz. Krämpfe und eine leichte Übelkeit waren die unangenehme Folge. Erik atmete tief ein. Aber es gelang ihm nicht, die Bauchkrämpfe ganz zu unterdrücken. Er musste sich ablenken und schnitt für sich und Alex mehrere dünne Scheiben frischen Weißbrots ab, belegte sie mit Parmaschinken, kleinen Stückchen leicht cremigen Bries und je einer gehälfteten Cornichon. Er legte die Brotscheiben auf große weiße Teller, die er am Rand mit kleinen Feigentomaten aus Sizilien dekorierte. Dazu öffnete er eine Flasche 2002 Gigondas Domaine Santa Duc. Der Duft des kräftigen Roten rief in Erik – für einen Moment – Erinnerungen an sonnige, entspannte Tage in der Provence wach.

Der Erpresser ist entlarvt, aber was hilft mir das weiter? Thomas Salzmann, ein Marketingfachmann. Jetzt ist es schon 12:15 Uhr. Nicht einmal mehr zwei Stunden bis zum verlangten Anruf.

Eriks Gedanken kreisten um den Namen des Erpressers. *Thomas Salzmann. Thomas Salzmann.* Erik schwenkte den Wein im großen Kelch, begutachtete die dunkle, violette Farbe und probierte den starken Tropfen. Er schmeckte wie immer gut. Ein sicherer Wert! Alex hatte das WC verlassen und telefonierte im Wohnzimmer mit Hannes. Erik setzte sich und trank noch etwas mehr vom Santa Duc. *Thomas Salzmann. Thomas Salzmann.* Der Name des Erpressers ging ihm nicht aus dem Kopf und wiederholte sich gegen seinen Willen immer wieder. Der Wein schmeckte plötzlich überraschend schal. *Was kann ich tun, um mich und meine Lieben zu schützen?*

Alex beendete das Telefonat und kam zurück in die Küche. Sie hatte Hannes erzählt, wie Erik mithilfe einer Internet-Recherche Salzmann definitiv als den Erpresser identifiziert hatte. Hannes hatte ihr daraufhin dessen Telefonnummer und Anschrift gegeben: »Schrennendorfgasse 27, 4. Stock.«

Erik hielt diese Angaben auf einem Notizblock fest. Es war mittlerweile 12:30 Uhr. Alex hielt es nicht mehr länger bei Erik aus und stürmte nach wenigen Bissen aus dem Haus. Sie hatte sich erneut mit Hannes verabredet.

Eriks Logbuch: Freitagmittag

Eriks Blick fiel auf die Zeichnung *Te Kaitiaki*, die über dem Esstisch in der Küche hing. Sie war das Werk Kipa Kirionas, eines jungen begabten Maori-Künstlers. Unter *Te Kaitiaki* verstanden die Maori die spirituelle positive Kraft, die über den Wesen der Erde wacht und sie beschützt. Kipa hatte das Bild mit wenigen kräftigen Strichen gezeichnet. Erinnerungen an die Aufenthalte in Neuseeland versetzten Erik stets in eine positive Stimmung. Neuseeland war für ihn eine Welt, die irgendwie nicht von dieser Welt war. So weit weg von der Schweiz wie irgendwie möglich. Eine Welt, die ihn näher zu sich selber gebracht hatte, zum Erik, der er wirklich war. Zu dem, der er in seinem Leben werden sollte.

Te Kaitiaki bedeutete ihm viel: Die kleine, grüne Echse schien aus dem braun-grünen Ast heraus zu wachsen. Gleichzeitig umklammerte sie ihn mit ihrem Körper, um nicht herunterzufallen. In einer Spalte des Astes blühte eine winzige, rote Blume. Kipa hatte es Erik erklärt: »Die Echse und der Baum haben beide die gleiche Mutter, die Mutter Erde. Diese gemeinsame Herkunft verbindet sie in einem uralten, starken Band. Die Echse beschützt den Baum vor Parasiten und anderen Eindringlingen. Der Baum gewährt der Echse Deckung und Schutz, damit sie unentdeckt jagen kann und nicht selber Opfer eines Jägers wird. Der Geist der Mutter Erde wacht über beide. *Te Kaitiaki* ist ein Symbol für das Gute in dieser Welt, für das Leben und für die Liebe. Wenn es uns einmal schlecht geht, müssen wir an das Gute denken, das uns widerfahren ist und uns Kraft verleiht.«

Später hatte Erik herausgefunden, dass verschiedene Maori-Naturschutz-Organisationen, die Berufsvereinigung der neuseeländischen Pflegefachleute und viele andere engagierte Gruppen den Begriff *Te Kaitiaki* in ihrem Namen trugen.

Kipa hatte Erik die Zeichnung nach einer durchzechten Nacht in Auckland geschenkt, bevor er zur Beerdigung seines Vaters nach Hamilton gefahren war. Leben, Liebe und Tod waren im Gespräch jener Nacht die beherrschenden Themen gewesen.

»Te Kaitiaki! Tau o te ate!« hatte Kipa Erik zum Abschied zugerufen und ihn auf die Stirn geküsst. »Tau o te ate, Seelenfreund« – diese, wie es sich bald herausstellte, letzten Worte seines Freundes hatten ihn sehr berührt.

Auf der Trauerfeier war es aus einem Erik nicht bekannten Grund zu einem Streit zwischen Kipa und dessen Bruder Ngaroimata gekommen. Kipa hatte das *Tangi* außer sich vor Wut verlassen. Sein kleiner Toyota war darauf kurz vor Auckland mit einem Tiertransporter kollidiert, der auf seine Fahrbahnseite geraten war. Er war noch an der Unfallstelle gestorben. Erik war damals, traurig und verzweifelt, nahe daran gewesen, Kipas Zeichnung zu zerreißen. Im Gottesdienst, den er und Romy, Kipas Schwester, in einer kleinen methodistischen Kirche im Süden Aucklands organisiert hatten, hatte jeder von Kipas Freunden einen Moment aus dem Leben des Toten beschrieben und, was er vom Verstorbenen mit in sein weiteres Leben nehmen würde. Erik hatte erkannt, es würde die Zeichnung *Te Kaitiaki* sein, die ihn an den toten Freund erinnern sollte. Als Symbol für das Gute im Leben, für das Leben selber. Erik hatte sich in jenem Moment in der Kirche geschworen, für das Leben zu kämpfen, vorbehaltlos, wo und wann es sich ergibt. Er nahm sich vor, dort ein *Te Kaitiaki* zu sein, wo sonst niemand diese Aufgabe wahrnahm.

Auch heute wusste er, dass das Leben sich durchsetzen und er einen Ausweg finden würde, auch, wenn er ihn jetzt noch nicht sah. Es war 12:40 Uhr. Erik legte sich zum autogenen Training aufs Bett und startete den CD-Player. Er hörte Michael Tippetts Oratorium *A Child of our Time*, ein Kind unserer Zeit. Die Musik des Pazifisten Tippett zum Mord des Tyrannen beruhigte ihn schneller, als er es sich erhofft hatte. Nach wenigen Minuten fiel er in einen ruhigen, tiefen Schlaf. Den Wecker hatte er auf 14:30 Uhr gestellt.

Er benötigte den Wecker nicht. Er wachte bereits um 14:00 Uhr auf. Ohne lange zu überlegen, wählte er Hannes Reitzels Telefonnummer. Am anderen Apparat war nicht Reitzel, sondern Alex. Sie weinte. Sie hatte Angst. Als Erik Reitzel schließlich am Telefon hatte, erzählte er dem Politiker vom morgendlichen Anruf des Erpressers und der Abmachung, die konkrete Geldübergabe bis spätestens 15:00 Uhr zu regeln. Erik berichtete ihm auch von den früheren Begegnungen.

Hannes hörte ihm aufmerksam zu: »Ich bin gern bereit, Ihnen zu helfen. Ich weiß aber nicht wie. Können Sie Salzmann etwas beweisen? Benjamins Mord? Oder wenigstens seine Mittäterschaft? Oder haben Sie etwas in der Hand, das ihn als wahrscheinlichen Auftraggeber für die Ermordung erscheinen lässt?«

In diesen und Reitzels weiteren knappen Fragen spürte Erik echte Anteilnahme an seinem und Alex' Leid. Er begann so etwas wie Sympathie für den UDV-Mann zu entwickeln: »Ich danke Ihnen für Ihr Mitdenken, aber ich habe keine Beweise. Salzmann muss auch ohne gestoppt werden können.«

Hannes brachte es auf den Punkt: »Da stimme ich Ihnen zu. Wie schalten Sie Salzmann aber aus, ohne das Leben weiterer Menschen, die Ihnen lieb und teuer sind, zu gefährden? Gerade wenn er mit Auftragsmördern zusammenarbeitet. Wir brauchen etwas, um ihn unter Druck zu setzen. Etwas, das zudem die professionellen Killer fernhält.«

»Er hat angedroht auch Alex etwas anzutun!« unterbrach Erik den sorgfältig abwägenden Hannes. »Ich habe fast das ganze Telefongespräch von heute Morgen aufgenommen.« Der Politiker verstummte. Erik hörte, wie er tief einatmete. »Geben Sie mir fünf Minuten, um die Aufnahme von meinem Telefon auf den PC zu überspielen. Danach kann ich sie Ihnen per E-Mail schicken, damit Sie das Gespräch im Originalton hören können.«

Hannes fröstelte es, als er Salzmanns Stimme erkannte und seinen alten Freund die Drohungen gegen Alex, Michael und den kleinen Marco ausstoßen hörte. Als die Aufnahme beendet war, flüsterte er kaum hörbar: »Jetzt dreht Thomas völlig durch. Er hat Alex *mein Feierabendluder, meine Kongressmöse* genannt. Ich bin fassungslos.«

»Vielleicht beneidet er Sie um die Erfahrung mit Alex? Um Ihre Liebe?«

Reitzel fasste sich: »Thomas' Motivation ist für uns momentan nicht relevant. Wir müssen handeln. Ich mache mit.«

Als Alex ins Zimmer schaute, machte Hannes ihr mit einem energischen Zeichen klar, nicht einzutreten. Als er wieder allein war, besprach er mit Erik das weitere Vorgehen.

Der Auftragsmörder

Thomas Salzmann hatte Hunger und bereitete sich in der Küche einen kleinen Imbiss zu: Brot, Trockenwurst, etwas Emmentaler-Käse und Dillgurken. Er war wütend. Erik hatte ihn bis kurz vor 15:00 Uhr warten lassen. Drei Whiskys hatte er in der Bar des Hotels trinken müssen! Seit Salzmann von Geldproblemen geplagt wurde und nicht mehr so häufig ausging, führte er Selbstgespräche: »Drei Whiskys!« er brach in heiseres Gelächter aus. Er schlug mit der Faust auf den Esstisch: »Drei Whiskys. Was für eine Qual für mich.« Das Glas mit dem Mineralwasser kippte um. »Scheiße«, entfuhr es ihm. Er tupfte das Wasser mit einem Geschirrtuch ab. Danach schnitt er sich ein weiteres Stück des schwarzen Brotes ab. »Zum Glück hatte das Alte Badhotel den Macallan im Angebot!«

Salzmann ärgerte sich über sich selbst. »Warum nur habe ich dem feinen Pinkel nachgegeben und ihm eine so lange Frist eingeräumt? Er hat sie bis zum letzten Moment ausgenutzt.« Er schenkte sich einen Whisky ein: »Wenigstens hat er keine weiteren Ausflüchte vorgebracht!« Salzmann freute sich auf die Übergabe des Geldes. Erik hatte mit ihm vereinbart, sich gegen 23:00 Uhr am westlichen Rand des Bauplatzes vor dem Hauptsitz der Allgemeinen Schweizerischen Bankgenossenschaft zu treffen. Der Zeitpunkt passte ihm. Es war zwar spät und es würden nur noch wenige Leute auf dem tagsüber stark belebten Platz anzutreffen sein, aber er würde auch nicht menschenleer sein. Salzmann konnte sich sicher fühlen. Er schaute auf die Uhr. »Noch sechs Stunden bis zur Lösung aller meiner Probleme!« Die Wärme des Whiskys breitete sich in seinem Magen aus. Er würde sich noch ein wenig hinlegen, bevor er sich mit dem reichen Gimpel treffen würde. Er fühlte sich stark, reich, unbesiegbar. Kaum hatte er sich hingelegt, wurde sein Nickerchen vom Läuten des Telefons unterbrochen:

»Hallo Thomas, hier ist Hannes.«

»Der Verräter. Der Emporkömmling«, höhnte Salzmann in die Muschel des Telefonhörers, dann fuhr er ganz geschäftlich fort: »Was willst du von mir?«

»Thomas, ich weiß von deiner Erpressung. Ich bin im Bild, was da läuft.«

»Die Polizei, dein Freund und Helfer«, spottete Salzmann. Bissig fuhr er fort: »Bei mir ist es sogar der oberste Boss der Polente, der sich meldet. Was für eine Ehre!«

»Spotte ruhig. Ich werde deine Machenschaften nicht weiter dulden. Wenn du nicht einmal mein bester Freund gewesen wärest, hätte ich dich sofort ohne Warnung verhaften lassen. Ich meine es ernst.«

»Du drohst mir? Willst du dieses Risiko wirklich eingehen? Wenn du dich nach der Aufkündigung unserer Freundschaft auch noch in meine Geschäfte einmischst und mich um den verdienten Lohn bringen willst, werde ich dich vernichten.« Salzmann wurde leise: »Deinen Aufstieg zum Stadtpräsidenten wirst du dann vergessen müssen. Du kannst damit rechnen, dass das Video deine politische Karriere beenden und deinen neuen Freund ins Kittchen bringen wird.«

»Thomas, seit du heute Nachmittag das Badhotel verlassen hast, wirst du überwacht. Das gilt auch für dein Telefon.«

»Woher hast du hierfür die juristische Legimitation genommen? Ich weiß nichts von einer gegen mich laufenden Untersuchung.«

»Unterschätz' mich nicht. Es läuft alles ganz legal. Übrigens, dein heutiges Telefonat mit Erik Hort ist auch aufgezeichnet worden. Deine Drohungen gegen ihn und seine Angehörigen sind unmissverständlich. Die Qualität der Aufnahme ist übrigens ausgezeichnet.« Reitzel hörte, wie sein alter Freund tief einatmete, und fuhr fort: »Du hast das Hotel sofort nach dem Telefonat verlassen, auf dem Heimweg während einer knappen halben Stunde im Kleidergeschäft des Paolo Cecchi an der Salmengasse verschiedene Anzüge anprobiert, nichts gekauft, oder genauer gesagt, nichts aus dem Laden heraus getragen. Vielleicht hast du ja was gekauft, aber es muss noch geändert werden, und du holst es später ab.«

»Hör auf. Ich glaube dir, dass ihr mich überwacht.« Salzmann schnaufte schwer. Er hatte Erik und die ganze Brut offenbar unterschätzt. Er suchte nach einem Ausweg: »Können wir uns nicht irgendwo in der Mitte finden? Du wirfst dich nicht vor diesen Schwuli, ich störe deine Kreise nicht.« Salzmann versuchte nun seinen alten Parteifreund zu ködern: »Ich vernichte das Video in deiner Anwesenheit und trete dir drei Millionen vom Erlös ab.

Danach gehen wir auseinander und sehen uns nie wieder. Zum Abschied genehmigen wir uns noch einen Macallan. Und cheerio – tschüss.«

»Ich lasse nicht mit mir handeln. Du stoppst deine Aktion. Übungsabbruch! Zurück auf das Startfeld! Neu beginnen! Oder deine Probleme werden richtig ernst.«

»Was könnt ihr mir denn beweisen? Eine kleine Erpressung? O.k. Einen Gefühlsausbruch, der nicht ernst gemeint war. Eine niemals ernst gemeinte Erpressung. Einen Mord angedroht, im Wortlaut vielleicht so zu verstehen, aber nichts mehr als eine emotionale Äußerung, eine Entgleisung! Unverzeihlich, bestimmt, aber keine Straftat. Ich habe auch noch nie jemanden ermordet.«

»Ich glaube dir. Du hast noch nie jemanden persönlich um die Ecke gebracht. Aber heutzutage lässt sich dies auch anders regeln. Mit Geld ist vieles möglich. Beinahe alles. Morde werden oft auf Bestellung ausgeführt.«

»Deine Spekulationen kannst du dir sparen. Sie sind nichts Anderes als wilde Fantasien. Du kannst mir nichts beweisen. Verpiss dich!«

Salzmann unterbrach die Verbindung. Er war beunruhigt. Er konnte die Situation nicht richtig einschätzen. Wie gefährlich war der neue Auftritt des alten Freundes in diesem Spiel? Wie haben Reitzel und Hort zusammengefunden?

Kaum hatte Salzmann das Gespräch mit Reitzel beendet, läutete das Telefon schon wieder: »Hallo, hier ist Kristijan. Kann ich vorbei kommen?«

Salzmann passte dieser Wunsch gar nicht. Er konnte sich nicht vorstellen, was der Rumäne von ihm wollte. Er verstieß gegen ihre Abmachung. Jede Kontaktaufnahme sollte über Jonny laufen. Aber abwimmeln war vielleicht doch zu gefährlich. Er konnte sich so kurz vor dem Erfolg seiner Erpressung keine neuen Schwierigkeiten leisten. Er musste sich den Rumänen anhören: »O.k. Kommen Sie vorbei. Wissen Sie noch, wo ich wohne?«

»Ich erinnere mich.«

Der süffisante Ton des Anrufers nervte Salzmann. »In zirka einer Stunde.«

»Bis dann.«

Salzmann war froh, dass Kristijan so kurz angebunden blieb.

Das Telefon läutete erneut. Es war wieder Hannes: »Ich *verpiss'* mich nicht. Diesen Gefallen erweise ich dir nicht. Ich bleibe an dir dran. Und das Video will ich zurück. Ich werde es mir bald zurückholen. Notfalls mit Gewalt.« Salzmann kam nicht dazu, etwas zu entgegnen. Reitzel hängte auf, ohne eine Antwort abzuwarten.

Salzmann wählte Hannes Nummer.

»Reitzel.«

»Ich hasse es, wenn man einfach auflegt.«

»Gleichfalls. Ich kann nur wiederholen: Leg das Video zum Abholen bereit! Ich bleibe an dir dran.« Reitzel hatte den letzten Satz beinahe geschrien. Nun fand er zu einer normalen Lautstärke zurück: »Gib deine Pläne auf. Ich fleh dich um unserer langen gemeinsamen Geschichte willen an: Lass das Ganze bleiben. Und ich vergesse deine kriminellen Machenschaften. Und das auch nur, weil du einmal mein bester Freund gewesen bist und ich dir viel verdanke. Das werde ich dir nie vergessen.«

»Hannes, werd nicht sentimental. Die Vergangenheit zählt nicht. Nicht mehr. Tempi passati. Es ist vorbei. Du hast unsere Freundschaft verraten. Bedenke, Benjamin ist tot. Alex lebt.«

Hannes ging auf diese Drohung nicht ein. Thomas doppelte nach: »Alex könnte ihrem Bruder bald ins Reich der Schatten folgen.« Reitzel schwieg weiterhin. Salzmann setzte seine Attacke hämisch lachend fort und warf seinem Freund in einem Stakkato an den Kopf: »Spiel nicht mit dem Feuer! Ich weiß von deiner leidenschaftlichen Affäre mit der süßen Alex! Von euren regelmäßigen Schäferstündchen im Alten Badhotel. Im Zimmer 312. Im Zimmer mit dem extragroßen Bett und dem großen Sprudelbad. Ich weiß ziemlich genau, wie oft du sie schon gefickt hast. In welchen Stellungen weiß ich zwar nicht, aber an welchen Orten. Die Wochenenden in Stuttgart, in München, in San Remo, in Reims, in Madrid. Die treu sorgende Gattin wähnte dich bei Treffen mit politischen Freunden. Das warst du auch. Aber du hast das Nützliche mit dem Angenehmen verbunden. Du geiler Bock. Zu Hause die Ehefrau, im Dunkeln die Konkubine. Der UDV-Saubermann auf Abwegen. Wenn das unsere Parteigenossen wüssten! Also droh du mir kein weiteres Mal. Ich warne dich darum umso nachdrücklicher. Mich kannst du nicht einschüchtern. Nicht mit plumpen Worten, schon gar nicht mit

Vermutungen. Ich werde dich zerquetschen wie eine Made, wenn du dich mir in den Weg stellst. Deine Polizei wird dich nicht schützen können. Meine neuen Freunde sind gar nicht zimperlich in der Wahl ihrer Mittel. Geld ist das, was für sie zählt, und nicht höhere Werte, mit denen man sich nichts kaufen kann. Ich habe nichts zu verlieren. Nicht mehr.«

»Thomas, wir können unser Gespräch beenden. Du weißt jetzt, dass die Polizei und ich dich nicht mehr aus den Augen lassen werden. Du kannst mir so heftig drohen, wie du willst, das beeindruckt mich nicht.«

Salzmann wurde durch Reitzels Ruhe herausgefordert: »Unterschätz meine Entschlossenheit nicht. Es liegt an dir, welche Risiken du eingehen willst. Aber das große Risiko hat dein neuer feiner Freund, der schwule Anwalt, zu verantworten. Wenn ich heute Abend von ihm die 15 Millionen nicht, wie abgemacht, erhalten werde, wird der Preis, den die Hort-Sippschaft zu bezahlen hat, hoch sein. Für dich wird es nicht so schwierig sein, eine Nachfolgerin für Alex zu finden.«

Es klingelte an der Haustüre. Salzmann schnarrte seinen Namen in die Gegensprechanlage und fragte nach dem des Läutenden. Es war Kristijan. Salzmann öffnete die Wohnungstüre und führte den Besucher ins Wohnzimmer: »Kristijan, was ist denn nun so dringend? Sie haben Ihren, ich habe meinen Teil der Abmachung erfüllt.«

»Das stimmt. Ich brauche aber mehr Geld.«

Geldgierig ist er also, der junge Mann, schoss es Salzmann durch den Kopf, *so einfach ist das.*

»Viel mehr Geld als die bezahlten 40.000 Franken! Ich brauche 120.000 Franken. Stefan, mein jüngerer Bruder, muss dringend operiert werden. Er hat eine seltene Herzkrankheit. Ohne Operation wird er nicht mehr lange leben. Ich benötige also zusätzlich mindestens noch 80.000 Franken. Das ist für Sie keine große Summe! Sie sind reich.«

»Die Mitleidsmasche funktioniert nicht bei mir. 40.000 Franken sollten in Rumänien für eine Operation genügen. Und dann erhalten Sie ja auch noch 5.000 Franken für Ihre erneute Reise in die Stadt, wenn es keinen Auftrag mehr zu erledigen gibt. Und 40.000 Franken, wenn Sie Ihre Aktion wiederholen müssen. Das weiß ich aber jetzt noch nicht. Im schlechtesten Fall erhalten Sie 5.000 Franken, fürs Nichtstun doch eine anständige Bezahlung.«

»Sie waren zufrieden mit mir, nicht wahr? Alles pünktlich und vereinbarungsgemäß erledigt. Ich und meine Freunde haben keine Spuren, keine Hinweise auf eine gewaltsame Einwirkung hinterlassen! Ich habe den Mann mit einem gezielten Schuss in die Wirbelsäule getötet oder zumindest gelähmt. Meine Freunde haben sich dabei um das Opfer geschart. Niemand konnte etwas sehen. Niemand hörte etwas: Der Schalldämpfer hat seinen Dienst getan. Den angeschossenen Mann haben wir auf die Schienen geworfen. Die Eisenbahn hat alle Spuren verwischt. Die Polizei hat sich für einen Unfall oder Selbstmord als Todesursache ausgesprochen.«

»Ja. Sie haben saubere Arbeit geleistet! Nichts zu kritisieren! Aber ich habe ebenso verlässlich bezahlt.«

»Sie müssen mir mehr Geld geben. Ich kann niemanden sonst fragen. Sie müssen.«, flehte Kristijan. »Ich bin ein Einzelgänger, freischaffend. Dies war mein erster derartiger Auftrag. Die Organisation, über die Sie mich gefunden haben, wird mir nicht helfen. Im Gegenteil, ich muss ihr für jeden neu vermittelten Auftrag einen Teil des Honorars abliefern.«

»Was gehen mich Ihre Geschäftsverhältnisse an?«

Der Rumäne schien Salzmanns Einwurf nicht wahrzunehmen und fuhr fort: »Ich erledige auch den neuen Auftrag ohne Komplikationen für Sie. Geben Sie mir die zweite Aufgabe, für die Sie mich vorsorglich haben rufen lassen. Oder, wenn Sie meine Dienste zurzeit nicht brauchen, können Sie das Geld auch als Vorauszahlung für einen späteren Auftrag betrachten. Als Anlage, als Investition.«

Salzmann passte das Ganze nicht. Er erwartete als nächste Stufe des Gesprächs eine Erpressung. Stattdessen erklärte Kristian seine Situation näher: »Die Operation allein kostet umgerechnet 100.000 Franken. Darüber hinaus brauche ich Geld, um den Zoll zu bestechen, damit bei der Einreise nichts von meinem Geld konfisziert wird.«

Salzmann unterbrach den leise gewordenen jungen Mann ärgerlich: »Seien Sie doch ehrlich. Sie haben Spiel- oder andere Schulden. Oder Sie wollen mich schlicht und einfach auspressen wie eine Zitrone!«

Kristijan schossen Tränen in die Augen: »Ich habe keine Schulden. Ich lüge Sie nicht an. Ich bin ein zuverlässiger Mann, der seine Aufträge pflichtgetreu und professionell erledigen will. Heute geht es um eine persönliche Angelegenheit. Ich bitte Sie um einen Gefallen, nicht mehr, nicht weniger. Einen Gefallen, den ich gern erwidern werde. Ich werde für Sie jede Arbeit – und sei sie noch so gefährlich – übernehmen. Alles, was Sie selbst nicht erledigen können oder wollen. Jetzt oder später. Hier oder irgendwo auf der Welt. Mein Vorteil ist doch, dass ich in keinem Polizeiregister dieser Welt stehe. Ich bin ein Niemand. Mein Bruder wird ohne meine Hilfe sterben. Bitte, helfen Sie mir.«

Salzmann widerte der weinende junge Mann an: »Ein in Tränen ausbrechender Auftragsmörder! Was für eine traurige Komödie. Schlicht unglaubwürdig! Das ist doch zum Lachen. Oder zum Weinen. Ich lasse mich nicht erpressen oder sonst wie unter Druck setzten. Verlassen Sie mein Haus! Sofort. Und belästigen Sie mich nie wieder.« Salzmann zeigte auf die Tür des Zimmers. Kristijan erhob sich. Er weinte tatsächlich, Salzmann hatte kein Mitleid. Noch bevor der Rumäne die Wohnung verlassen konnte, läutete es an der Tür.

Bereits einige Minuten vorher traf Erik in der Schrennendorfgasse ein...

Er drückte sich in den Hauseingang gegenüber von Salzmanns Wohnblock und observierte dessen Wohnung. Ab und an erhaschte er einen Schatten, der sich kurz in einem der Erker oder an einem der kleinen Fenster erkennen ließ. Aufgrund der massigen Silhouette tippte er auf seinen Gegner. Offensichtlich telefonierte dieser. Er gestikulierte.

Erik zuckte zusammen. Jemand hatte ihm auf die Schulter getippt. Er drehte sich blitzschnell um. Es war Alex. »Du bist es! Schleich dich das nächste Mal nicht mehr wie eine Verbrecherin an. Du hast mich beinahe zu Tode erschreckt. Es ist auch gefährlich für dich, ich bin bewaffnet«, raunte Erik ihr zu.

Alex schubste ihn an: »Wie ist es dir eigentlich gelungen, Hannes als Verbündeten zu gewinnen? Mir hat er davon nichts erzählt, sondern mich bald nach deinem Anruf energisch gebeten, sofort zu gehen, damit er in Ruhe die für die nächsten Schritte notwendigen Vorbereitungen treffen könne.«

Erik schaute auf seine Uhr. »Jetzt sollte dein Lover bereits beim ersten vereinbarten Telefongespräch mit Salzmann sein.«

»Was habt ihr, du und Hannes, denn nun konkret vor?«

Erik erzählte Alex kurz den Plan, den er mit Reitzel ausgeheckt hatte. Er stieß sie leicht an und zeigte hinauf zu Salzmanns Wohnung. »Der gute Salzmann hängt schon seit zehn Minuten an der Strippe. Er tigert wie wild in der Wohnung herum. Jetzt wäre ich gern ein Mäuschen und könnte mithören, wie die Emotionen hoch kochen. Salzmann ist ein gefährlicher Gegner. Ich traue ihm nicht. Ich bin erst beruhigt, wenn er weit weg ist. Ich bin froh, dass Reitzel uns hilft. Er lässt sich von einem Vertrauten unterstützen. Dass er noch jemanden in sein Handeln einbeziehen wird, passt mir allerdings nicht. Jeder Mitwisser kann später zu einer Gefahr für uns werden. Die Erfahrung mit Salzmann reicht mir eigentlich.«

»Ich verstehe, dass Hannes darauf bestanden hat, die Aktion nicht allein, sondern mit einem seiner Kumpanen durchzuziehen. Er ist eben kein Held.« Alex grinste.

»Was für ein Hasenfuß«, flüsterte Erik.

»Da kann ich dir nicht widersprechen. Aber wenigstens ein schnuckeliger Feigling.« Als sie Eriks verständnislosen Blick erhaschte, verstummte sie. »Entschuldige. Es ist keine gute Zeit zum Scherzen.«

»Schon gut.«

Er drückte Alex an sich. Ihr Haar roch gut. Es erinnerte ihn an das feste, beinahe etwas drahtige Haar Benjamins. Es hatte sich ähnlich angefühlt.

Unter der weit geschnittenen schwarzen Windjacke ertastete Erik die Konturen der Militärpistole, die er im alten Lederhalfter umgehängt hatte. Kurz bevor er sein Haus verlassen hatte, war es ihm noch in den Sinn gekommen, sich zu bewaffnen. Er hatte beide Magazine mit der goldglänzenden 9 mm Munition voll abgespitzt. Erik hatte schon seit Jahren nicht mehr mit dieser Waffe geschossen. Das letzte Mal hatte er sie 1999 in einem militärischen Kurs gebraucht. Er wurde damals zu seinem Ärger im Schießwettkampf von den jungen Offizieren geschlagen und musste sich mit dem undankbaren vierten Rang bescheiden. Er hoffte, dass er die Pistole heute nicht würde einsetzen müssen. Alex stieß ihn leicht an und deutete mit ihrem Kinn Richtung Salzmanns Haus. Vor dem Hauseingang war ein junger blonder Mann stehen geblieben. Er schaute sich um, blickte sorgfältig die Gasse auf und ab; danach drückte er den obersten Klingelknopf. Erik und Alex hörten, wie eine schnarrende Stimme etwas durch den Lautsprecher bellte. Sie verstanden nicht, was der Mann antwortete. Wieder rauschte eine für Erik und Alex unverständliche Antwort durch den Lautsprecher. Gleichzeitig wurde der Türöffner betätigt und der junge Mann trat ein.

In einem Zimmer wurde die Beleuchtung angeschaltet. Kurz darauf erschien an einem der Fenster erst der Kopf, dann der ganze Oberkörper des jungen Besuchers. Er blickte auf die Gasse hinunter.

»Wie spät ist es?« fragte Alex ihren Freund, der angestrengt auf die Fenster von Salzmanns Wohnung starrte.

»18:20 Uhr«, flüsterte Erik, der sich weiter in den Hauseingang zurückzog. Er wollte auf keinen Fall entdeckt werden.

»Wann wird Hannes hier auftauchen?«

»Reitzel hat versprochen, gegen 18:30 Uhr bei Salzmann aufzutauchen.«

»Vielleicht steigt er auf das Angebot, das Geld zu nehmen und zu verschwinden, doch ein? Vor allem, wenn die zusätzlichen Drohungen ihn beeindrucken.«

»Ich weiß nicht. Aber einen Versuch ist es allemal wert.«

»Woher kennt Hannes eigentlich seinen Helfer?«

»Ich weiß es nicht«, erwiderte Erik.

Erik fragte sich, wer der junge Mann war, der sich immer noch in Salzmanns Wohnung befand. Punkt 18:30 Uhr erschienen Reitzel und ein uniformierter Polizist vor dem Hauseingang. Sie drückten den Klingelknopf.

Salzmann erwartete niemanden. Das erneute Läuten der Türklingel überraschte ihn. Er erwartete keinen Besuch und scheuchte den Rumänen vorsorglich ins Wohnzimmer zurück, bevor er »Wer ist da?« in die Gegensprechanlage krächzte.

»Hannes!«

Er betätigte den Türöffner. Reitzel und Arbogast traten in den dunklen Hauseingang. Als Salzmann bemerkte, dass sein alter Freund in Begleitung eines uniformierten Polizisten erschienen war, zuckte er leicht zusammen, was Reitzel befriedigt zu Kenntnis nahm.

»Was willst du?«

»Ich komme in der dir wohlbekannten, ernsten Angelegenheit. Kann ich eintreten?«

»Warte einen Moment.« Salzmann zog die Türe ein bisschen zu. Reitzel hörte, wie er leise im Hintergrund jemandem etwas zuflüsterte. Nach zwei, drei Minuten kehrte er wieder zurück und führte Hannes und den Polizisten in das Wohnzimmer. Mit einem Knall setzte Reitzel den schwarzen Aktenkoffer auf dem Glassalontisch ab und ergriff das Wort: »Hier sind 200.000 Franken. Du nimmst sie, verschwindest aus der Stadt und kehrst erst in drei Jahren wieder zurück. Dann beginnst du ein neues Leben, die Erpressung und alles andere darum herum ist vergessen. Wenn du das Geld verschmähst, werde ich dich sofort verhaften lassen und dem Staatsanwalt übergeben. Die Beweise werde ich gleich mitliefern: die Aufzeichnung deines unmissverständlichen Telefonats mit Hort und als Höhepunkt dein Geständnis, wie du die Ermordung des armen Benjamin Bütler angeordnet hast. Sag jetzt nichts, ich weiß, dass ich dieses Geständnis noch nicht habe, aber ich bin überzeugt, es in einer Stunde zu besitzen. Dieser nette Stadtpolizist kennt ein paar effiziente Methoden, selbst harte Menschen zum Weinen zu bringen, und zwar ohne Spuren zu hinterlassen oder nur solche, die im Gerangel bei der Vereitelung deines Fluchtversuchs entstanden sind.«

Hannes öffnete den Koffer mit einem *Klack* und entnahm ihm ein kleines Tonbandgerät. Salzmanns Blick fiel auf die zahlreichen Banknotenbündel, die sich ebenfalls im Koffer befanden. Reitzel fuhr fort: »200.000 Franken oder die sichere Verurteilung als Mörder und Erpresser.«

Arbogast stand auf, zog seine Uniformjacke aus und schwarze Gummihandschuhe an. Die Jacke faltete er in der Mitte und legte sie über eine Stuhllehne, nachdem er aus der Innentasche ein orangefarbenes Plastiketui gefischt hatte. Dieses platzierte er auf dem gläsernen Tischchen und öffnete es. Mit einer etwas zu theatralischen Geste, wie Reitzel fand, entnahm er dem Etui zuerst eine Blechdose, danach ein weiteres Etui sowie ein Skalpell und legte beide daneben ab.

»Mein Begleiter hat in der Fremdenlegion gedient. Da lernt man nützliche Dinge für spezielle Situationen.« Reitzel grinste Salzmann an. Dieser glaubte, den Herzschlag in jeder Ecke seines Schädels zu spüren. »200.000

Franken oder ein paar Jahre Zuchthaus. Nicht jeder hat eine derart echte Wahl.«

Salzmann starrte Reitzel entgeistert an. Zum ersten Mal in seinem Leben hatte er vor Hannes Angst. Er brachte keinen Ton heraus. Der Beamte legte ein Paar Handschellen auf den Tisch und nahm die Pistole aus dem Halfter. Er entsicherte die Waffe: »Ich werde nur im Notfall schießen. Nicht auf das Bein oder in den Arm. Direkt in das Herz oder in den Kopf. Sie würden gleich tot sein. Erschossen auf der Flucht, nachdem sie gegen meinen obersten Chef handgreiflich geworden sind. Reitzels Verletzungen, die ich ihm zufügen werde, nachdem ich Sie erledigt habe, werden keine kritischen Fragen unbeantwortet lassen. Diese Wunden werden in wenigen Wochen verheilt sein, ihre große Wunde dagegen wird unheilbar sein. Definitiv.«

»200.000 Franken sind da doch eine reelle Alternative«, wiederholte Hannes seine Drohung. »Geld, Gefängnis oder als dritte Variante – Exitus. Eigentlich ganz human: ein Tod ohne langes Leiden.«

»Wenn ich nicht gut getroffen habe, könnte das Verbluten den Tod ein wenig hinauszögern. Vielleicht ist das schmerzhaft. Panik verursacht es jedenfalls. Kein schöner Tod.« Das Hämmern in Salzmanns Kopf wurde immer stärker. Er setzte sich auf den Polsterstuhl, der Hannes und dem Polizisten gegenüber stand. »Ich werde im Zweifelsfall schießen. Ohne zu zögern.« Salzmann wurde schwindlig.

»Mir ist schlecht.« Sein Oberarm schmerzte. Mit leichtem Druck massierte er ihn. Salzmann wollte aufstehen, aber die Beine ließen dies nicht zu. Er musste sich sofort wieder hinsetzen.

Hannes erhob sich: »Ich hole dir ein Glas Wasser.«

»Danke«, flüsterte Salzmann.

Salzmann sah, wie der Polizist mit der Pistole auf ihn zielte. Er fühlte sich elend, verlassen. Arbogast empfand beinahe etwas Mitleid mit dem in sich zusammen gesunkenen, massigen Mann: »Ich würde die 200.000 Franken nehmen und verschwinden. Das Skalpell kann ich dann wieder einpacken. Im Etui habe ich alternativ noch eine kleine Spritze. Sie liegt in der Blechdose und enthält mit dem HI-Virus infiziertes Blut. Diese Spritze behalten wir uns als zusätzliche Möglichkeit vor, mit Ihnen zu einer Lösung zu kommen. Zu einer Endlösung. Sie gehen auf den Stadtrat los, wollen ihn mit der Spritze stechen und im Gerangel mit mir, der ich den Polizeivorstand schützen will, stechen sie sich selbst. Im Affekt greifen Sie zu einer Waffe und ich muss Sie erschießen. Selbstverständlich wird die Art Ihres Todes für Sie bis zum letzten Augenblick ein Geheimnis bleiben. Vielleicht töte ich Sie ja auch nicht, sondern infiziere und verletze sie nur. Dann kommt der Tod auch, einfach ein bisschen später und mit vielfältigen Variationen spannender Krankheitsbilder, begleitet von entsetzlichen Schmerzen. Es gibt Medikamente gegen AIDS, aber keines davon wird die Krankheit besiegen. Sie bleibt ein Monster, das die Menschen immer wieder quält und letzten Endes doch umbringt. Sie begreifen, uns liegt an schnellen Ergebnissen. Wollen Sie nun nicht endlich das Video herausrücken und das Geld nehmen?«

Salzmann kapitulierte. Er nahm das Geld. Für das Video stieg er mit Arbogast zusammen in den Keller und entnahm es einer verstaubten Truhe, in der noch zahlreiche andere Videokassetten und ein paar Archivschachteln herumlagen. Sonst war der Keller ziemlich leer.

Als sich Reitzel und der Polizist verabschiedet hatten, trat Salzmann auf den Balkon hinaus und schaute ihnen nach, bis sie aus seiner Sichtweite verschwunden waren. Er zitterte. Als er vom Balkon ins Wohnzimmer trat, erwartete ihn Kristijan, der durch die Schiebetüre zwischen Wohn- und Esszimmer Reitzels Auftritt mitbekommen hatte. Der Rumäne hatte den schwarzen Koffer geöffnet und spielte mit einigen der dicken Geldbündel.

»Legen Sie das sofort wieder zurück! Das ist mein Geld!« Salzmann war wütend, aber sein Protest fiel im Tonfall viel weniger heftig aus, als er es eigentlich wollte. Er fühlte sich schwach. Kristijan legte die Geldbündel in den Koffer zurück. »Sparen Sie sich Ihren traurigen Hundeblick für andere Gelegenheiten auf.« Salzmann streckte ihm zwei der Notenbündel entgegen: »Hier ist ein Geschenk: 20.000 Franken. Mehr als die 5.000 Franken, die ich Ihnen für den Fall versprochen habe, dass es nichts mehr zu erledigen gibt. Und jetzt gibt es nichts mehr zu erledigen. Sie haben es bestimmt mitbekommen: Es gibt keinen neuen Auftrag. Ich stecke selber in Schwierigkeiten und muss verschwinden. Ich habe noch nicht gepackt. Gehen Sie bitte.«

Der Rumäne steckte die Bündel mit den Geldscheinen wortlos und mit unbewegter Miene in die Innentasche seiner Jacke. »Auf Wiedersehen.«

Ich hoffe nicht, dachte sich Salzmann, als er die Wohnungstüre hinter Kristijan schloss.

Eriks Logbuch: Freitagnacht

»Pscht«, Erik wich in den Hauseingang zurück und schubste Alex ebenfalls weiter in das schützende Dunkel des Eingangs. Aus Salzmanns Haus traten Reitzel und der Polizist auf die Gasse hinaus. »Hannes hat den Koffer nicht mehr. Es hat geklappt!« frohlockte Erik. Er war mit einem Mal hellwach, konzentriert wie vor einem Schlussplädoyer oder bei einer militärischen Einsatzübung: Seine *Truppen* waren aufmarschiert, bereit zum Angriff. Jede Faser seines Körpers war in höchste Alarmbereitschaft versetzt. Alle Kräfte sammelten sich für die wichtige Aktion. –

Ein Schriftsteller würde das, was sich nun anbahnte, vielleicht als Showdown bezeichnen. Oder die Szene als ein Remake des Duells im Western High Noon gestalten. Erik hatte keine Zeit für derartige spielerische Gedanken. – Er wurde leiser: »Pass auf, jetzt tut sich wieder etwas.«

Erik und Alex beobachteten, wie in Salzmanns Wohnung eine Balkontüre geöffnet wurde. Salzmann erschien und blickte Reitzel und dem Polizisten nach, bis sie in die Walddorfgasse einbogen und aus dem Blickfeld verschwanden. Eriks Intuition riet ihm, noch vor Salzmanns Haus auszuharren. Er hatte gelernt, auf solche Gefühle zu hören, auch wenn er nicht wusste, wozu es gut sein würde.

Alex zischte ihm aufgeregt zu: »Der Blonde verlässt das Haus!«

Plötzlich kam Erik der Polizeirapport zu Benjamins Tod in den Sinn: Kurz vor dessen Tod war eine Gruppe osteuropäischer Männer in seiner Nähe gesehen worden! Erik war bestürzt über die sich daraus ergebenden Mutmaßungen. Der blonde junge Mann in Salzmanns Wohnung schien auch aus Osteuropa zu stammen. Eine neue Spur tat sich auf. Erik kam gar nicht dazu, Alex davon zu erzählen.

»Ich werde ihm nachgehen und ihn beschatten. Du bleibst hier. Du beobachtest Salzmann und folgst ihm überall hin! Wir bleiben über unsere Mobiltelefone in Kontakt. Ich werde meines auf *stumm* schalten. Mach das Gleiche bei deinem. Nicht dass wir uns noch selber verraten! Ich werde alle 10 bis 20 Minuten checken, ob du mir eine SMS geschickt hast und einen Rückruf erwartest. Jedenfalls werde ich mit dir zu jeder vollen Stunde Kontakt aufnehmen.«

Alex wiederholte das Wichtigste von Eriks Anweisungen. Er küsste sie auf die Stirn und nahm die Verfolgung von Benjamins mutmaßlichem Mörder auf. Der junge Mann schien ziellos durch die Straßen zu laufen. Nicht besonders schnell, sondern in einem gleichmäßigen Trott. Er drehte sich nie um. Erik konnte ihm ohne Schwierigkeiten auf den Fersen bleiben und war sich ziemlich sicher, nicht bemerkt zu werden. Nach einer knappen Viertelstunde kehrte der Unbekannte in einem kleinen Café in der Altstadt unweit des Bauplatzes ein. Dort blieb er eine halbe Stunde lang vor einem Glas Mineralwasser sitzen. Einmal telefonierte er mit seinem Mobiltelefon. Sonst geschah nichts Bemerkenswertes.

Erik fand es ermüdend, sich so lange Zeit die Beine in den Bauch zu stehen. Er harrte etwa zehn Meter vom Eingang des Cafés entfernt vor dem Schaufenster einer Kleiderboutique aus: Er konnte nicht näher an das Café herangehen oder ein wenig herum spazieren, ohne Gefahr zu laufen, vom Fremden, der am Fenster des Cafés Platz genommen hatte, entdeckt zu werden. Einen Vorteil hatte die lange Pause allerdings: Erik konnte in Ruhe einen kurzen Lagebericht an Alex absetzen. Diese konnte ihm ihrerseits nichts Aufregendes zur Situation in der Schrennendorfgasse erzählen. Salzmann befand sich offenbar noch immer in der Wohnung. Sie hatte ihn zwar nicht mehr gesehen, aber es brannte in allen Zimmern Licht. Darüber hinaus berichtete sie Erik, was ihr Hannes stolz geschildert hatte: Salzmann hätte Reitzel gegenüber kapituliert, das Geld angenommen und versprochen, noch in der gleichen Nacht das Land zu verlassen. Einen Besucher hätte er nicht gesehen, aber er und Arbogast hätten wahrgenommen, dass noch jemand in der Wohnung weilte.

Nach der Kaffeepause schlenderte der Blonde die sich mittlerweile entvölkernden Einkaufsstraßen auf und ab. Hin und wieder blieb er vor einem Schaufenster stehen und studierte aufmerksam die Auslagen. Schließlich betrat er ein kleines Zweisternehotel an der Brotgasse. Der Concierge überreichte ihm einen Schlüssel und der Unbekannte entfernte sich in Richtung Treppenhaus, wo Erik ihn aus den Augen verlor. Es war 20:30 Uhr, als der Concierge des Hotels ihm gegen zwei Hundertfranken-Scheine den Namen des Fremden bekannt gab: »Kristijan Petcu, Bukarest, Rumänien. Ein unsympathischer Geselle. Er hat für drei Nächte im Voraus bezahlt. Viel Trinkgeld. Trotzdem unheimlich: Er hat uns verboten, das Zimmer während seiner Anwesenheit zu betreten oder zu reinigen. Er hat das mit einer derart entschlossenen Miene verlangt, dass ich keine Lust hatte, ihm zu widersprechen. Morgen wird er abreisen.«

Für weitere dreihundert Franken erhielt Erik vom jungen Concierge die Liste von allen Telefongesprächen, die vom Zimmer des Rumänen aus geführt wurden. Bei der Nennung des Datums der letzten früheren Übernachtung Petcus im Hotel lief es Erik kalt den Rücken hinunter. Der Rumäne war zwei Tage vor Benjamins Tod schon einmal hier abgestiegen und just am Tag des Todes wieder abgereist. Das war wohl kein Zufall.

Zu Hause ging Erik den telefonischen Gesprächspartnern des Rumänen nach. Petcu hatte dreimal mit Salzmann und einmal mit einer Nummer in Rumänien telefoniert. Der Anschluss gehörte einer Maria Petcu in Bukarest. Mehr konnte Erik nicht herausfinden. Im Internet waren keine Informationen zu einer Maria oder einem Kristijan Petcu zu finden. Erik fühlte sich unsicher. Er überlegte, ob überhaupt eine Gefahr, und, wenn ja, welche Gefahr vom Rumänen ausging. Er rief Alex an, die immer noch vor Salzmanns Haus postiert war: keine Neuigkeiten. Sie hätte Hunger. Seit dem nicht üppig ausgefallenen Mittagessen hätte sie nichts mehr zu sich genommen. Erik versprach, sie umgehend abzulösen. Bevor er das Haus verließ, aß er noch zwei Bananen, um über die notwendigen Energiereserven zu verfügen, und rief Michael im Spital an. Er teilte ihm mit, dass ein schwieriger Fall ihn sofort ins Ausland rufen und er erst morgen oder übermorgen wieder zurück sein würde. Michael störte das nicht weiter, da er den Nachtdienst für einen erkrankten Oberarzt übernommen hatte.

Erik wusste nicht, dass Salzmann zur gleichen Zeit einen erneuten Anruf von Petcu erhielt, der ihn sehr beunruhigte, und machte sich auf den Weg, um Alex abzulösen. Es war angenehm warm. Das Thermometer zeigte nach einem heißen, sonnigen Tag 23 Grad Celsius. Alex war froh über die Ablösung, küsste Erik auf die Wange und hetzte nach Hause, wo sie eine Fertigpizza in den Ofen schob und mit Heißhunger auf dem Balkon verzehrte.

Erik stand bereits vierzig Minuten vor Salzmanns Haus. Es war kurz vor Mitternacht, als die Haustüre aufging und Salzmann auf die Gasse trat. Er zog einen schwarzen Koffer hinter sich her. Erik folgte ihm. Salzmann bog in die Kirchgasse ein, wo einige neuere Häuser standen. Er schritt eine eng gestaltete Garagenausfahrt hinunter und öffnete eine Tür. Nach fünf Minuten fuhr er mit einem blauen Mercedescoupé aus der Garage. Das Verdeck war geschlossen. Erik ergriff ein Gefühl von Panik. Wie sollte er an ihm dranbleiben?

Er sprang mitten auf die Fahrbahn. Direkt vor den fahrenden Mercedes. Salzmann gelang es, im letzten Moment zu bremsen. »Was für ein Idiot?« fluchte er. Der Idiot öffnete die Beifahrertür.

Hort? Hort! Was will denn der von mir? Salzmann traten Schweißperlen auf die Stirn.

Erik setzte sich neben ihn: »Sie gestatten? Danke. Fahren Sie los. Dahin, wo Sie hin wollen. Ich werde Sie begleiten. Ich trage meinen Pass immer mit mir herum. Das ist also kein Problem. Ich fahre so lange mit, bis mir mein Bauch mitteilt, dass ich Sie ihres Weges ziehen lassen kann.«

Salzmann schwieg. Er überlegte fieberhaft, wie er den ungebetenen Mitfahrer einfach und schnell wieder loswerden könnte. Es fiel ihm nichts ein. Salzmann bog in die Baustraße, und blieb auf der Prachtstraße der Stadt bis zum hell erleuchteten Stadthaus. Er parkte auf einem der wenigen Stellplätze, die für die Mitglieder der Stadtregierung reserviert waren. Erik las die Markierung: *Reserviert für Stadtpräsident.*

»Wollen Sie sich einmal wie der Stadtpräsident fühlen? Hier wird vielleicht bald Ihr Freund Reitzel parken.« Salzmanns wütender Blick ließ Erik mit seinen Sticheleien aufhören. Er wurde sachlich: »Wie geht es nun weiter? Ich dachte, Sie wollten das Land verlassen?«

»Das werde ich auch tun. Zuerst muss ich hier noch etwas erledigen.«

»Ein Abschiedsgespräch?«

»Das geht Sie nichts an!« Salzmann klang mehr verzweifelt als wütend. »Bitte, tun Sie mir einen Gefallen. Bleiben Sie hier beim Wagen, bis ich meine Angelegenheit erledigt habe. Ich weiß, Sie schulden mir nichts. Bitte. Ich werde verschwinden. Sie haben gewonnen.«

»O.k. Ich werde hier beim Auto warten. Oder noch besser, ich werde diskret hinter Ihnen bleiben. So nahe, wie es mir gefällt. Oder so fern, wie nötig.«

Salzmann nickte. Er stieg aus dem Wagen und entnahm dem Kofferraum einen kleinen Koffer. Erik verließ das Auto ebenfalls. Er drückte die Beifahrertür sanft zu und folgte Salzmann in einem Abstand von rund hundert Metern. Die Umrisse des Mannes waren knapp zu erkennen. Er sah, wie sich Salzmann auf eine Sitzbank am Seerosenteich setzte, den Koffer zwischen seine beiden Beine platzierte und sich eine Zigarette anzündete. Erik versteckte sich hinter einer der großen Eichen und beobachtete die romantische Szenerie. Das Licht des beleuchteten Stadthauses spiegelte sich glitzernd im Wasser des Teichs. Die Konturen des stattlichen Gebäudes bildeten sich im Wasser ab. Mit etwas Fantasie konnte man sich im Park eines Barockschlosses wähnen.

Nach wenigen Minuten löste sich ein Schatten aus dem Dickicht, das sich auf der anderen Seite des Teichs ausbreitete. Er umkreiste den Teich und bewegte sich in Richtung Salzmanns Bank. Als der Mann aus dem Schatten trat, erkannte Erik ihn. Es war der Rumäne. Er setzte sich neben Salzmann auf die Bank. Erik konnte nicht verstehen, was sie sprachen. Plötzlich stand Petcu auf. Salzmann umklammerte den Koffer. Petcu schüttelte energisch den Kopf. Salzmann stand auf, gestikulierte mit beiden Armen. Er wurde vom Rumänen auf die Bank zurückgestoßen, der sich nun vor dem massigen Schweizer aufbaute. Die Situation schien sich für Salzmann nicht gut zu entwickeln. Die beiden wurden lauter. Trotzdem verstand Erik immer noch nichts. Der Blonde zog plötzlich eine Pistole aus seiner Jacke. Sie blitzte im Scheinwerferlicht auf. Nun ging alles sehr schnell. Der Rumäne hielt Salzmann die Waffe an die Brust und drückte ab. Erik hörte keinen Schuss. Offenbar benutzte der jugendliche Killer einen Schalldämpfer. Salzmann lebte nur noch für Bruchteile einer Sekunde. Es blieb ihm nicht mal der Hauch einer Chance, um zu reagieren. Ebenso wenig Zeit blieb Erik, um einzugreifen, wenn er das überhaupt gewollt hätte.

Salzmann sank in sich zusammen. Der Rumäne fluchte. Er zog ein großes Tuch aus seiner Jackentasche und fuhr sich damit über seine Kleidung. Offensichtlich hatte er sich mit Blut besudelt. Jedenfalls schien es so. Erik fürchtete sich. *Hat der Killer mich gesehen? Wird er mich in diesem Fall als Zeugen beseitigen wollen?* Er schwitzte. Behutsam zog er seine Pistole aus dem Halfter und entsicherte sie. Im Übrigen verhielt er sich mucksmäuschenstill. Solange er Petcu im Auge behalten konnte, fühlte er sich einigermaßen sicher. Erik nahm sich vor, den Rumänen zu erschießen, sobald er auf ihn zukommen würde.

Die parkähnliche Landschaft rund um den während des Tages sehr beliebten Seerosenteich war menschenleer. Irgendwo hörte Erik das Mauzen einer räudigen Katze. Im Teich schnatterten einige Enten um die Wette und vollführten ein lautstarkes Spektakel.

Der Rumäne schaute sich um, ergriff den Koffer und kippte den Toten auf den Boden vor die Bank, danach schob er ihn ein wenig darunter. Er entfernte sich in Richtung der Parkplätze. Erik drückte sich an den großen Baumstamm und ließ den Mörder nicht aus den Augen, bis dieser vom Dunkel der Nacht verschluckt wurde. Vor wenigen Minuten war die Beleuchtung des Stadthauses erloschen. Nur wenige Parklampen erleuchteten die für Erik gespenstige Szenerie. Kurz, nachdem der Rumäne aus seinem Blickfeld verschwunden war, hörte er, wie ein Auto gestartet wurde. Der Motor war ausgesprochen leise. Ein Wagen fuhr langsam und ohne Licht auf den Rasen. Erik sah, dass es Salzmanns Coupé war, das Petcu nun langsam Richtung Teich rollen ließ. Er brachte den Wagen neben der Parkbank zum Stehen.

Der Rumäne öffnete den Kofferraum und schleifte den Toten von der Bank zum Auto. Mit einigen Schwierigkeiten hievte er den Leichnam empor und versuchte ihn im kleinen Kofferraum zu verstauen. Eine schwierige Angelegenheit: Immer wieder fand entweder ein Bein oder ein Arm keinen Platz oder der Torso war nicht genügend kompakt zusammengedrückt, sodass der Kofferraumdeckel sich nicht schließen ließ. Der Killer mühte sich wohl fünf Minuten ab, bis die Leiche verschwunden war. Zuletzt setzte er sich mit Schwung auf den Kofferraum und drückte mit aller Kraft die sterblichen Überreste zusammen, auf dass sie endlich Platz fänden. Danach fuhr er mit dem Coupé bis knapp an das Ufer des Teichs. Er schloss die Fahrertür, nachdem er das Verdeck des Flitzers abgenommen hatte. Petcu stieß den Wagen an und ließ ihn mit einem Ruck ins Wasser rollen.

An dieser Stelle war der Teich zwei bis drei Meter tief. Erik wusste das so genau, da vor einigen Monaten ein kleiner Junge hier ertrunken war, was hitzige Diskussionen im Stadtparlament und in den Lokalmedien ausgelöst hatte. Die UDV war aber mit ihrem Antrag, den Teich auf eine Tiefe von lediglich 30 bis 50 cm abzusenken, nicht durchgedrungen. Bis der Wagen mit einem lauten Blubbern im Teich versunken war, vergingen einige Minuten, die Erik wie eine Ewigkeit vorkamen.

Petcu ergriff den Koffer, den er neben der Sitzbank deponiert hatte, und entfernte sich vom Teich in Richtung Stadthaus. Er hielt kurz an und starrte aus einer Distanz von rund 20 Metern zu den Bäumen hinüber, die Erik als Versteck dienten. Erik lief ein kalter Schauer über den Rücken. Petcu trat an einen Busch und pisste ins Gehölz. Das Plätschern der Notdurft war klar zu hören. Danach zündete er sich eine Zigarette an und entfernte sich in Richtung des Parkplatzes. Erik hoffte, dass sich der Killer damit definitiv aus seiner Welt verabschiedete. Er atmete auf, als er ein Auto wegfahren hörte.

Kurz nach drei Uhr fiel Erik erschöpft auf sein Bett, nachdem er Alex über das unerwartete Ableben Salzmanns berichtet hatte. Sein Schlaf war unruhig, immer wieder von Träumen unterbrochen. In einem war er Salzmanns Mörder. Diese Vorstellung ließ ihn erschaudern. Er war froh, dass diese Tat von jemand anderem übernommen worden war.

Nachwort und Dank

Dieses Werk widme ich den unzähligen Helden und Heldinnen des Alltags, die sich unspektakulär, aber wirkungsvoll für eine ein bisschen gerechtere Welt einsetzen. Gerechtigkeit und Gleichheit sind keine eindeutig definierten oder definierbaren Begriffe, dennoch weiß jedermann – oder glaubt es zu wissen –, was gerecht ist oder nicht. Dies ärgert die Juristen und Philosophinnen; damit müssen sie aber leben.

In der Realität sind die Gegensätze – und dies gilt erst recht für jene der Moral – meist nicht klar weiß oder schwarz. Interessanter sind im Leben oft die Grautöne. Dies mag die Arbeit der Gerichte schwieriger machen, als es die Gesetze vorsehen, was aber begabte Juristinnen in ihrem Tun beflügeln kann. So wie es der Held meiner Geschichte, Erik Hort, erfahren hat. Dieser junge Anwalt ist keine reale Figur. Einige meiner Freunde haben mich jedoch bei der Zeichnung seines Charakters und Temperaments angeregt.

Joseph Breitbach hat es einmal so formuliert: »Das zeitlos Gültige muss man am Zeitlichen darstellen. Kurz: das Thema: Wer durch den Fluss will, muss sich die Füße nass machen. Der am Rande stehen bleibt, hat nicht das Recht, sich über die nass und schmutzig gewordenen Füße zu räuspern.« Joseph Breitbach an Hans Erich Nossack, 15. Dezember 1955.

(Quelle des Zitats: Joseph Breitbach, Rot gegen Rot, Die Erzählungen, Wallstein Verlag, Göttingen 2008, S. 426)

Zum Gelingen dieses Buches haben viele Menschen beigetragen, denen ich für ihre Unterstützung herzlich danken möchte. Stellvertretend für alle erwähne ich nebst den Mitarbeitenden des Verlags vier Personen: meine Schwester, die, wenn auch mittlerweile eine stattliche Frau mit Mann und Kind, meine geliebte *kleine Schwester* bleibt, meinen Partner und zwei beste Freunde.

Aus dem intensiven Dialog mit meiner Schwester, meiner kritischsten Erstleserin, habe ich für mein Schreiben zusätzliche Ausdruckskraft und sprachliche Klarheit gewonnen. Ihr Sprachgefühl und ihre Präzision haben mich herausgefordert und inspiriert. Mein Partner hat mich im Vorhaben emotional bestärkt, all die Entwürfe wohlwollend wieder und wieder gelesen und mir den Rücken frei gehalten. Urs und Elisabeth, die zu meinen besten Freunden gehören, haben mir als begeisterte Krimileser positive Feedbacks zur Geschichte gegeben und mich damit in der Herausgabe des Werks bekräftigt.

Dem Verlag danke ich für sein engagiertes Lektorat, das diverse Helvetismen beseitigt hat – so wurde aus parkieren parken, das Lenkrad wurde zum Steuerrad, und das Nachtessen wurde zum hoffentlich ebenso schmackhaften Abendessen, was bestimmt auch für geraspelte Schokolade gilt, die in der Schweiz geraffelt wird. Für mich ist immer wieder eindrücklich, oder, pardon, beeindruckend, wie die Arbeit der Lektorinnen zur Qualität eines Buchs beiträgt.

Die Herausgabe des Werks als Hörbuch freut mich und erschließt den Zuhörenden die Welt meiner Geschichte in einer zusätzlichen Dimension: Peter Bieringers Stimme hat der Geschichte viel Stimmung verliehen und den von mir geschaffenen Heldinnen und Helden geradezu Leben eingehaucht. Auch hierfür danke ich dem Verlag und dem begabten Sprecher sehr.

Andri Cuort, Herbst 2009

Dieser Titel ist auch als Hörbuch erhältlich!

"... Ein cleveres Werk mit drastischen Wendungen, das sieben Stunden lang fesselt. Was auch am genialen Sprecher Peter Bieringer liegt." DU&ICH, Deutschlands schwules Magazin, Ausgabe Nr. 462, Juni/Juli 2009

Andri Cuort, Liebe ist käuflich – Rache auch!
Gesprochen von Peter Bieringer
1 CD im MP3-Format, ca. 7:20 Std. / 440 Min.
ISBN 978-3-940611-04-8

Ebenfalls im Butze Verlag erschienen:

Berlin, Mitte der 80er: Zwischen Mario und dem in Berlin stationierten, verheirateten US-Soldaten Steve bahnt sich trotz der gegensätzlichen politischen Ansichten eine Affaire an. Kann Mario einen Kriegstreiber lieben und die eigenen Ideale doch nicht verraten?

Martin Coleman, Schrippen und Mohnbrötchen
Gesprochen von Andi Krösing
2 Audio-CDs, ca. 2:35 Std. / 155 Min.
ISBN 978-3-940611-00-0